谨以此书纪念《人间词话》

发表一百一十周年

本书由苏州大学优势学科建设经费资助出版

刘锋杰 著

上海教育出版社

生命之敞亮

王国维『境界说』诗学属性论

目录

第一章

何不说『生命之敞亮』？

——王国维『境界说』诸定义之平议

王国维提倡的"境界"到底指什么,并非一个容易说清楚的问题。到目前为止,形成如下主要看法:"世界说""形象说""理念说""精神层次说""感受说"与"内美说"。若对这些看法加以归纳,可分为三类:一类从作品的存在状态来解说,如"世界说""形象说";一类从形而上学角度来解说,如"理念说";一类从作家的精神活动特点角度来解说,如"精神层次说""感受说"与"内美说"。

但上述三类解说都有这样的缺点:其一,没有将"境界"与"意境"加以清晰区别,由此关于"境界"或"意境"的释义,必然相混淆。其二,形成了用"意境"的界定来取代"境界"的界定这一解释局面,实际上使得"境界"成为可有可无的概念。其三,给出的某种解说往往只适用于"境界"的某处用法,不能通释"境界"的所有使用。

基于此,我将通过分析上述诸定义,提出"境界"即"生命之敞亮"的观点,统一"境界"释义,将如何区隔"境界"与"意境"的义涵,交由第四章去完成。

一

1."世界说"。1949 年前的学者,虽然论及"境界"的很多,但多数并没有具体界定"境界"内涵,主要谈的是怎样创造"境界"或讨论以"境界"论词是否合适。如许文雨指出:"妙手造文,能使其纷沓之情思，为极自然之表现，望之不啻真实之暴露，是即作者辛勤缔造之境界。若不符自然之理，妄有表现，此则幻想之果，难诣真境矣。故必须真实始得谓之境界，必运思循乎自然之法则，始能造此境界。"①这是说，只有将自己的思想情感自然而然地表现出来，才能创造出"境界"，至于"境界"到底指什么，则未加明说。如唐圭璋强调："予谓境界固为词中紧要之事，然不可舍情韵而专倡此二字。境界亦自人心中体会得来，不能截然独立。……上乘作品，往往情境交融，一片浑成，不能强分。"②可见在唐圭璋这里，他所理解的"境界"概念甚至都不包含"情景交融"的内涵，而只仅仅将其视为描写景物而已，与创作中需要情感一事了无关系。不过唐圭璋的"境界亦自人心中体会得来"，可能影响了叶嘉莹，请参看下文。刘任萍则说："'境界'之含义，实合'意'与'境'二者而成。"③这里除了把"境界"等同于"意境"外，也未明说"境界"有什么独特内涵。

但也有努力解释的，如李长之，他说："境界即作品中的世界。不错，作品中的世界，和我们所居住的世界不同，但这不同处在什么地方呢？我们看在普遍的世界，只是客观的存在而已，在作品的世界，却是客观的存在之外再加上作者的主观，搅在一起，便变作一个混同的有真景物有真感情的世界。"④李长之将"境界"释作"作品中的世界"，意指文学创造的那个空间如同现实世界丰富多彩，但它不是客观的现实世界，而是主客观相融合的文学世界。用后来的说法，这是

---

① 许文雨：《钟嵘〈诗品〉讲疏　〈人间词话〉讲疏》(1937)，成都：成都古籍出版社，1980年，第169页。
② 唐圭璋：《评〈人间词话〉》(1938)，引自姚柯夫编：《〈人间词话〉及评论汇编》，北京：书目文献出版社，1983年，第93页。
③ 刘任萍：《境界论及其称谓来源》，《人间世》，1945年第7期。
④ 李长之：《王国维文艺批评著作批判》，《文学季刊》，1934年第1卷第1期。

强调"境界"来自生活，又体现了作家的思想倾向。但仅仅用"体现了作家的思想倾向"来区别文学世界与现实世界，没有突出审美在"境界"界定上的根本作用。

顾随强调"境界"就是人生，类似于李长之的说法。指出："境界之定义为何？静安先生亦言之。余意不如代以'人生'二字，较为显著，亦且不空虚也。"①王国维是重视"人生"的，他将词集命名为"人间词"。但将"境界"释作"人生"，只指明了"境界"的创作来源，却未能说明来自人生的"境界"将以何种特质呈现自己，这一说法难以对文学与人生之间的性质区别进行深度阐释。"境界"是"世界""人生"的说法，有其解释的合理性，因为"境界"本义指"疆界"，由此将其扩大为"世界""人生"，也有词源上的根据。但这样的解释，过于普泛，不易深入理解文学的审美特性。

近来有学者认为"境界说"内联"本真性""忧""自由"三大价值范畴，"本真性"是"对人生诸问题的敞开，召唤某种原初性情绪的介入"。"忧"是一种"非理性情绪"，"深知宇宙、人生之真相，且具有焦虑、忧、操心等"情绪，并通过"有死性"描述，召唤人们从幻象和欺骗之中解脱出来，追求文学的慰藉以获得自由。② 这是从存在主义哲学角度解释"境界"，强调了个体生命体验的重要性，是对"世界说"的一种补充丰富。像王国维、鲁迅这类作家身上具有存在主义倾向是可能的，但若说他们就是存在主义者却是困难的。"存在说"只是对王国维"境界说"某一维度的揭示，却非有机整体的说明。"存在说"如同"世界说""人生说"一样，也无法通释王国维"境界"诸用法。叶嘉

---

① 顾随：《评点王国维〈人间词话〉》(1930年代)，《顾随全集·著述卷》，石家庄：河北教育出版社，2001年，第100页。
② 参见潘海军：《王国维"境界说"的存在主义向度》，《北方论丛》，2013年第5期。

莹认为:"'世界'一词只能用来描述某一状态或某一情境的存在,并不含有衡定及批评的意味,可是静安先生所有的'境界'二字则带有衡定及批评的色彩。所以我们可以说:'词以境界为最上',却难以说:'词以作品中的世界为最上'。因此,'境界'一词的含义,也必有不尽同于'作品中的世界'之处。"[①]同理,我们也难以说"词以人生为最上"或"词以存在为最上"。若一界定失去通释"境界"的功能,就不便选作"境界"的语义。

2. "**形象说**"。此说形成于 1950 年代,其时在讨论"文学特征"时均用"形象"加以说明。引进的苏联文论就认为文学"艺术的反映生活的特殊形式"是"文字的形象"。[②]受此影响,中国学者巴人指出:"文学艺术还有和其他上层建筑不同的特殊性质,它是以形象的手段来描写人们的社会生活,反映人们的精神世界的。"[③]蒋孔阳强调:"文学最主要的特征,就在于它是用语言来创造形象,并通过创造形象的方式,来反映人类社会的现实生活。"[④]在这样的理论氛围中,将"境界"释为"形象"并流行一时,绝不为怪。

李泽厚在"意境"与"境界"不分的前提下讨论问题,将"意境"与"典型"对称。李泽厚指出:"'意境'和'典型环境中的典型性格'一样,是比'形象'('象')、'情感'('情')更高一级的美学范畴。因为它们不但包含了'象''情'两个方面,而且还特别扬弃了它们的主('情')客('象')观的片面性而构成了一完整统一、独立的艺术存在。所以,'意境',有如'典型'一样,如加以剖析,就包含着两个方面:生

---

① 叶嘉莹:《王国维及其文学批评》,石家庄:河北教育出版社,1997 年,第 190 页。
② 季摩菲耶夫:《文学原理》第 1 部《文学概论》,查良铮译,上海:平明出版社,1954 年,第 21 页。
③ 巴人:《文学论稿》,上海:新文艺出版社,1956 年,第 50 页。
④ 蒋孔阳:《文学的基本知识》,北京:中国青年出版社,1957 年,第 18 页。

活形象的客观反映方面和艺术家情感理想的主观创造方面。"①李泽厚按照"典型化"理论来定义"意境",所以"意境"也就全部具有"典型"特性,如"典型"是"形象","意境"也是"形象";如"典型"是作家的主观与所表现的客观生活的统一,"意境"也是作家的主观与所表现的客观生活的统一;如"典型"通过个别形象反映社会生活本质,"意境"也是通过个别形象反映社会生活本质。说白了,李泽厚的"意境"即"形象说",是那个时代里文学反映论的产物。当其将"意境"的"意"视为"艺术家的情感理想","意境"的"境"视为"生活形象"来看,是非常巧妙地利用了当时的流行理论,与传统的"情景交融说"并没有什么实质区别,只是使用了哲学词汇予以表达,才显出了理论色彩。"形象说"的本质是建立在"二元对立"的认识基础上的,有割裂艺术作为生命整体之嫌。

这个"形象说"很有影响力,成为流行观点。陈咏在回答为什么说这句诗比那句诗更有"境界"时说:"所谓有境界,也即是指能写出具体、鲜明的艺术形象。"②林雨华从"艺术心理"角度解读"境界",也是在承认"形象说"基础上进行的,认为:"可以说,'意境'或'境界',是艺术形象及其艺术环境在读者心中所引起的共鸣作用;'意境'或'境界'又是读者艺术欣赏时的心理状态。"③这扩展了"形象说"的理解范围,将读者的再创造纳入了"境界"定义中。到1980年代,更有学者从读者角度研究王国维的"境界"内涵,而这一切都基于中国传统中早就有了"境生象外""意在言外"等主张,从而映照了接受美学。张文勋接受了从"典型化"角度阐释"境界"的思路,明确指出:"所谓

---

① 李泽厚:《"意境"杂谈》(1957),《美学论集》,上海:上海文艺出版社,1980年,第326页。
① 李泽厚:《"意境"杂谈》(1957),《美学论集》,上海:上海文艺出版社,1980年,第326页。
② 陈咏:《略谈"境界"》,《光明日报》,1957年12月12日。
③ 林雨华:《论王国维的唯心主义美学观》,《新建设》,1964年第3期。

'境界',就是作家借助于典型化的方法,在作品中所创造出来的鲜明生动的艺术形象;虽然,有的作家以抒情为主,有的以写景为主,但任何艺术形象,都是作家在一定的思想指导下,对现实生活进行艺术概括的结果。"并强调"境界"也具有"在个别中显现一般"的特点。[①] 任访秋后来还是说"所谓'境界',也就是生活图画,也就是形象特征。至于'境界'绝不是单指客观世界中的景物,并且包括有作者的感情在内"。[②] "形象说"反映了当时对于文学性质的认知水平,一方面肯定文学有自己的"形象"特征,这个特征将文学与其他社会意识活动区别开来;一方面在强调这个"形象"特征时又不忘强调文学是要反映社会生活本质的。

如何评价"形象说"呢?应当一分为二。认识到"境界"是"形象",揭示了"境界"的一个特征。只要搞文学创作,就无法不去创造艺术形象,说"境界"是"形象"确实具有一定的解释力。但是,把"境界"只释为"形象",又窄化了"境界"内涵。若仅如此,王国维"境界说"的理论意义就不大,因为认识到"象""意象"在创作中的作用,那是古人的老生常谈,再加上一个"形象说"法,根本没有什么开拓性。叶朗就认为,若把王国维的"'意境'(或'境界')这个范畴就等同于一般的艺术形象的范畴,即等同于'意象'这个范畴",缺点是没有揭示"意境说的精髓"即"境生于象外"这一点。[③] 若比照中国传统说法来看,这表明王国维还没有达到"境生于象外"的认识高度。将"境界"释为"形象",降低了王国维在中国诗学史上的地位。可见,仅从"形象"角度来理解"境界",只是从当时文论教材的标准定义里截下一个

---

① 参见张文勋:《从〈人间词话〉看王国维的美学思想实质》,《学术研究》,1964 年第 3 期。
② 任访秋:《略论王国维及其文艺思想》,《开封师院学报》,1978 年第 5 期。
③ 叶朗:《中国美学史大纲》,上海:上海人民出版社,1985 年,第 621 页。

"形象"特征说事,没有新意。"形象说"在体现了强烈的认识论色彩时,却乏于揭示文学的审美本质,还处于较为外在的定义状态中。

彭玉平近期提出了"感发空间"的说法,"所谓境界,是指词人在拥有真率朴素之心的基础上,通过寄兴的方式,用自然真切的语言,表达出外物的神韵和作者的深沉感慨,从而体现出广阔的感发空间和深长的艺术韵味。自然、真切、深沉、韵味堪称境界说的'四要素'。"①其观点明显吸收了"主体说"的一些看法,但往深层看,是基于"境界说的基本元素乃在情、景二者"②关系来立论,与"形象说"的"主客二分"没有本质差别。彭玉平在增加"境界"内涵后,可更好地解释艺术韵味等问题。不过,由此又因涉及"意境"内涵,必然带来"境界"与"意境"不分的模糊。事实上,"感发空间说"作为"境界"即"意境"的一种解释,我认为,此说在补充"形象说"上有作用,可在突破"境界"界定上还是止步未前。

二

3."理念说"。此说是在"影响研究"视域下揭示"境界"与西方哲学与美学关系时形成的。佛雏曾说:"在诗词中,境界(意境)指的是……艺术结构。"③后来将"艺术结构"修改为"艺术画面",④同于"形象说"。但他较早从事"影响研究",强调"审美静观以及再现于艺术中的境界的美,存在于'特别(个别)之物'中被认出的代表其'全

---

① 彭玉平:《人间词话疏证》,北京:中华书局,2014 年,第 62 页。
② 彭玉平:《人间词话疏证》,第 47 页。
③ 佛雏:《"境界说"辩源兼评其实质——王国维美学思想批判之二》,《扬州师院学报》,1964 年第 19 期。
④ 佛雏:《王国维诗学研究》,北京:北京大学出版社,1987 年,第 235 页。

体'的'理念'"。① 又说:"王氏的美的'理想'并未越出叔本华式'人的理念'的轨则之外。"②佛雏没有把"境界"与"理念"直接等同,只是说它"摄取叔氏关于艺术'理念'的某些内容,又证以前代诗论词论中的有关论述,以此融贯变通,自树新帜"。③ 佛雏将"境界"与"理念"关联时比较小心,未划等式,怕的是一旦等同起来,"理念"的内涵会完全吃掉"境界"的内涵,使"境界"成为"理念"的翻版而没有中国味道。

后人则不同,他们敢于将二者等同。潘知常说:"意境=理念。由此,我们可以断言:王国维的意境审美范畴与古典美学并不相关,它具有自己在西方美学影响下形成的近代的、独特的美学性格。"④王攸欣也强调:"王国维的'境界'可以定义为:叔本华理念在文学作品中的真切对应物。"⑤两人观点已经彻底颠覆了佛雏关于"境界"还与中国传统相关的这一面,将王国维诗学的革命性与中国传统对立起来,这大概是引进现代性思想在"境界"研究上的投影。

到了罗钢,这一观点更是全面发展,得出了"《人间词话》与中国古代阐释传统无疑是断裂的"的结论。⑥ 这样一来,"境界"成为"理念"的替代语也就在所难免。罗钢认为,尽管在"文学阶段"的王国维那里找不到"理念"一词,但可发现其思想是由"理念"支撑的。罗钢说:"叔本华所谓的'意志本体''理念'等,都属于'可爱而不可信'的'形而上学',这使得王国维逐渐疏远了它们,而与'理念'原本有着密

---

① 佛雏:《王国维诗学研究》,第177页。
② 佛雏:《王国维诗学研究》,第180页。
③ 佛雏:《王国维诗学研究》,第195页。
④ 潘知常:《王国维"意境说"与中国古典美学》,《中州学刊》,1988年第1期。
⑤ 王攸欣:《选择·接受与疏离》,北京:三联书店,1999年,第92页。
⑥ 罗钢:《传统的幻象:跨文化语境中的王国维诗学》,北京:人民文学出版社,2015年,第413页。

切瓜葛的'直观说'则由于属经验范畴,和他后来服膺的心理学有某种程度的重合,因而被保留下来,并在《人间词话》中潜在地发挥了重要作用。"[1]此意是说,王国维的"境界说"是受到叔本华"理念说"的直接影响而形成的,所以才有"王国维把'能观'作为衡量'境界'之有无的一项最主要的标准"这件事的发生。[2] 当然,罗钢与潘知常、王攸欣有所不同,潘知常与王攸欣直说"境界"等同"理念",却缺乏明晰分析,罗钢则区分了叔本华思想中的本体论与经验论,从而将"境界"与叔本华的经验论相关联,努力寻找相关证据,提高了说服力。此外,驱使他们的思想动力也不同,潘知常与王攸欣是为了"反传统"而提出"理念说",罗钢是为了"回到传统"而提出"理念说"。所谓此一时彼一时也。

将"境界"等同于"理念"是危险的。艺术毕竟是审美创造,它与生命、个性、情感、形式等相统一,一旦认定"境界"是"理念",就难以解释这些要素。主张"理念说"的学者中也有人担心此点,罗钢就如此,他转从"经验论"角度讨论"境界",就是为了防止"理念"的形而上学破坏了"境界"的审美性。佛雏也未忘提醒人们,叔本华的"理念"不等于"概念","理念"可以令人"生发",而"概念"不能令人"生发"。这个"生发"是个体的"生发",审美的"生发"。佛雏指出:"这个'生发'的观念颇为重要……一切'自然物'(包括人)的理念,内在的'本质力量',为自然本身所固有(先天地),但并不以现成的方式充分地展现出来(除非在偶然的个别场合),各种主观的客观的偶然因素、关系,错杂其间,造成了这种展现的重重困难。这就需要诗人为之'生

---

① 罗钢:《传统的幻象:跨文化语境中的王国维诗学》,第74页。
② 罗钢:《传统的幻象:跨文化语境中的王国维诗学》,第73页。

发'出来。"①我不知道佛雏在这里强调"生发"是否受到叶嘉莹"感发"的影响，但提出"生发"问题，相当于强调生命主体在创作中的作用，减弱了"理念说"对"境界"界定的非审美制约。

"理念说"本是一种古典本体论，从"理念"角度界定"境界"，最为关键的缺陷就是认识不了"文学是人学"这个根本特性。这样做的困难不小：其一，王国维没有直接说过"境界"等于"理念"，何以非要认定"境界"等于"理念"呢？其二，将文学非人化是值得警惕的，即使人们在主张"理念说"时提出了一些防范措施，也无法将重视生命体验的王国维与这种本体论匹配起来，如此则王国维的忧生心绪（如忧生忧世论）、超越精神（如天才论）、自由理想（如赤子论）等追求生命之活泼呈现，都不能得到合适解释。其实，即使王国维在形成"境界说"的过程中受到"理念""直观"的影响，那也不表明"境界"就是"理念"与"直观"。接受影响，并不代表概念内涵的全部被置换。

将"世界说""形象说""理念说"诸定义与宗白华的观点相比较，会发现一个根本差别，宗白华关于"境界"的说明充满生命之光彩，他说："艺术家以心灵映射万象，代山川而立言，他所表现的是主观的生命情调与客观的自然景象交融互渗，成就一个鸢飞鱼跃，活泼玲珑，渊然而深的灵境；这灵境就是构成艺术之所以为艺术的'意境'。"又说："艺术意境不是一个单层的平面的自然的再现，而是一个境界层深的创构。从直观感相的模写，活跃生命的传达，到最高灵境的启示，可以有三个层次。"再说："艺术意境之表现于作品，就是要透过秩序的网幕，使鸿蒙之理闪闪发光。这秩序的网幕是由各个艺术家的意匠组织线、点、光、色、形体、声音或文字成为有机谐和的艺术形式，

---

① 佛雏：《王国维诗学研究》，第 183—184 页。

以表出意境。"①而"世界说""形象说""理念说"虽然也会谈"人生",谈"形象",谈"经验",甚至谈生命的"生发",可却让人感到毫无生命意味,在被抽象的"本质"占领以后,"境界"不免干巴巴地失去自身的生命特色,好像不是在讨论文学尤其是在讨论诗词创作,而是在讨论哲学问题,一切以"本质"为重,创作不过如推理一般,只是达至"本质"的手段,除此没有独立存在的价值。殊不知,阅读作品的人们难道会先问一首诗、一篇小说之中有什么"本质"才阅读吗? 他们冲着文学的故事、情感、人性表现而去,了解了故事,体验了情感,认识了一下人性有多么的纠结与玄奥,就满足了。关于"境界"的界定,若与读者的这般感受相去甚远,那必然证明界定的不合格。

三

上述几种界定的背后都隐含着"主客统一说"的认识特点,所以,最终都落实在"情景关系"上,或强调是生活世界与作品世界的统一,或强调是艺术形象与客观规律的统一,或强调是艺术表现与"理念—本质"的统一,不能像宗白华那样,摆脱这个"主客二分",进入生命的一元论来界定"境界"。由此来看,下述的界定看起来已经转向了"主体说",即从作家主体的精神活动方面界定"境界",可往深层探究,却又发现它们与上述界定有着异曲同工之"妙",在表面的偏向主观的界定中,可能隐藏的仍是源自"意境两偕"的情景论,没有越出"主客统一说"。但这些"主体说"却启示去创构"境界生命论",表明"境界"

---

① 宗白华:《中国艺术意境之诞生(增订稿)》,《宗白华全集》第2卷,合肥:安徽教育出版社,1994年,第361、365、369页。

的界定一直在悄悄地发生变化,并酝酿着重要突破。

"主体说"包括以下三种:

4."精神层次说"。徐复观认为:"惟自唐代起,多数用法,'境'可以同于'景',但'境界'并不同于'景'。在道德、文学、艺术中用'境界'一词时,首先指的是由人格修养而来的精神所达到的层次。例如说某人的境界高,某人的境界低。精神的层次,影响对事物、自然,所能把握到的层次。由此而表现为文学艺术时,即成为文学艺术的境界。"[①]徐复观的"精神层次说"表明有无"境界"是主体的一种精神活动,而非只是一个如何"写景"的问题。这本来是一个非常重要的"发现",可以从此揭示王国维"境界说"的真面目。可惜的是,徐复观不仅没有这样做,反而批评王国维执行了一条"'境界—境—景'的理路",从而"完全失掉了根据"[②]。徐复观的证据是,王夫之说过"有大景,有小景",王国维说了"境界有大小",所以这指的是"景有大小"。黄山谷说过"天下清景,不择贤愚而与之。然吾特疑为我辈设"。王国维说了"一切境界,无不为诗人设"等句,所以也是用"境界"置换了"清景"。以此类推,徐复观认为,王国维使用的"境界"一词全与"景"相通,他所说的"词以境界为最上","实等于说'词以写景为最上'"。他所说的"境界为本",也就是"写景为诗词创作之本"。[③]在解释"着一'闹'字"与"着一'弄'字"而"境界全出"时,又再次强调这"'境界'二字,当然系指杏花的景物"。[④] 实际上,徐复观如此推论,是罗织强制的结果,根本不合王国维原意。试想一个杰出的诗人,会

---

① 徐复观:《王国维〈人间词话〉境界说试评》,《中国文学论集续编》,北京:九州出版社,2014年,第61页。

② 徐复观:《王国维〈人间词话〉境界说试评》,《中国文学论集续编》,第73页。

③ 徐复观:《王国维〈人间词话〉境界说试评》,《中国文学论集续编》,第62页。

④ 徐复观:《王国维〈人间词话〉境界说试评》,《中国文学论集续编》,第67页。

说出"写景"是创作的根本之事吗？如果真的将王国维的"境界"置换成"景"，许多观点根本不能成立。如王国维说"句句有境界"，若变成"句句有景物"，那是何等逼仄；如王国维说词至李后主而"境界始大"，若变成"景物始大"，岂非笑话。王国维曾指出："文学中有二原质：曰景，曰情。前者以描写自然及人生之事实为主，后者则吾人对此种事实之精神的态度也。""要之，文学者，不外知识与感情交代之结果而已。苟无敏锐之知识与深邃之感情者，不足与于文学之事。"[①]又说："诗歌者，感情的产物也。虽其中之想象的原质，即知力的原质。亦须有肫挚之感情，为之素地，而后此原质乃显。"[②]这已明明白白地说过文学创作离不开情感作用，何以到了创构自己的诗学体系时会一边倒地只谈写景，不重抒情呢？实际上，就是徐复观所言"精神层次"，恐怕也与王国维有关，王国维在上文中就说过"情"是"吾人对于此种事实之精神的态度"，这个"精神的态度"不正是像"精神的层次"那样要去把握事物与自然吗？若如此，是王国维先于徐复观强调了创作中精神主体的重要性，可徐复观却拿起王国维的观点来批评王国维，显然弄错了对象。究其原因，我认为，徐复观的论述逻辑发生了错乱：他有两个"境界"概念，一个是他自己的，他会极力往"精神层次"上说，认为这是正确的；一个是王国维的，他极力往表示写景上说，认为这是错误的。可是，王国维的"境界"根本不是"写景"论，而是生命论，是重视创作主体的精神论。所以是徐复观臆造了轻视抒情的"王国维形象"来加以批评，这表明他根本没有进入王国维的精神世界，只延续了唐圭璋等人专从"写景"角度批评王国维的那

① 王国维：《文学小言》第四，《王国维文集》第 1 卷，北京：中国文史出版社，1997 年，第 25—26 页。
② 王国维：《屈子文学之精神》，《王国维文集》第 1 卷，第 33 页。

份偏执。叶嘉莹的"感受说"可视为对徐复观观点的矫正。

5."感受说"。叶嘉莹认为:"所谓'境界'实在乃是专以感觉经验之特质为主的。换句话说,境界之产生全赖吾人感受之作用,境界之存在全在吾人感受之所及,因此外在世界在未经过吾人感受之功能而予以再现时,并不得称之为'境界'。如外在之鸟鸣花放云行水流,当吾人感受并未及之前,在物自身都并不可称为'境界',而唯有当吾人与之接触而有所感受之后才得以名之'境界'。或者虽非眼耳鼻舌身五根对外界之感受,而为第六种意根之感受,只要吾人内在之意识中确实有所感受,便亦可得称为'境界'。"①这与中国传统的"感物而动说"相近,只是颠倒论述,把"物之感人"变成了"人之感物",强调"境界"是诗人"内在之意识"参与的结果。叶嘉莹不满于"世界说""形象说"与"境界为'境'说",认为这些从作品存在角度解释"境界"的观点,无法揭示诗人主体在创作中的支配作用,所以她用"感受说"来加以转移,自有其贡献。不过,她的解释似深而实浅。"感受"指情感对外界之反应,属于情感说,当然也符合王国维的文学观。但这样的定义有两个弱点:其一,不仅诗人对于外界有情感的反应,常人对于外界也有情感的反应,仅仅强调"境界"是"感受",似轻浅了"境界"的诗性内涵。其二,若以"感受"来通释王国维的"境界说",会显得新意不足,甚至有些不伦不类。如将"境界全出"释为"感受全出",没有错,但也好像等于没说。"感受说"反倒不如"兴趣说""神韵说"更能说明创作的奥秘。王国维笔下的有些"境界"用法,也不能解释为"感受",如"境界始大"若变成"感受始大","句句有境界"若变成"句句有感受",予人的审美性大打折扣。尤其是王国维肯定文天祥、辛弃疾

---

① 叶嘉莹:《王国维及其文学批评》,1997年,第192—193页。

都是"有风骨有境界"的诗人,若变成肯定他们是"有风骨有感受"的诗人,未免大大降低了诗人的思想与艺术力量。"感受说"在正确地指出了"境界"属于主体的精神反应之际,缺乏对"境界"所代表的精神超越性的肯定。所以,若求通释,要同时能够照顾到这个通释应体现王国维的那份深沉之思与生命执着,"感受说"显然不及夏中义的"内美说"更有思想深度。

6. "内美说"。夏中义在解释"境界"时是从主体精神角度予以说明的。他指出:"我猜'意境'之'意',即指'境界'之'内美'(诗人对宇宙人生的深切感悟或关怀),这是王氏所最珍重的。生命感悟,其实是某种价值情感体验,这是言情类诗词的天然能源。但诗词除了言情,还有写景,虽说'一切景语皆情语',然与直抒胸臆的言情相比,极尽物态的写景之情感表现总相对含蓄蕴藏些。我想,大概正是这点,才使王氏动心另觅'意境'一词来扩充'境界说',因为'境界'二字就其词源而论,似仅指人类精神高度,这就很难用来涵盖状物为主的写景之作了。而'意境'却无此嫌疑,因为'意'与'境'二字在此可拆开用:若认同'意'等于'境界'之内美,则'境'就可作景物或景观造型解,这样,'意境'就不仅能涵盖言情之作,也可网罗写景之作了,'境界'的词源局限性也就因此被超越。"①"内美"概念来自屈原,与作家的"人格""修养""学问""德性"等相通。王国维引用过屈原的"纷吾既有此内美兮,又重之以修能",强调"文字之事,于此二者,不参缺一。然词乃抒情之作,故尤重内美。"(《人间词话》删稿四十八)高度评价了屈原。由此可知,若一位诗人没有形成自己的生命主体,那么,他是无法创造出杰出作品的。这与王国维的肯定"境界"相一致,

---

① 夏中义:《世纪初的苦魂》,上海:上海文艺出版社,1995 年,第 37 页。

所以将"内美"释为"境界"的内涵，非常合适。不过，夏中义没有摆脱"境界"界定中的"意境化魔咒"，他将"境界"与"意境"同样视为"作品"特性的描述，用"意境"为标准评价了"境界"，这样一来，"境界"原因概括作家主体精神特性所形成的长处，也就变成了无法综合概括作品中情景关系的短处，"境界"原所代表的"内美"也就只能屈居"意境"所代表的情景关系命题之下。夏中义的贡献是能够充分揭示"境界说"的主体内涵，不足是缺少临门一脚，把这个主体论的好球直接推入"境界"生命论的大门，相反，却回传到"意境"的门内。夏中义的"内美说"也像"感受说"那样，只能部分地而非全部地解释王国维所使用的"境界"概念——这里是指能够解释那些揭示了作家主体精神的"境界"用法，不能也同时解释那些揭示了事物生命特性的"境界"用法。

　　不过，与"世界说""形象说"与"理念说"相比较，我是明确倾向于"主体说"的，并从这里获得灵感，以突破长期以来用文学反映论的"主客二分"范畴来界定"境界"，这也许才能找到一条真正通向王国维"境界说"的思想小径，它不免曲曲弯弯，但曲径通幽，柳暗花明又一村。这启发我的是，诗学上的"主体说"是中国传统诗学的一个传承，王国维也不例外。远的如"言志""缘情"的主张，就是从主体的角度认识诗歌属性的。近的如王夫之与袁枚的诗论，也都是从主体的角度认识诗歌属性的。王夫之认为："无论诗歌与长行文字，俱以意为主。意犹帅也。无帅之兵，谓之乌合。李杜所以称大家者，无意之诗，十不得一二也。烟云泉石，花鸟苔林，金铺锦帐，寓意则灵。若齐、梁绮语，宋人抟合成句之出处（宋人论诗，句句求出处），役心向彼搜索，而不恤己之情之所自发，此之谓小家数，总在圈缋中求活计也。"[1]王夫

---

① 王夫之：《薑斋诗话》，丁福保辑：《清诗话》上，上海：上海古籍出版社，2015年，第7页。

之强调"写意",反对"役心",就是认为诗歌创作是由作者主体的情感勃发所形成,离开了主体,就没有了诗歌创作,即使也能写出一些作品,也不是高水平的艺术品。王夫之还讨论了诗歌中的情景关系,但也是指向于肯定诗人主体作用的。如他说:"'池塘生春草''蝴蝶飞南园''明月照积雪',皆心中目中与相融浃,一出语时,即得珠圆玉润;要亦各视其所怀来,而与景相迎也。'日暮天无云,春风散微和',想见陶令当时胸次,岂夹铅汞人能作此语?"①虽然讨论的对象只是作品中的景物描写,却又将诗人能够写活景物归结为诗人主体的情怀,可见,在诗中抒情是比写景更具关键作用的。所以,在直接讨论到情景关系时,王夫之毫不犹豫地将重点落实在抒情而非写景之上,强调"情景名为二,而实不可离。神于诗者,妙合无垠。巧者则有情中景,景中情"。② 认为诗歌中写情是情,写景也是情,这就是王夫之的诗学结论。袁枚也说:"且夫诗者由情生者也。有必不可解之情,而后有必不可朽之诗。"③他强调"千古文章,传真不传伪"。④ 其所传者,就是指只传写出了情感之真的作品,而不传情感不真的作品。所以,把中国传统诗学上的"主体说"做一个粗略的陈述排列的话,大概可以这样概说,分别有"诗以言志说""诗以缘情说""诗以性情说""诗以兴趣说""诗以写意说""诗以由情说"等,当然也有一些偏向说明作品构成与效果的观点如"诗以肌理说""诗以神韵说"等,但都不及"主体说"更加有影响力,故在中国,实际上形成了强大的抒情(言志)的诗学大传统。其实,从主体的角度阐释王国维的"词以境界说",完全就

---

① 王夫之:《薑斋诗话》,丁福保辑:《清诗话》上,第7—8页。
② 王夫之:《薑斋诗话》,丁福保辑:《清诗话》上,第10页。
③ 袁枚:《答蕺园论诗书》,周本淳标注:《小仓山房诗文集》,上海:上海古籍出版社,1988年,第1802页。
④ 袁枚:《答蕺园论诗书》,周本淳标注:《小仓山房诗文集》,第1803页。

是中国抒情（言志）传统的再出发，而非背离这个传统的"他者化"。比较中西诗学大传统可知，西方诗学思想从一开始就极为重视"模仿自然"，不重表现作者情思，与中国走了一条很不相同的路。西方诗学思想直到18世纪浪漫主义文学思潮的兴起，才改变了从"模仿说"到"表现说"的转变，即从"镜"到"灯"的转变。所以，要想证明王国维的诗学建构是西方诗学的翻版，就得证明西方诗学从一开始就是"表现说"的，或证明王国维的诗学是主张"模仿自然"的，否则的话，就无法将王国维诗学思想视为西方诗学的翻版。因此，我认为，当学者们揭示王国维"境界"概念的主体内涵时，其实都是在揭示王国维诗学与中国传统诗学的天然联系，下面的文章，就是接着往下说的一些针对性尝试而已。即使当我用"生命之敞亮"来界定"境界"的内涵时，其用语不无海德格尔的色彩，但也仍然是在阐发中国诗学问题，让大家明了中国诗学的深邃性，而非是将中国诗学问题变成了一个西方的话题，所以，这只是借用他人之概念来阐发固有之思想，发现二者间的共通性，并非指认固有的东西已经是他生的东西。这是我的基本立场，故在此预先交代一下。

第二章
『境界』分类
——『生命之敞亮』的多形态

从上述各种定义可知，虽然多数学者从作品形态的角度界定"境界"，但已有担心者，如佛雏提出了"生发"问题，罗钢提出了"经验论"问题，至徐复观、叶嘉莹与夏中义则直接提出了主体的"精神层次"问题，这表明在界定"境界"时，有个潜在的思路一直活跃着，那就是在强调"境界说"关注写景、表现生活本质与理念等之外，还存在一个与主体论、生命论或远或近的论域，要从作家生命主体的角度来界定"境界"。但是，这一转向不够全面，也不够彻底，一直处于蛰伏状态，无人揭开它的"理论盖头"，让它露出主体论乃至生命论的真面目。

一

依我看来，这个"境界"的真面目就是要从生命本体论的角度来阐释，才有可能统摄《人间词话》乃至整个王国维诗学，呈现其革命性的变革特色，为其在中国传统诗学向现代诗学转变的过程中，找到合适的理论定位，揭示其蓬勃的审美力量。

何以要主张从生命论的角度来界定"境界"呢？理由有四：其一，王国维是诗人，而且是一个注重生命体验未受什么社会本质论影响的诗人，他的诗学不从生命出发是说不通的。其二，在研究王国维诗学时，所给出的某种界定不仅要能通释《人间词话》中的诸"境界"用法，也要通释王国维诗学的基本事实。其三，夏中义强调"生命感悟"的决定性,着重分析与刻画王国维的生命风貌,故有"世纪初的苦魂"之说,这是生命论的说法,实已开启从生命美学角度界定"境界"的方向,移之而评"境界",可谓水到渠成。其四,上述诸界定未能清晰划分"境界"与"意境"的内涵边界,总是用"意境"定义来取代"境界"定义,导致"境界"不明,也就导致王国维诗学不明,无法呈现其独特性。但若取生命说,则可以统一上述诸定义,打通"主客二分",勘破"境界"的真面目——生命的面目。人们就"境界"所说的"世界",应当是"生命的世界";所说的"形象",应当是"生命的形象";所说的"理念",应当是"生命的理念";所说的"精神层次""感受""内美",应当是"生命的精神层次""生命的感受"与"生命的内美"。

生命本体论强调"艺术不仅仅或不主要是反映,而从根本上说,它是体验,从人的存在这一本根深层生起的体验——这是存在的体验,生命的体验,真正人的体验。它关注的不仅是认识生活,而且更重要的是全面地、深刻地显现生活的本体、奥秘——即体验生活。艺术被当作认识的工具、教育的工具,其生命意味、存在意味却必然地失落了"。同时认为,本体缺失会导致"主体迷失""感性迷失""形式迷失"与"意义迷失"。① 我们可以对上述观点加以调整,给出这样的看法:生命本体论强调文学是基于生命体验的生命创造,作家、作品与读者三方面结合成为生命的审美共同体,以自己的生命去感化与唤醒别人(他物)的生命,又从别人(他物)的生命提升丰富自己的生命,从而在生存之网中共同获得生命的欢欣与自由。生命本体论可以突破文学反映论的思维定式,通过强调与恢复文学与生命的本然

---

① 王一川:《本体反思与重建——人类学文艺学论纲》,《当代电影》,1987 年第 1 期。

关联,揭示文学的生命特征,从而肯定文学所展示的生命精神。[1] 生命本体论与文学反映论的"世界说""形象说""理念说"所不同者在于,后者建立在"主客二分"之上,总是设置了一个"本质"在那里,强求文学去反映它,所以,它以分离主客与对立主客为内核,即使也会强调"主客观统一",仍然摆脱不了内置的"主客二分",因为强调统一,正是基于有对立。文学反映论视域下的创作状态是:作家好比一条狗,凭着灵敏的嗅觉去寻找猎物,找不到猎物的统统不是好狗。而问题正是,那座山上,真的连一只猎物的影子都没有。生命本体论的视域却不同,它所关注的正是那条狗本身,也许找到了猎物,也许没有找到猎物,也许在寻找,也许不在寻找,如果那条狗表现出了足够的勇猛、智慧、活泼、优雅甚至忧郁,将这样的情态刻画下来,也就完成了创作的任务。生命本体论强调文学创作以生命的丰富性与生动性来真正展示人与物的生命活动样态,留下多样的生命图景,把人之所以为生命、物之所以为生命、文学之所以为生命而写的那个特性演绎得淋漓尽致。

如果以《人间词话》六十四则为讨论中心,结合《人间词话》删稿与王国维的其他文学论述,王国维最终形成的"境界说"其实是关于文学生命的一种论述,它当然涉及多方面的创作问题,如"形象"问题、"情景"问题、"有我""无我"问题、"出入"问题等,但都是围绕生命这个核心而展开的。《人间词话》拈出一个"境界"说话,其实就是拈出一个"生命"说话。正是依据如此,它才是"为本"的,而其他所说才是"为末"的。它才是最具有吸附性的"元理论",而非被其他种种实

---

[1] 参见薛雯:《"为文学正名"的再出发——新时期"文学本体论"的讨论与反思》,《学习与探索》,2015年第3期。

体理论所吸附。见到生命的理论，总是成为生命的；见到理论的生命，也许会被转化成了概念。《人间词话》最终不以概念系统的面目出现的根本原因即在于它是以生命为基础的诗学创新，而非以理论见长的概念推演。你可以说它缺乏理论体系的内在严密性，但它却充满诗性智慧的丰富与活泼，而这用于评诗，应是妥帖的选择。

所谓的"境界"即"生命之敞亮"，即以"生命"为原发点，要求在诗词创作中予以活泼泼地表现出来。① 扩展一些说，即主体处于生命的

① 胡经之曾用过"生命之敞亮"这个概念，强调"艺术真实即艺术生命的敞亮"，认为"艺术作品的存在就成为真理的显现、存在的澄明，人生就诗意般地敞亮、揭示出来。"（《文艺美学》，《胡经之文集》第 1 卷，深圳：海天出版社，2015 年，第 137、142 页）胡经之的"生命之敞亮"不是直接用来解释"境界"，而是用来解释作品的"艺术真实"的。不过，当胡经之把"艺术真实"生命化后，却极具启发性，其"生命之敞亮"可用来指称"境界"的审美内涵。胡经之的观点直承日本学者滨田正秀而来，滨田正秀的观点融入了海德格尔的思想，胡经之引述了滨田正秀的基本观点："真实在何处？又何谓真实？在主张文学是虚构之前，首先必须弄清真实之所在。柏拉图说现实并不是真实而只是真实的影子。海德格尔认为真实是隐藏着的东西。我们周围的现实并不是真实，而只不过是真实的影子、假象和片断。文学是一种使现实更接近于真实的努力，它要把被歪曲和被掩盖着的真实发掘出来，创造出更具价值的东西，并使全部生命得以复活。真实不是别的，乃是生命的真实。"（滨田正秀：《文艺学概论》，陈秋峰、杨国华译，北京：中国戏剧出版社，1985 年，第 37 页）米兰·昆德拉在讨论小说的价值时也表达了类似的看法，他说："科学的高潮把人推进到各专业学科的隧道里。他越是在自己的学问中深入，便越是看不见整个世界和他自己，因而陷入胡塞尔的弟子海德格尔用一个漂亮的近乎魔术般的名言所形容的'存在的被遗忘'中。"（米兰·昆德拉：《小说的艺术》，孟湄译，北京：三联书店，1992 年，第 1—2 页）但是艺术家所做的恰恰是揭去这种"被遗忘"，因此，他高度评价小说："伟大艺术不是别的，正是对这个被人遗忘的存在所进行的勘探。"（米兰·昆德拉：《小说的艺术》，孟湄译，第 3 页）又说："发现只有小说才能发现的，这是小说的存在的唯一理由。没有发现过去始终未知的一部分存在的小说是不道德的。认识是小说的唯一道德。"（米兰·昆德拉：《小说的艺术》，孟湄译，第 4 页）还说小说是在"终极悖论"的条件下，发现"存在的范畴如何突然改变了意义"。（米兰·昆德拉：《小说的艺术》，孟湄译，第 11 页）昆德拉所强调的小说所具有的"发现认识作用"，其实指的就是一种艺术的"敞亮"作用，将被遮蔽的东西揭示出来，让人们看到世界的本来的面目，给人们以惊喜、感动与思索。昆德拉认为小说具有"发现"的功能，与王国维主张"境界"具有"不隔"即"敞亮"的功能，都是在揭示艺术所具有的共通特性，故可放在一起，相互阐发。另，什克洛夫斯基指出："为了恢复对生活的体验，感到事物的存在，为了使石头成其为石头，才存在所谓的艺术。艺术的目的是为了把事物提供为一种可观可见之物，而不是可认可知之物。"（什克洛夫斯基：《散文理论》，刘宗次译，南昌：百花洲文艺出版社，1997 年，第 10 页）这里提出的"使石头成其为石头"的说法，其实就是主张艺术的　（转下页）

　┃　生命之敞亮——王国维"境界说"诗学属性论

某个高峰时刻,眼界遂宽,感慨遂深,以赤子之心、自然之舌、仁兴言情,揭事物之真,抒情感之实,不为陈言滥调,不为虚情假意。如果说,原来的生命状态是晦暗的、幽闭的、无名的,经过诗词的创造性表现所形成的审美生命是明朗的、开放的与有名的,从而使得读者与诗人一起,能够真切地领略欣赏新的生命图景,并且能够从中认识反思生命的价值与意义。我认为,以"生命之敞亮"为释义,能够通释王国维诗学中的"境界"用法及相关概念。鉴于生命是多层级、多类型的,"生命之敞亮"在《人间词话》中也是以其多形态予以表现的,这使它们相互关联并呈现出一个诗学整体。

二

我首先将分三个基本方面来概述这一界定的有效性,解释对象限于直接使用"境界"一词,对于体现了"境界"之义的其他表述,则稍后再进行。

其一,"生命为本说"是关于诗的生命本质的陈述。王国维说:

> 词以境界为最上,有境界则自成高格,自有名句。(《人间词话》一)

> 然沧浪所谓兴趣,阮亭所谓神韵,犹不过道其面目,不若鄙

(接上页)创造是努力使所表现的事物达到"不隔"的状态,所以,说的正是"生命之敞亮"的问题。艾迪生曾说:"凭文字的渲染描绘,读者在想象里看到的一幅景象,比这个景象实际上在他的眼前呈现时更加鲜明生动。在这种情形之下,诗人似乎是胜过了大自然。"(《旁观者》,载钱锺书:《写在人生边上 写在人生边上的边上 石语》。北京:三联书店,2001年,第366页)这里说的"胜过大自然",就是使自然景象"不隔"而敞亮了,使那块平常的石头闪闪发光,引人注目了。

人拈出"境界"二字为探其本也。(《人间词话》九)

　　有境界,本也。气质、神韵,末也。有境界而二者随之矣。(《人间词话》删稿十三)[1]

若将其中的"境界"置换成"生命之敞亮",则含义确切鲜明,照着说则为:"有'生命之敞亮'就有诗词的取意高妙或调式高雅,就有名句",这大概是顺理成章的。叶朗曾肯定"境界为本说",但所述理由并未点到关键处,他指出:"严羽的'兴趣',王士禛的'神韵',王国维的'境界',都是概括文艺特性的范畴,他们是一线下来的,不同的是,'兴趣''神韵'偏于主观的感受,因此比较朦胧恍惚,显得难于捉摸,不免带上一层神秘色彩,而'境界'则从诗词本身的形象和情感内容入论,因此比较清楚、确定,没有神秘色彩。就这方面说,王国维的境界说比起严羽的兴趣说和王士禛的神韵说来,确是进了一步。"[2]从是否神秘角度论"境界"与"兴趣""神韵"的区别,说服力不强,因为至今关于"境界"内涵的界定都争论不休,何以表明它是清楚而不神秘的?此外,叶朗将"境界"视为"形象和情感",又回到了"形象说"所代表的"情景关系说",不明"境界"的生命本体特性。在我看来,若换成从"生命之敞亮"看"境界""兴趣"与"神韵",则本末自现,无须多说。作为生命的东西当然是本,作为生命之表征的东西当然是末,但它们是连成一体的。所以,主张"境界为本",不是否定"兴趣""神韵"作为"末"的价值,仅仅是为它们在创作上的重要性进行排序而已。

---

[1] 本书所引《人间词话》六十四则、《人间词话》删稿及附录、拾遗,均见《王国维文集》第1卷,第141—185页。

[2] 叶朗:《论王国维境界说与严羽兴趣说、叶燮境界说的同异》,《文汇报》,1963年3月2日。

其二,"作家生命说"亦可称作"作家主体说",类似全称的"内美说"。王国维有:

> 词至李后主而境界始大。(《人间词话》重编本十一)
> 古今之成大事业、大学问者,必经过三种之境界。(《人间词话》二十六)
> 幼安之佳处,在有性情,有境界。(《人间词话》四十三)
> 然非自有境界,古人亦不为我用。(《人间词话》删稿十四)
> 文文山词,风骨甚高,亦有境界。(《人间词话》删稿三十一)

这里的"境界"都在描述诗人的生命情状,大体上包含了心胸、人格、修养、见识等含义,意在表明创作是受诗人有无"境界"制约的。王国维曾讨论画的创作,认为"夫绘画之可贵者,非以其所绘之物也,必有我焉以寄于物之中"。又强调说:"画之高下,视其我之高下。一人之画之高下,又视其一时之我之高下。"[1]由此可知,所谓"境界"实指我之生命的品格高下,若我的生命高妙,包蕴深厚,眼光超俗,见解非凡,那么,我所创造出来的诗词也就当然地出类拔萃。

其三,"情景生命说"。此指通过情感表达、景物或事件的描写所达到的"生命之敞亮"的状态。王国维有:

> 故能写真景物、真感情者,谓之有境界。否则谓之无境界。(《人间词话》六)
> "红杏枝头春意闹",著一"闹"字,而境界全出。"云破月来

---

① 王国维:《二田画屃记》,《王国维文集》第1卷,第136页。

花弄影",著一"弄"字,而境界全出矣。(《人间词话》七)

境界有大小,不以是而分优劣。(《人间词话》八)

美成《解语花》之"桂华流瓦",境界极妙。惜以"桂华"二字代"月"。(《人间词话》三十四)

"明月照积雪""大江流日夜""中天悬明月""黄(长)河落日圆",此种境界,可谓千古壮观。(《人间词话》五十一)

"西(秋)风吹渭水,落日(叶)满长安。"美成以之入词,白仁甫以之入曲,此借古人之境界为我之境界者也。(《人间词话》删稿十四)

稼轩《贺新郎》词《送茂嘉十二弟》,章法高妙。且语语有境界,此能品而几于神者。然非有意为之,故后人不能学也。(《人间词话》删稿十六)

然《水云楼词》小令颇有境界,长调惟存气格。(《人间词话》删稿十八)

(孙文宪词)昔黄玉林赏其"一庭花(疏)雨湿春愁"为古今佳句。余以为不若"片帆烟际闪孤光",尤有境界也。(《人间词话》附录十三)

一切境界,无不为诗人设。……有诗人之境界,有常人之境界。(《人间词话》附录十六)

这些"境界"用法,若换成"生命之敞亮"一语,或强调情感表达之敞亮,或强调景物描写之敞亮,都能恰当地反映创作的实际情况。相反,如果情感表达含混,景物描写模糊不清,那就无法敞亮生命,也缺乏感动读者、引领读者提升生命层级的艺术力量。那么,如何才算"情景"的"生命之敞亮"呢? 判断的标准就是王国维所说的"以其所见者真,所知者深也"(《人间词话》五十六),即"能写真景物、真感情者,谓之有境界。否则谓之无境界"。这里的"真"是指见到生命之真,这里的"深"是指理解了生命之深。

注意,就王国维的"境界"使用来看,在"作家生命说"与"情景生命说"之间有交叉,原因在于,"诗人有境界"与"诗作有境界"是一个相关联的问题,虽然王国维在说明这二者时有所偏重,但不能完全隔开或区分这二者。合而言之,"作家生命说"与"情景生命说"是"生命为本说"的"花开两朵,各在一枝"。这两朵花虽然分开,可血脉营养却是一样的。在出现难以区分的情况,我采取就近原则,或放入前一类,或放入后一类。如"幼安之佳处,在有性情,有境界""且语语有境界""文文山词,风骨甚高,亦有境界"等,我把涉及诗人姓名的放入"作家生命说"一类,把没有涉及姓名的放入"情景生命说"一类。这一权宜之计也说明,要对王国维所有的"境界"用法做出清晰的归类与解释,确实需要缜密思考。同时也表明,王国维的诗学毕竟不是一个以推理见长的体系,却要求其理论上的明晰性,这必然会遇到通释上的不少障碍。不过,我倒认为,就人文学而言,追求概念上的清晰也许不及追求思想情感上的明晰更具有活力。

三

在《人间词话》中,还有多则涉及"境界"的分类,过去往往将其视为形象的分类或创作方法的分类,此处依"生命之敞亮"解释之,则是指"生命的不同敞亮形态"。以下逐一说明。

例一,关于"造境"与"写境"。"有造境,有写境,此理想与写实二派之所由分。然二者颇难分别。因大诗人所造之境,必合乎自然,所写之境,亦必邻于理想故也。"(《人间词话》二)此则词话中出现的"理想"与"写实"二概念,明显来自西方文论,所以成为向中国输送"浪漫主义"与"写实主义"创作方法的滥觞。故多数解读者从这个方面入手,如王文生说:"这两条有关的论述十分清楚地表达了一种观点,从创造艺术境界的方法来看,有写境、造境之分,它是写实与理想二派能以区别之所在。写实家着重于直接摹写'自然之物',创造实有之境;理想家着重于在'自然之物'的基础上按照自己的理想进行幻想和夸张,创造'虚构之境'。"①也有研究者认为,这种划分的界说不够明确,如黄维樑指出:"'理想派'与'写实派'则显然是舶来品,是所谓西方'近代美学'名词,对当时的中国读者来说,可能是相当新颖的。遗憾的是,王氏介绍了这对名词后,只草草解释说:'然二者颇难分别,因大诗人所造之境必合乎自然,所写之境亦必邻于理想故也。'所以'虽写实家亦理想家','虽理想家亦写实家',静安连一个实例也没有举出来。"②虽然黄维樑的批评不无道理,但若回到王文生的解释来看,王国维在此处只是想借助于西方的这对概念来进行"境界"创造方式的区分,进而为把握文学史提供一个模式而已。此后的中国文学史研究,确实在一个相当长的时间陷入现实主义与浪漫主义的争议与描述之中,这是由王国维所开创的。但从生命论的角度来看,所谓"造境"实为"创造性地展现生命活动",而"写境"实为"如实地展现生命活动"。所以,无论是"造境"与"写境",都是以表现人的生命活动为对象的,而非可简单地称之为以描写社会生活本质为对象的。那为什么又强调"造境"与"写境"是难以区别的呢?原因在于诗人的创作都是基于理想而成于现实的,诗人的创作总是在表现理想,可诗

---

① 王文生:《王国维的文学思想初探》,《古代文学理论研究丛刊》,1982 年第 7 辑。
② 黄维樑:《中国古代文论新探》,北京:北京大学出版社,1996 年,第 112 页。

人又得通过写实才能达到这种理想,这样就出现了"理想"与"写实"必然统一的状态。

要理解这里的"造境"与"写境"的内在关联性,可证以另一则词话:"自然中之物,互相关系,互相限制。然其写之于文学及美术之中,必遗其关系、限制之处。故虽写实家,亦理想家也。又虽如何虚构之境,其材料必求之于自然,而其构造亦必从自然之法律。故虽理论家,亦写实家也。"(《人间词话》五)这与叔本华的观点有关:第一层面如叔本华那样强调了审美是对事物之具体关系的超越:"一切科学,皆从充足理由之形式,当其得一结论之理由也,此理由又不可无他物以为之理由,他理由亦然。……美术则不然,固无往而不得其息肩之所也。彼由理由结论之长流中,拾其静观之对象而使之孤立于吾前,而此特别之对象,其在科学中也,则藐然全体之一部分耳。而在美术中,则遽而代表其物之种族之全体,空间时间之形式对此而失其效,关系之法则至此而穷于用,故此时之对象,非个物而但其实念也。吾人于是得下美术之定义曰:美术者,离充足理由之原则,而观物之道也。"[1]这是强调审美是在刹那之间静观事物的结果,此时的事物并不处于社会关系网络之中,所以代表了"理念"(即实念),即代表了事物的真正本质。第二层面如叔本华所强调的"或有以美术家为模仿自然者。然彼苟无美之预想存在于经验之前,则安从取自然中完全之物而模仿之,又以之与不完全者相区别哉?"认为审美活动缘自内心的先验能力,而非如"模仿自然"所认识的那样,是艺术家对于自然的简单"模仿"。所以叔本华再说:"此美之预想,乃自先天中所知者,即理想的也,比其现于美术也,则为实际的。何则,此与后天中

---

[1] 王国维:《叔本华与尼采》,《王国维文集》第3卷,第344页。

所与之自然物相合故也。"①说明先有"美之预想",然后才有实际的审美创造,前者是选取后者的依据。但由于前者必须与后者相结合才能实现自己,所以这个"美之预想"也就与"自然"相结合了。叔本华此处的"美之预想"实是强调审美发生不是来自经验各界,而是来自艺术家的审美先验。综合两处来看,尽管王国维的"造境"与"写境说"承载了区分"浪漫主义"与"写实主义"这样的功能,同时,往深层去看,却表明"浪漫主义"与"写实主义"即艺术家的"理想"与"现实"又是密切相关的,原因在于它们本来就统一于艺术家的"美之预想"中,所以即使演化为"写实主义",也必然带有"理想"的性质;即使以"浪漫主义"的面目出现,也必然采用"现实"即"自然"的样态,否则,"理想"不得呈现,而"现实"没有根据。至此,倒是可以回答黄维樑的批评了,他埋怨王国维没有明确地下定义来说清概念是正确的,可要求王国维为此举例却越过了此论的设限,因为这是从抽象的层面上讨论审美的性质问题,其实是不必给以具体诗例来具体证明的。若依"生命之敞亮"予以解释,所谓"造境"与"写境",实指用不同的方式呈现生命的活动状态。生命既然是一个整体,对于生命的表现可以有不同的方式,但就根本而言,它们又是有机整一与相互关联的。

例二,关于"有我之境"与"无我之境"。"有有我之境,有无我之境。……有我之境,以我观物,故物皆著我之色彩。无我之境,以物观物,故不知何者为我,何者为物。古人之词,写有我之境者为多,然未始不能写无我之境,此在豪杰之士能自树立耳。"(《人间词话》三)顾随认为,这样的划分不能成立,强调没有"无我之境",因为"心转物

---

① 王国维:《〈红楼梦〉评论》,《王国维文集》第1卷,第21—22页。

始成诗,心转物则有我矣"。① 类似的看法大有人者,周煦良也如此,认为"艺术所写的,无'无我之境'。若真无我,则是科学的陈述,亦即王氏说的'以物观物',何贵乎要求艺术家来写"。② 当然也有从两种观察世界的方式来分析这里的有与无的,如王文生指出:"'有我之境''无我之境',不是诗中是否有'我',而是从物与我的关系,我观物的方式的不同而区分的两种审美范畴。它们并无高下之分。"③姚一苇则认为,"有我之境"与"无我之境"体现了两种艺术精神,比较起来,"前者是感性的,后者是理性的;前者是情感洋溢的,后者是冷静的;前者是个人化的,后者是普遍化的"。所以,前者类似于尼采所说的"酒神精神",后者类似于尼采所说的"日神精神"。④ 姚一苇的看法很接近于将这两种境界分称为两种不同的生命力,可还是没有迈出这一步。

　　"有我之境"与"无我之境"实是两种不同的生命敞亮方式,当诗人将自己鲜明地投射到诗中时,所展示的是一种具有强烈自我情感色彩的生命形态;当诗人将自我隐藏起来,甚至看似不表达自己的情感状态时,他通过表现外物的特性来展示外物,这也展示了一种生命形态。注意,既然都是生命展示出来的形态,所以没有高下之分。王国维虽然承认古往今来,能写"有我之境"的诗作要多些,但并不代表"有我之境"的作品艺术性就低于"无我之境",故其强调"豪杰之士"既可以创作出"有我之境"的作品,也可以创作出"无我之境"的作品。从"生命之敞亮"的角度看"有我之境"与"无我之境",就不会再执着

① 顾随:《论王静安》,《顾随全集·讲录卷》,第223页。
② 周煦良:《〈人间词话〉评述》,《书林》,1980年第1期。
③ 王文生:《王国维的文学思想初探》,《古代文学理论研究丛刊》,1982年第7期。
④ 姚一苇:《艺术的奥秘》,桂林:漓江出版社,1987年,第311页。

于以"心物关系与比例"来看这里的区分,抓住"无"为"没有"做文章,胶着于"诗是诗人所写",故强调没有"无我之境",或进而把"无我之境"解释成"写景之境",认为王国维违反了艺术创作必然是主客观相统一这一规律。生命或动或静,本是它运行的方式之一;物我或合或分,本是自然而然。何必只肯定其中的一种形态而否定另一种形态呢?此外,即使"无我之境"真的只写出了"物性",那也不能证明写"物性"就低于写"人性",因为,人是生命,物也是生命,人性是生命之华彩,物性也是生命之华彩。常风很早以前就指出:"'以我观物,故物皆着我之色彩',这是有我之境。超乎物外,'以物观物',客观地将眼前之'物'(这个物字我们不要把它看得太死板了),当作一个独立的生命,与我一样的一个独立的生命来看待,这是无我之境。"①可见,王国维强调写出"无我之境",根本不是为了排斥生命与情感,只是关注写景那么简单,而是肯定了另一种生命与情感形态。所以,见到王国维说"有我之境",就肯定它是表现生命与情感的,见王国维说"无我之境",就否定它是表现生命与情感的,这是不准确的。从思想传统上看,王国维提出的"以物观物"必然受到庄子的影响,而庄子倡"万物齐一",人与其他事物之间没有优劣高低之分,故写出人性或写出物性,本来在艺术上就属于同一个等量级。王国维在讨论"境界"时不避嫌疑举例写景之作,且将它们视为"境界全出"的作品,十分享受此中的美感,可见他的诗学中已经具有人与物的平等性。另有"境界无优劣"之说,也是视所有的生命形态是平等的。相反,倒是强调没有"比兴"就不能产生好作品的想法里,可能潜藏着"抒情"高于"写景"的人类中心主义的优越感,于是才不遗余力地抨击"无我之境"之

---

① 常风:《人间词话》(1943),《彷徨中的冷静》,天津:天津人民出版社,1998年,第68页。

作,推行的可能正是人类中心主义的伦理观与美学观。

例三,关于"境界有大小,不以是而分优劣。'细雨鱼儿出,微风燕子斜',何遽不若'落日照大旗,马鸣风萧萧'。'宝帘闲挂小银钩',何遽不若'雾失楼台,月迷津渡'也"(《人间词话》八)。历来在解释这则词话时,都围绕这"大小优劣"下功夫,有肯定者,也有否定者。佛雏指出:"境界的小与大,优美与壮美,反映不同的生活(包括自然)形相与意蕴,予人们以不同的审美享受,各有其'美'的特质,但同属'美'的范畴,故一般地讲,不能以优劣分。"①佛雏基本同意王国维的看法,并用"美不分优劣"为"境界不分优劣"提供了理由。但他的所谓"一般地讲",显然又有保留与迟疑,大概与长期以来形成的"题材决定论"有关。"题材决定论"强调"题材有大小",因而也是分优劣的,写重大题材的,往往获得更多肯定,而描写较小题材的,有时会被贬为"身边琐事"而予以批判。

质疑者则认为"境界"应当有优劣之别,如张文勋指出:"如果不顾思想内容,那的确也就很难评价其高下。但是,只要把思想内容联系起来看,很明显,《后出塞》(即"落日照大旗"这首——引者加)的境界就比《水槛遣心》(即"细雨鱼儿出"这首——引者加)深刻丰富得多;因而就艺术境界说,《后出塞》的境界就比《水槛遣心》里的'斜风''细雨'之类的境界要宏大深远得多。怎么能说'境界有大小,不以是分优劣'呢?"②张文勋的观点出现于1960年代,此时正是"题材决定论"流行之际,他接过这个意识形态论的文学观来看王国维,当然打上了时代的强劲烙印。

徐复观也是质疑者之一,他把"境界有大小"释为"写景有大小",

---

① 佛雏:《〈人间词话〉五题》,《扬州师院学报》,1980年第1期。
② 张文勋:《从〈人间词话〉看王国维美学思想实质》,《学术研究》,1964年第3期。

使得王国维的"错误"变得好像"确凿无疑"起来。他说:"按写景之大小,各因诗人当时的所遇。从这点说,是不应该以此而分优劣的。但大小景的把握,关系于作者的胸襟气度,所以古今能写小景者多,能写大景者少。可以这样说,大诗人能写大景,也能写小景。小名家,则只能写小景;若写大景,便常如《薑斋诗话》中所讥的'张皇使犬'。由此可知,写境之大小,亦未尝不可分优劣。"① 徐复观强调作家的"精神层次"会影响到对于"事物、自然"所能把握的层次,这是对的。没有作家的思想情感,就没有创作;没有作家高尚伟大的思想情感,就不能创作出高尚伟大的作品。但是,这里的"境界"真的能够释为"写景"吗?当然不能。王国维的"境界说"就其落实在诗人身上时,是指创作主体的精神风貌;就其落实在作品之中时,是指作品所体现出来的生命风貌,这绝非"景物"的原样呈现,而是"景物"经过诗人的情感投入以后所呈现出来的"景物"的生命活力,所以,此时的"景物"是生命化的,而非物质化的,故其能够以"境界"的方式予以展示,而非以物质的方式予以裸露。徐复观关于"境界有大小"的理解,已经偏离了王国维的原意。

在我看来,王国维提出"有大小"的"境界"不分优劣,其实是生命论的一个观点。王国维的原意是,只要表现出来的生命情状是真切的,生动的,无可替代的,就是"境界全出"的作品,不能因为题材之大小,风格之浓淡,思想之重轻,就得出一个"境界"高于另一个"境界"这样机械性的结论。这是生命论与题材论乃至思想论的区别。在生命论这里,所有的生命都是平等的,所有表现出生命的"境界"也是可分大小却不分优劣的。在题材论那里,题材是有大小的,有的题材的

---

① 徐复观:《王国维〈人间词话〉境界说试评》,《中国文学论集续篇》,第68页。

意义重要些,有的题材的意义次要些。在思想论那里,思想也是有大小的,有的思想的意义重要些,有的思想的意义次要些。但如果设想一下,一个婴儿在襁褓中啼哭,一个将军在战场上飞驰,从创作题材、思想内容的角度看,容易分出高下,描写战场上的英勇行为,可歌可泣。可如果从生命活动的角度解读,就难分伯仲了。赤子之啼哭的生命照耀力,决不下于将军之飞跃的生命照耀力。在生命面前,最好不要区分高下优劣,那样的话,可保持所有生命的平等与尊严,而一旦强分高下优劣,最易用崇高、伟大、重要等名义抹杀微小生命的存在权利。就此而言,通过对不同生命的一视同仁的维护,倒宣示了生命平等的思想,这可能是王国维未明确、却可以引发我们进一步思考的地方。

例四,关于"人生三境界"。"古今成大事业、大学问者,必经过三种之境界:'昨夜西风凋碧树,独上高楼,望尽天涯路',此第一境也。'衣带渐宽终不悔,为伊消得人憔悴',此第二境也。'众里寻他千百度,回头蓦见,那人正在灯火阑珊处',此第三境也。此等语皆非大词人不能道。然遽以此意解释诸词,恐晏欧诸公所不许也。"(《人间词话》二十六)关于"三境说"的解释,各有不同,但可从中看到逐渐趋向生命说的某些痕迹。如李广田认为,"三境说"讲的是人生追求:"第一首说眼光远大,立定目标;第二首是说锲而不舍,虽败不馁;第三首是说'踏破芒鞋无觅处,得来全不费工夫',是成功的愉快。"[1]佛雏认为,表述的是艺术家的修养与相关的创作问题,"就文艺言,'三境'说讲的是艺术家修养与创作的阶段性与艰苦性,它涉及形象思维中的质的飞跃问题。它借用三种诗'境',形象地表述了一切艺术意境从

---

[1] 李广田:《谈文艺欣赏》,《李广田全集》第 5 集,昆明:云南人民出版社,2010 年,第119 页。

最初酝酿、中经反复艰苦地艺术实践,以至最后飞跃地圆满达成这一创作过程"。① 王苏则从"禅定"的角度评述"三境",指出"禅定"有四阶段:初禅阶段排除烦恼、欲望的干扰,得到从烦暴现实中脱身的喜悦;二禅阶段将这种喜悦转化成自身的一种属性,达到"戒"的状态;三禅阶段是指原有的对于事物色相的喜悦消失了,只留下纯净自然的乐趣;四禅阶段是得到的乐趣也消失了,获得智慧的顿悟,达到了无欲念、无喜忧的境界。对照来看王国维,他的第一境相当于禅定的第一、第二阶段,"独上高楼"才能排除干扰,从现实中解脱出来;第二境已经"从'凋碧树'的自然现实,转化为自身变化的'衣带渐宽''人憔悴'","在平静、纯净、自然的乐趣中寻求寄托,但这不仅是一种寄托,而是更高的乐趣"。第三境相当于禅定的第四阶段,"'众里寻他千百度'表达了'慧'的艰辛,'回头蓦见,那人正在灯火阑珊处'无疑是智慧的'顿悟'"。②

　　若将李广田的"人生目标说"、佛雏的"艺术修养说"与王苏的"禅定说"联系起来看,我认为,正在逐渐接近我所提出的生命说。以追求人生目标来说"三境",过重社会功利,与王国维的反功利目标相差较远。以艺术修养与创作阶段来说"三境",其中的"艺术修养"涉及作家主体的精神特性,可创作阶段说还是将"三境"降为事物的阶段划分,难以反映它所显示的高远想象。以"禅定"内涵来界定"三境",反映了"三境"追求审美实现,变成了"去欲"的直观说,在揭示"三境"的内涵时与王国维的整体审美观是统一的,可未能具体指明"三境"到底是从哪个角度丰富了"境界"的生命内涵。如果将"三境说"视为"生命的三种敞亮形态",上述问题也就迎刃而解。第一境是生命的

----

① 佛雏:《评王国维的"三境说"》,《扬州师院学报》,1979年第2期。
② 王苏:《王国维"境界说"的禅宗意蕴》,《中州学刊》,1990年第3期。

始发追求状态，故极目远处，展开想象与探索；第二境是为自己的选择付出生命的心血，哪怕是被其折磨，也在所不惜；第三境是努力过后的突然得到，生命充满了平静的喜悦。故第一境是生命的奋发，第二境是生命的坚韧，第三境是生命的喜悦。要知道，这"三境"作为"生命之敞亮"，形态各不相同，甚至还可分出层级来，但并无优劣，各处一境，都能创作出属于自己的"境界"来，而非只有达到第三境，才算成功。

王国维的"三境说"启发了冯友兰等人提出"人生境界"理论，不过王国维是在审美境界的范围内讨论生命敞亮的不同形态，冯友兰等人是在人生整体上讨论不同阶段上的境界差异。冯友兰认为人生有"四境界"："自然境界""功利境界""伦理境界"与"天地境界"，每上一个层级，就越少生理的制约与功利的束缚，达至"天地境界"时，人就成为自由的人。宗白华提出了"六境界"："生理境界""功利境界""伦理境界""学术境界""艺术境界"与"宗教境界"，也是强调人的境界提升意味着摆脱生理与功利的束缚，达至"宗教境界"，才彻底摆脱了生理与功利的制约。其中将"艺术境界"置放于"学术境界"与"宗教境界"之间，强调了"艺术境界"的求美既区别于"学术境界"的求真与"宗教境界"的求善，却又与真、善相毗邻，说明了求美与求真、求善的相关性。王国维与冯友兰等人的共同性是在思考生命时会设置不同层级或形态，但王国维是在"审美生命"的范畴内来讨论"境界"的，在这个层级中，生命只有不同的形态，却没有不同的等级并区分为优劣。冯友兰与宗白华的"人生境界说"则有所区别，他们所言的"境界"实为"层级"的代名词，所区分的"四境界"与"六境界"之间是有高低与优劣区分的。

例五，关于"诗人之境界"。"山谷云：'天下清景，不择贤愚而与之，然吾特疑端为吾辈设。'诚哉是言！抑岂独清景而已，一切境界，无不为诗人设。世无诗人，即无此种境界。夫境界之呈于吾心而见于外物者，皆须臾之物。惟诗人能以此须臾之物，镌诸不朽之文字，使读者自得之。遂觉诗人之言，字字为我心中所欲言，而非我之所能自言，此大诗人之秘妙也。境界有二：有诗人之境界，有常人之境界。诗人之境界，惟诗人能感之而能写之，故读其诗者，亦高举远慕，有遗世之意。而亦有得有不得，且得之者亦各有深浅焉。若夫悲欢离合、羁旅行役之感，常人皆能感之，而惟诗人能写之。故其入于人者至深，而行于世也尤广。"(《人间词话》附录十六)理解此则词话，若从流行的"文学来自于生活"角度介入，可以认定"常人之境界"升华为"诗人之境界"，证明了文学必须来源生活这一观点的正确性。一般而言，强调文学创作来自生活总是不错的，除此之外，文学没有其他的源泉。但是，这个观察又是简单化的，因为并非所有了解了生活的人，都可以创造出文学作品来，这表明，要想进行创作，还得具备创作所需要的资质。这个资质包括了掌握一定的艺术技巧，但其中还包括了能够认识生活并体验生活，没有这份认识与体验的功夫，也无法进行创作。不过，这种解释还是捉襟见肘，把充满了生命情趣的创作活动变成了干巴巴的认识生活。所以，将这里出现的"境界"释为"生命之敞亮"，就会发现，关于创作的理解深入了，具体了，生命化了。"常人之境界"就是指的"常人之生命的敞亮"问题，"诗人之境界"就是指的"诗人之生命的敞亮"问题。但常人与诗人有个根本的区别，即常人感觉到自己的生命冲动，却无法明确地表现它，可诗人不同，他不仅可以超越常人的视域来体验感受自己的生命冲动与他人的生命冲动，而且可以表现这些生命冲动。在常人那里，生命还可能处于一种混沌状态，在诗人那里，生命就能敞亮起来。所以，王国维说"惟诗人能感之能写之",就是指诗人写出了蕴藏于常人内心世界里的未能明言的生命情趣,成为常人的代言人。结果,由诗人所敞亮的生命感动,也同样为常人所接受所欣赏,因为那原是来自常人心中的,只是经诗人之手提升了,当常人再读到它时,当然会有"高举远慕"的"遗世之意"了。至此,再来理解"天下清景无不为诗人设",不要像徐复观那样,误解王国维是将"清景"与"境界"等同的。实际上,从王国维的语气中就可看出,"岂独清景而已,一切境界,无不为诗人设",就是认为,除"清景"这一可能的"境界"生成外,还有诸多"境界"(如其所说:喜怒哀乐亦人心中之一境界)都是诗人所表现的。此说肯定了世上所有"境界",其实都是为诗人所设,为诗人所创造的。因此,从"清景"及世上所有的"境界"而言,作为诗人的创造物,它们都是诗人的发现,而非它们的原态,是诗人发现并表现了"天下清景"与一切"境界"的生命样态,诗人的职责就是敞亮生命并点燃常人心中的生命之灯。

另有"此借古人之境界为我之境界者也。然非自有境界,古人亦不为我用"(《人间词话》删稿十四)。此处的"古人之境界"当为古人笔下所创造的活泼泼的生命世界,强调古人为我所用,这是主张吸收古人创造的营养。但只有当诗人自己也形成了属于自己的生命人格,才能自由地吸收古人的营养,并创造出属于生命的自有的"生命之敞亮"。

第三章
『境界』有别称
——「真」而「不隔」之义释

在王国维的《人间词话》中,关于"真"与"不隔"的论述占有相当大的比重,作为核心概念来看,它们的使用数量与重要性仅次于"境界"范畴,并与"境界"保持了最为密切的互释关系,要达到"境界"的高度,"真"是一条途径,"不隔"也是一条途径。所以,最能体现"境界"特性的应当是"真"与"不隔"。这个现象已经受到学界的普遍关注,且在具体的阐释中,更是直接将"真"与"不隔"与"境界"释义相等同。如陈鸿祥评述道:"《人间词话》的理论核心是'境界',而以'真'为审美标准,所谓'隔'与'不隔'之别,手稿最初的原文是'真'与'隔',后改'真'为'不隔',以为'隔'对举,故'不隔'与'隔',其实就是真与不真。这既是王国维评价古今诗文成就、判别文学真伪的基本准绳,也是他以'境界'说自铸其理论大厦,以别于前人所谓'兴趣''神韵'等论说的美学基石。"①鉴于"真"与"不隔"的重要性,学界投入大量精力予以分析,试图揭示它们的确切语义,但是对它们的价值判断,却往往见仁见智,纷争不断。不过,在我看来,人们的解释大都不能令人满意,原因在于,没有说清"境界"的内涵,当然也就无法说清"真"与"不隔"的内涵。所以,当我将"境界"释为"生命之敞亮"后,我认为,"真"而"不隔"正是对于这个"生命之敞亮"的追求与实践,"真"标示"生命"的活泼,而"不隔"标示着"生命"处于"敞亮"状态。

---

① 陈鸿祥:《〈人间词话〉〈人间词〉注评》,南京:江苏古籍出版社,2002年,第4—5页。

下面试述之。

一

在《人间词话》诸版本中关于"真"的词话如下:

故能写真景物、真感情者,谓之有境界,否则谓之无境界。(《人间词话》六)

主观之诗人,不必多阅世。阅世愈浅,则性情愈真,李后主是也。(《人间词话》十七)

纳兰容若以自然之眼观物,以自然之舌言情。此由初入中原,未染汉人风气,故能真切如此。北宋以来,一人而已。(《人间词话》五十二)

以其所见者真,所知者深也。(《人间词话》五十六)

"昔为倡家女,今为荡子妇。荡子行不归,空床难独守。""何不策高足,先据要路津?无为久贫贱,坎坷长苦辛。"可为淫鄙之尤。然无视为淫词、鄙词者,以其真也。五代、北宋之大词人亦然。非无淫词,读之者但觉得其亲切动人;非无鄙词,但觉其精力弥满。可知淫词与鄙词之病,非淫与鄙之病,而游词之病也。"岂不尔思,室是远尔。"而子曰:"未之思也,夫何远之有?"恶其游也。(《人间词话》六十二)

诗至唐中叶以后,殆为羔雁之具矣。故五代北宋之诗,佳者绝少,而词则为其极盛时代。即诗词兼擅如永叔少游者,词胜于诗远甚。以其写之于诗者,不若写之于词者之真也。至南宋以后,词亦为羔雁之具,而词亦替矣。此亦文学升降之一关键也。

（《人间词话》删稿四）

　　北宋名家以方回为最次。其词如历下、新城之诗,非不华
瞻,惜少真味。(《人间词话》删稿六)

　　唐五代北宋之词,可谓生香真色。(《人间词话》删稿二十)

　　同样地将上述各则词话中的"真"字换成"生命之敞亮",决无什
么不妥。"真"在"生命之敞亮"的话语体系中,主要用于揭示某一生
命表现是否真实这一面。只有揭示与呈现了生命之真的创作,才能
达到生命的"敞亮",虚假的生命没有敞亮的可能性。王国维所要求
的诗词之真,无论是就情感言,还是就景物言,都是要求诗词应当具
有生命的真实。所谓景物之真,说的就是景物实现了"生命的敞亮";
所谓感情之真,说的就是感情实现了"生命的敞亮";所谓的"所见者
真",就是见到了"生命的敞亮"。

　　王国维在强调"真"的关键作用时,可谓既宏观也微观。在宏观
中分析过北宋与南宋词作的区别,其中认为南宋词作蜕为"羔雁之
具"即变成应酬之作,原因就是失去了诗词应当表现真实生命感受的
基本特性,而变成了与自身生命体验无关的交际活动。在微观中分
析到了两人,他们虽然同为北宋诗人,却也有不尽如人意之处,这就
是不能尽达"生命之敞亮"的高度。一个是欧阳修,其诗作不及词作,
在于其词"生香真色",而其诗却不免有所失色,缺乏生命的足够光
彩。一个是贺铸,虽为北宋诗人,有北宋词作的基本底色,却"惜少真
味",缺少"生香真色"这样的"生命之敞亮"。这个缺少"真味"是读者
读出来的,当然也是作品所没有蕴藏的。可见"生香真色"是王国维
描述"境界"特征的一个用词,达到"生香真色"状态,就是达到"境界"
状态,也就是达到了"生命之敞亮"。

所以，王国维在观察文学史与典型作家的创作时，用了这个"生命之敞亮"来评价词作，有了"生命之敞亮"的北宋当然高于没有或缺乏"生命之敞亮"的南宋；有了"生命之敞亮"的词作当然高于没有或缺乏"生命之敞亮"的诗作。诗中匮乏"生命之敞亮"时，诗将失格；词中有了"生命之敞亮"时，词品超逸。即使在北宋词作那一片"生气灌注"之中，也会出现未能"生气灌注"之人、之作。有人认为，王国维对于南宋词的整体评价过低，为南宋词人进行辩护，其中之一就是重评姜白石，肯定白石词作的本事与爱情相关，所以"在他人为余文，在白石为实感……怀人各篇，益以真情实感故生新刻至，愈淡愈浓"。[①] 但这又似乎不能否定王国维的这个"生命之敞亮"。为什么？因为当诗作"愈淡愈浓"而淡至不能引发一般读者的共鸣时，只能表明词作实际上还缺乏深情厚谊，未能将生命和盘托出，不够"敞亮"，所以还是与第一流大诗人的那种"生香真色"的化境有了距离。

王国维关于"淫词""鄙词"与"游词"的辨析，最能体现他对"真"的推崇，也最能体现他对审美生命的尊重。王国维此处所引，一为歌咏昔日倡伎，一为歌咏求功利的失败者，他们都是欲望之人，可王国维没有否定描写这样内容的诗作，为什么呢？就在于这样的创作是真诚的，所抒发的也是人情之常，能够得到读者的认同。所以，看起来是"淫词"与"鄙词"，却因不失天真，不悖事实，反而不觉鄙下，更见真淳。但"游词"却不同了，"游词"实指创作上的言不由衷，假情虚意，违反人情之常，是人性之乖戾，令人反感。从"生命之敞亮"的角度来看，此处的"淫词"或"鄙词"因为表现的是人的真情实感，所以是"生命之敞亮"。可"游词"不同，它不仅没有表现生命真实，反而是对

---

① 夏承焘：《姜白石词编年笺校》之《合肥词事》一节，《夏承焘集》第3册，杭州：浙江古籍出版社、浙江教育出版社，1997年，第314—327页。

生命的一种矫饰，由矫饰也就进入虚假状态，所以在否定之列。在王国维的诗学中，"真实"是一个很高的评判标准，违反它，就违反了艺术的基本准则。可见王国维毫无冬烘气，一切以真实不欺为归依，这既是诗品之需要，也是人品之需要。在这里，王国维提出了"读之者但觉其亲切感人"的问题，是从接受角度来评判一篇作品的真与伪，也算是接受美学的思想吧。这表明，读者是以真实不欺的眼光来要求作品的，一切虚假之作，都过不了读者的评判之关。"文革"中，人们在观摩江青版榜样戏时，每每觉得剧中人物不近情理，就是因为这些剧作是"游词"而非真诚之作。当作家把人物当作一木偶来对待时，这个作品是不会成为真正的艺术品的，因为它失去了生命的真实。

有人担心王国维以"抽象的真"来评判创作有可能肯定"许多淫秽恶俗的黄色作品"，[①]这是多虑。王国维在另两则词话中分别提出了"词之雅郑，在神不在貌"（《人间词话》三十二）、"艳词可作，唯万不可作俳薄语"（《人间词话》四十三）。这说明王国维对于词中"艳语"是有自己的评判标准的。他强调是"雅"是"郑"，不在于表面上是否写到了艳丽之事，而在于本质上是否体现了美好的"品格"（神）。如果体现了美好"品格"，即使写到艳丽之事，也是可以欣赏可以接受的。但如果抱持玩弄女性的态度对待两性关系，以轻佻的态度来对待艳词创作，那就是真正的"淫鄙"。王国维对待"艳词"的开放态度，颇接近周作人"五四"时期的一个观点，周作人认为将女人视为"人"时，一切关于女人的描写都是健康的；而当将女人视为"玩物"时，则一切关于女人的描写都是错误的。周作人强调现代的爱情观应是

---

① 参见金开诚：《〈人间词话〉的"境界说"》，《古典文学论丛》第 2 辑，西安：陕西人民出版社，1981 年。

"发乎情而止乎情"，不应像古代要求的那样"发乎情止乎礼义"。王国维对于女性情感之真的尊重，与"五四"之间是相通的，此为一条证据。

与提倡"真"相关者，有"赤子之心""自然之眼"等则词话，主要从生命的修养、心理特点等方面丰富了"生命之敞亮"的话题。其中有"词人者，不失其赤子之心也。故生于深宫之中，长于妇人之手，是后主为人君所短处，亦即为词人所长处"（《人间词话》十六）。"客观之诗人，不可不多阅世。阅世愈深，则材料愈丰富，愈变化，《水浒传》《红楼梦》之作者是也。主观之诗人，不必多阅世。阅世愈浅，则性情愈真，李后主是也。"这两则词话强调了葆有生命之真的诗人，往往是那些较少了解世事的诗人。这不是否定诗人去了解生活，而是强调诗人不要被世事的功利性所左右从而随波逐流，失去了属于自我生命的那份真诚不欺。所以，当诗人与世俗的标准相矛盾乃至冲突时，反而是诗人的长处而非短处，因为世俗的标准往往建立在虚伪之上。

又有"尼采谓：一切文学，余爱以血书者。后主之词，真所谓以血书者也。宋道君皇帝《燕山亭》词亦略似之。然道君不过自道身世之戚，后主则俨有释迦、基督担荷人类罪恶之意，其大小固不同矣"（《人间词话》十八），"纳兰容若以自然之眼观物，以自然之舌言情。此由初入中原，未染汉人风气，故能真切如此。北宋以来，一人而已"。一个强调"血书"，一个强调"自然之眼"，前者认为创作必然与自己的全部生命体验相表里，否则，创作出来的就非真挚动人的作品。"血书"即以生命的全部激情来抒写，绝对属于自我。一个强调不受文明发展的影响，才能够保持自己的纯真，将这视为"原始主义"也未尝不可。生命总是来自源头的，而源头也总是最为纯洁的。"血书说"与"自然之眼说"所着力的还是建构诗词创作的生命本体论。

注意,在此处,不要轻易地将"真"解释成"理念"或解释成"本质",因为后二者是脱离生命具体的抽象存在,而"真"则为生命之本身,这个"真"既可以是欲念,也可以是反欲念,欲念与反欲念都是生命的体征。诗人只要表现这种体征到敞亮的程度就好。若为了什么大道理,掩饰这种种体征,那样就失去了生命之真,同时也就失去了艺术之美。这样理解"境界",理解"真",理解生命,正符合文学创作的生命化、具体化、个别化的一般规律。

二

在《人间词话》中,关于"不隔"的词话同样较多,历来受到关注并引起纷争,先列主要词话如下,再作分析。

> 美成《青玉案》词:"叶上初阳干宿雨,水面清圆,一一风荷举。"此真能得荷之神理者。觉白石《念奴娇》《惜红衣》二词,犹有隔雾看花之恨。(《人间词话》三十六)

> 白石写景之作,如"二十四桥仍在,波心荡、冷月无声""数峰清苦,商略黄昏雨""高树鸣蝉,说西风消息",虽格韵高绝,然如雾里看花,终隔一层。梅溪、梦窗诸家写景之病,皆在一"隔"字。北宋风流,渡江遂绝。抑真有运会存乎其间耶?(《人间词话》三十九)

> 问"隔"与"不隔"之别,曰:陶、谢之诗不隔,延年则稍隔矣。东坡之诗不隔,山谷则稍隔矣。"池塘生春草""空梁落燕泥"等二句,妙处惟在不隔。词亦如是,即以一人一词论,如欧阳公《少

年游》咏春草上半阕云:"阑干十二犹凭春,晴碧远连云。二月三月,千里万里,行色苦愁人",语语都在目前,便是不隔。至云:"谢家池上,江淹浦上",则隔矣。白石《翠楼吟》:"此地。宜有词仙,拥素云黄鹤,与君游戏。玉梯凝望久,叹芳草、萋萋千里",便是不隔。至"酒被清愁,花消英气",则隔矣。然南宋词虽不隔处,比之前人,自有浅深厚薄之别。(《人间词话》四十)

"生年不满百,常怀千岁忧。昼短苦夜长,何不秉烛游""服食求神仙,多为药所误。不如饮美酒,被服纨与素",写情如此,方为不隔。"采菊东篱下,悠然见南山。山气日夕佳,飞鸟相与还""天似穹庐,笼罩四野。天苍苍,野茫茫,风吹草低见牛羊",写景如此,方为不隔。(《人间词话》四十一)

另外还有多则讨论替代字与典故问题,是对"隔与不隔"话题的补充说明,此不录,但在论述中将视情况需要加以引用。

人们是怎样解读"隔与不隔"的呢?罗钢把它视为叔本华"直观说"的一种对译物,认为:"这则词话(指第四十)正式发表时,有一处改动,'语语都在目前,便是不隔'在原稿中为'语语可以直观,便是不隔'。这一处改动说明,构成'隔'与'不隔'的界限的,就是叔本华的'直观说',所谓'不隔'就是对'直观'的一种翻译。"①罗钢从删稿的词语修改来发现问题,确实眼光犀利,他并引述叔本华的一段话予以证明,显得颇具说服力。叔本华说:"只要我们一直依直观行事,那么一切都是清晰的、固定的、明确的。"又说:"所有真正有才能的心灵的著作都是由一种果断和明确的特征区分开来,这意味着它们是清晰的,

---

① 罗钢:《传统的幻象:跨文化语境中的王国维诗学》,第141页。

没有丝毫的含混。"①于是,罗钢不无揶揄地认为王国维将"直观"翻译成"不隔"是相当传神的。

罗钢甚至也将"隔"落实为叔本华的"概念"一词,理由是王国维在主张"不隔"时反对用替代字、典故,与叔本华的另一段话直接对应。叔本华批评过一些作者对待前人作品"都以概念,也就是抽象地来理解,然后以狡猾的用心或公开或隐蔽地进行摹仿。他们和寄生植物一样,从别人的作品里汲取营养;又和水蛭一样,营养品是什么颜色,它们就是什么颜色。是啊,人们还可以进一步比方说,他们好比是些机器,机器固然能够把放进去的东西碾碎,拌匀,筛分出来"。罗钢作了这样的解读,认为按照王国维的意思看,"诗歌里的用典和这里描绘的情形不是颇为相似吗?典故是从前人的文本中挑选出来的,它们被组织在新的文本中,但作为独立的意义单元,它们仍然可以从新的文本中被寻找和筛分出来。和概念一样,它们既是抽象的、间接的,又是因袭的、摹仿的,在王国维眼中,就成了文学中'隔'或者说'不能直观'的代表"。② 这样来看"隔与不隔",是将其视为一种思维方式,揭示它的认识论根源,这有一些道理。但"隔与不隔"终究还是讨论如何表现的技巧问题,如王国维在论及"隔与不隔"时总会与"工与不工"联系在一起,所以,不从这个角度理解"隔与不隔",容易混淆了思维方式与表现技巧的界限。所以,"隔"与"不隔"的问题,必须作为艺术论的问题加以讨论,这不仅可以揭示"隔"与"不隔"的审美内涵,也能表明"境界"作为一个生命论的范畴,如何通过"隔"或"不隔"的不同艺术处理来完成"生命之敞亮"。

---

① 参见罗钢:《传统的幻象:跨文化语境中的王国维诗学》,第142页。
② 以上未注参见罗钢:《传统的幻象:跨文化语境中的王国维诗学》,第72页。

唐圭璋等人倒是从表现技巧角度讨论"隔"与"不隔",可是给出了否定的答案,认为王国维的这一命题不符中国诗学传统,是片面的,应该得到纠正。唐圭璋主要从"赋、比、兴"的角度解读"隔"与"不隔",他说:"王氏既倡境界之说,而对于描写景物,又有隔与不隔之说。推王氏之意,则专赏赋体,而以白描为主;故举'池塘生春草''采菊东篱下'为不隔之例。主赋体白描,固是一法。然不能谓除此一法外,即无他法也。比兴亦是一法,用来言近旨远,有含蓄、有寄托,香草美人,致慨遥深,固不能斥为隔也。"[①]饶宗颐也批评道:"王氏论词,标'隔'与'不隔',以定词之优劣,屡讥白石之词有'隔雾看花'之恨。又云:梅溪、梦窗诸家写景之病,皆在一'隔'字。予谓'美人如花隔云端',不特未损其美,反益彰其美,故'隔'不足为词之病。"又认为:"词者意内而言外,以隐胜,不以显胜。……吾故谓王氏之说,殊伤质直,有乖意内言外之旨……词之病,不在于隔而在于晦。"[②]饶宗颐从"隐秀"出发,以"意内言外"为评词标准,不是直接讨论"比兴",却与唐圭璋的强调"比兴"同一意图,所以也认为王国维所要求的"不隔"太显露了。

可实际上"隔与不隔"的命题是从生命本体论的角度建立的,只有从生命论角度解释之,才能展现它在诗学上的丰富活力。"隔与不隔"讨论的正是"生命如何敞亮"的问题,用这种生命论的观点来解释王国维的诸多"隔"与"不隔"的例证,真可以拨云见日,豁然开朗。

---

① 唐圭璋:《评〈人间词话〉》(1938),引自姚柯夫编:《〈人间词话〉及评论汇编》,第 94 页。
② 饶宗颐:《〈人间词话〉平议》(1955),引自《澄心论萃》,上海:上海文艺出版社,1996 年,第 209 页。

三

兹举以下三例来加以说明：

例一，关于"动词"。如："'红杏枝头春意闹'，著一'闹'字，而境界全出。'云破月来花弄影'，著一'弄'字，而境界全出矣。"（《人间词话》七）又如："'叶上初阳干宿雨，水面清圆，一一风荷举。'此真能得荷之神理者。"（《人间词话》三十六）这里出现的三个动词使用，讨论的是一个问题，即描写事物到何种程度，才能达到"境界说"的要求，其中提到的"神理"问题，不仅是写荷要达到的程度，也是写红杏、云月要达到的程度。但"神理"的含义是什么呢？当然指的是生命之"神理"，即生命境遇中的最为本真的那一独特情态。过去的解读未能明了这层意蕴。

如钱锺书从通感的角度解读，认为"'闹'字是把事物的无声的姿态说成好像有声音的波动，仿佛在视觉里获得了听觉的感受"。[1] 佛雏认为："闹"字的使用使"全句进入了'质变'，由一般的'赋'而与'兴'结合了，于是境界呈现了。"[2]罗钢将此处的动词使用与谷鲁斯的"内模仿说"相关联，认为："著一'闹'字和'弄'字之后，作品所呈现的便不仅仅是一幅静态的图画，而充满了一种生机洋溢的动感。"并将"得荷之神理者"视为"展现了对象的蓬勃的力量和生机"。[3] 无论是"通感说""仿兴说"还是"动感说"，其实都在指向生命呈现这一根本说法，"通感"本是生命的"通感"，"仿兴"本是生命的"仿兴"，尤其是

---

① 钱锺书：《通感》(1962)，《七缀集》，北京：三联书店，2001年，第72—73页。
② 佛雏：《"境界说"的传统渊源及其得失》，《古典文学论丛》，1982年第2辑。
③ 罗钢：《传统的幻象：跨文化语境中的王国维诗学》，第132—133页。

"动感"也本是生命的主要表征。但我认为,这些解读虽然意及生命,却没有说破生命二字,有些可惜。所谓"得神理者",实是得生命之真谛,才写活了生命,才受到人们的喜爱。不能表现生命的,不能打动生命;已经打动生命的,必然表现了生命。"敞亮"是表现对于生命的承诺,也是生命与生命不再相隔而能共鸣的路径。罗钢说得对,如果将"神理"如佛雏曾经解释的那样变成了"叔本华所谓物之固定不变的理念",①那就将生命概念化、固定化、死板化了。王攸欣也说,这是"极富表现力地把大自然的欲望和意志活生生地写了出来,这就揭示了各自的本质"。② 不过,王攸欣之说虽然看似触及事物的生命特征,可回到本质论(尤其这个本质论又是"理念论")时却压抑或排斥了生命论。在文学创作中,虽然不可完全排斥本质论,可如果这个本质论不与"人"相结合,不与具体的生命存在相结合,不与生命的某个独特的境遇相结合,那就会变成制约与束缚创作的绳索,而非激发创作的源头活水。过去几十年来提倡"写本质"而没有带来创作的繁荣,原因就在此。诚如钱谷融所说:"说文学的目的任务是在于揭示生活本质,在于反映生活发展的规律,这种想法,恰恰是抽掉了文学的核心,取消了文学与其他社会科学的区别,因而也就必然地要扼杀文学的生命。"③钱谷融讨论的是文学对于社会生活的描写,放在文学对于自然景物的描写上也同样适应,表明文学写不出社会生活的固定本质,也写不出自然景物的固定本质,它所描写的,只是个体生命在特定境遇之下的所感所发、所歌所哭,并且能够将这种所感所发、所歌所哭

---

① 罗钢:《传统的幻象:跨文化语境中的王国维诗学》,第 133 页。
② 王攸欣:《选择·接受与疏离》,1999 年,第 105 页。
③ 钱谷融:《论"文学是人学"》(1957),《钱谷融论文学》,上海:华东师范大学出版社,2008 年,第 47 页。

写到某种极致，写出别人没有写出的情态，写出的东西能够被读者所接受，所体验，所共鸣，那时候就成功了。蕴藏其中的奥秘，其实就是用生命去感应生命，并写出生命的交欢。

例二，关于"代字"。如"词忌用替代字。美成《解语花》之'桂华流瓦'，境界极妙，惜以'桂华'二字代'月'耳。梦窗以下，则用代字更多。其所以然者，非意不足，则语不妙也。盖意足则不暇代，语妙则不必代。此少游之'小楼连苑''绣毂雕鞍'所以为东坡所讥也。"(《人间词话》三十四)又如"咏物之词，自以东坡《水龙吟》为最工，邦卿《双双燕》次之。白石《暗香》《疏影》，格调虽高，然无一语道着，视古人'江边一树垂垂发'等句何如耶？"(《人间词话》三十八)

此处所谓的"'桂华流瓦'，境界极妙，惜以'桂华'二字代'月'耳"是何意呢？就是说，本来的"境界"极为高妙，可因为用了代字，使得这个"境界"不能活脱脱地展现出来。用"生命之敞亮"来说，也就是场景本来是生动活泼的，可惜词人却因选错词语，没有能力将其表现出来，结果，一次展示景物特性的极佳时机，就这样失去了。可见"极妙境界"若没有表现它的手段，也只枉然。而在表现手段上，若只用代字、典故来展示生命，就无法直呈生命的高妙与洋溢之态。

人们在解读白石《暗香》与《疏影》时，多从"寄托"入手，强调其中的思想内容。古人认为《暗香》的题旨是："时石湖(范成大)盖有隐遁之志，故作此二词以沮之。"又认为《疏影》的题旨是："此章更以二帝之愤发之，故有昭君之句。"[1]今人强调："姜夔运用这种哀怨无端的比兴手法，乍看虽似过于隐晦，而细加探索，自有它的脉络可寻。如果

---

① 《张惠言论词》，唐圭璋编：《词话丛编》第 2 册，北京：中华书局，1991 年，第 1615 页。

单拿浮光掠影的眼光来否定前贤的名作，是难免要'厚诬古人'的。"①
这样深入的解读，不是完全没有道理的。但王国维之所以会对《暗
香》和《疏影》持批评态度，在于他认为这两首词虽然品味不低，不同
流俗，但若从"不隔"的高标准来要求的话，却因描写时遮遮掩掩，用
典太多，不真切实在，所以将其列在最末，不是最好。其中提到的"无
一语道着"，是说词人在描写梅花时，未能将梅花作为直接的表现对
象加以鲜活的刻画，不像杜甫咏梅句"江边一树垂垂发"那样，形象鲜
明，生命活泼，没有丝毫含糊处，梅花就活脱脱地垂立那里，与人共愁
苦。所以，"无一语道着"是指"无一语道着"生命的紧要处，即不明生
命的特性与状态。梅花的形象既无法"敞亮"地出现，当然属于"隔"
之作。

　　这是否意味着王国维的"不隔"要求是片面的，情感深潜的作品
可以写得隐晦些呢？未必。"不隔"是对于描写的要求，所以不论情
感是深潜的还是直接的，就它们的表现言，都应"不隔"才对。在表现
生命精神上，哪里有"隐"与"显"的区别？下文所引钱锺书的观点将
解破这个问题。

　　例三，关于"语语都在目前，便是不隔"。多数学者从语言运用、
是否用典等角度予以解读。但分歧在于，这个标准的适用范围有多
大。批评王国维的都强调"比兴"也是一法，不能像"语语都在目前"
这样，专门推崇"白描"手法。如吴奔星指出："王国维的'语语都在目
前'就是钟嵘的直寻胜语。这是创造不隔的艺术境界的方法之一，加
以总结，是应该的；但是王国维因此而抹煞其他的表现手法，却未必

---

① 龙榆生：《词学十讲》(1960 年代)，北京：北京出版社，2014 年，第 172 页。

正确。"①不过钱锺书给出了不同的答案，认为这条标准是通用的，他说："有人说'不隔'说只能解释显的、一望而知的文艺，不能解释隐的、钩深致远的文艺，这便是误会了'不隔'。'不隔'不是一桩事物，不是一个境界，是一种状态（state），一种透明洞澈的状态——'纯洁的空明'，譬之于光天化日；在这种状态之中，作者写的事物和境界得以无遮隐地暴露在读者的眼前。作者的艺术的高下，全看他有无本领来拨云雾而见青天，造就这个状态。所以，'不隔'并不是把深沉的事物写到浅显易解；原来浅显的写来依然浅显，原来深沉的写到让读者看出它的深沉，甚至于原来糊涂的也能写得让读者看清楚它的糊涂……所以，隐和显的分别跟'不隔'没有关系。比喻、暗示、象征，甚而至于典故，都不妨用，只要有必须这种转弯方法来写到'不隔'的事物。"②这也就是说，用赋法写景写情，可以要求"不隔"；用"比兴"之法写景写情，也可以要求"不隔"。如果换个角度，从表现生命来看"语语都在目前"的问题，首先，就无法将生命区分出一个深潜，一个显明；其次，也无法得出表现显明的生命情态可以"语语都在目前"，而表现深潜的生命情态就可以稍微地"隔"点，可以"语语不在目前"。所以，将表现情感的深与浅转化为表现生命的问题，一些创作可以"不隔"，一些创作可以"隔"点的命题也就不能成立了。个体的生命是可能有差异的，但就生命中所负载的情感而言，都是属于生命的表征，表现它们都应该"不隔"而非可以"稍隔"或"隔"。由此可知，王国维的"语语都在目前"的要求，应该是针对所有作品的，只是王国维在举证时偏向于白描罢了，并不证明"比兴"不能做到"语语都在目前"。

---

① 吴奔星：《王国维的美学思想——"境界论"》，《江海学刊》，1963 年第 3 期。
② 以上未注见钱锺书：《论不隔》（1934），《写在人生边上　写在人生边上的边上　石语》，第 95—98 页。

可知钱锺书的理解，深得王国维此语的个中三昧，是对"语语都在目前"的深化。若配上"境界"即是"生命之敞亮"作为"语语都在目前"的底子，那就会解释得更加完满。

<h1 style="text-align:center">四</h1>

科林伍德曾提出"表现情感"与"暴露情感"的区别问题，据此可深化对于"隔"与"不隔"的理解。科林伍德说："表现情感决不能和暴露情感混为一谈，后者是展示情感的种种征状。说一个真正意义上的艺术家是一个表现情感的人，这并不是指当他害怕时就会脸色发白、张口结舌，或者他生气时就脸色发红、大声咆哮，等等。这些东西无疑都被称为表现，但是，正如我们要区别'艺术'一词的真正含义和非真正含义。联系对艺术的讨论来看，表现的上述含义是一种非真正的含义。真正表现的特征标志是明了清晰或明白易懂；一个人表现某种东西，他也就因此意识到他所表现的究竟是什么东西，并且使别人也意识到他身上和他们自己身上的这种东西。"①"暴露情感"产生的是"隔"，"表现情感"产生的是"不隔"。"暴露情感"看似最为强烈地表现了自己，却是非艺术的，因为它只能靠"'显示'种种悲哀征状，否则就不能在观众身上唤起悲哀"，这是属于通过外在的极其夸张的"征状"表演或描写来吸引人，有短时间的刺激作用，却不能真正地唤醒人心并打动人心。"表现情感"则完全不同，它的表现就是使表现者能够清晰地意识到自己所表现的是什么东西，并且也能够使接受者清晰地明白表现者身上的东西与他们自己身上所可能具有的

---

① 科林伍德：《艺术原理》，王至元、陈华中译，北京：中国社会科学出版社，1985 年，第125 页。

同样的东西。如以表现一段情感为例来看,表现者不仅明白自己的这段情感是什么,也应让接受者明白这段情感是什么,并且让接受者能够在自己的身上保持与表现者的确切感应,在自己的内心也可以体验到这段情感的发生。如以刻画一个景物来看,描写者不仅明白自己的刻画对象是什么,也应让欣赏者明白这个景物是什么,并且也能让欣赏者在自己的身上与作家的刻画产生感应,目睹这个景物的逐渐清晰与生成。可知,"暴露情感"看似写得剑拔弩张,就效果而言,只有表现者自己模模糊糊地感觉到自己写了什么,别人并不明白他写了什么,更不会因此引起内心的深刻而鲜明的体验。"表现情感"走的是清晰之路,无论是表现人的情感还是刻画自然的景物,不仅表现者自己明白这是什么,也能让接受者明白这是什么,并能引起接受中的深刻而鲜明的体验,所以,科林伍德称其为艺术家的"真正本领"。

将科林伍德的看法与王国维的看法相比较,二者是一致的,都强调艺术的表现必须是清晰明了的,而非含混不清,这指的不仅是运用某种手法的问题,也是指的艺术表现所达到的效果问题。用"生命的敞亮"来看的话,"表现情感"与"不隔",就是表现达到了敞亮的程度;"暴露情感"与"隔",就是表现没有达到敞亮的程度。

王国维的这个"不隔"的状态,也颇类梁宗岱所说创作中的"紧张而又透明"。"紧张"是一般人遇到了"重大的事变或紧张的情绪"时,自己的内心里是"一团纷乱,一片混茫",不知所措。可艺术家却能够运用"想象在这纷乱和混茫的紧张到达最高度的时候",通过"安排和组织",如从"暴风雨后地面的凌乱"之中"理出秩序来",使得"那宇宙的意识,那境界或灵象呈现出来的时候,它是那么玲珑、匀称和确定,就等于闪动在营造师眼前的一座建筑底图案"。①"紧张中的纷乱"产生的是"隔","玲珑、匀称和确定"产生的是"透明"。艺术家能够将一般的纷乱,通过艺术的形式把握,转化为透明,就是创造达到了"不隔"的状态,也就是达到了"生命的敞亮"状态。所以,主张"不隔",是艺术中的一种共同追求,并非王国维所独创,只是王国维用自己的体验与批评又再次强化了这个问题。

孔子是个很重视言辞表达的人,可在论到这样的表达应当达到什么状态时,也仅提出"子曰:'辞达而已矣'"(《论语·卫灵公》)。强调言辞的表达应以明白畅达为标准,不必徒事文饰,以增加不必要的枝叶,从而掩盖了真实的内容。苏轼的一段解释更表明了"辞达"的内涵,他说:"孔子曰:'言之不文,行而不远。'又曰:'辞达而已矣。'夫言止于达意,即疑若不文,是大不然。求物之妙,如系风捕影,能使是物了然于心者,盖千万人而不一遇也。而况能使了然于口与手者乎?是之谓辞达。辞至于能达,则文不可胜用矣。"②苏轼所强调的表现者对于所描写事物的了解,不仅要做到心中明白,而且要做到能够用自己的语言与写作手法来把它们清晰地表现出来,实际上所主张者,就是要求作家心中要"不隔",语言运用与写作上也要"不隔",这样一来,所取得的艺术感染力也才可能是"不隔"的。王国维指出:"大家之作,其言情也必沁人心脾,其写景也必豁人耳目。其辞脱口而出,无矫揉妆束之态。以其所见者真,所知者深也。诗词皆然。持此以衡古今之作者,可无大误矣。"(《人间词话》五十六)。说白了,就是主张苏轼的这个"辞达而已"。王国维的"不隔说",其实就是"辞达说",

① 梁宗岱:《试论直觉与表现》,黄建华主编:《宗岱的世界·诗文》,广州:广东人民出版社,2003年,第366页。
② 苏轼:《与谢民师推官书》,孔凡礼点校《苏轼文集》第4册,北京:中华书局,1986年,第1418页。

在中国古代是有很深厚的传统的。它可以与西方的文论观加以比较,进行阐释,但更可以从中国的文论传统中清理它的脉络,视为通变的例证。

"不隔"所主张的"清晰易懂",并非一个极低的创作标准,而是一个极高的创作标准,达到这个标准,不仅是"文不可胜用",而且也是"生命之敞亮","使了然于一己者,要以之了然于人人"。[①]"不隔"创造的是一种艺术状态,也是用这种艺术状态去达到艺术效果,实现从创作的生命能够清晰地过渡到作品的生命,再从作品的生命清晰地过渡到接受者的生命,使它们之间能够产生必然的且亲切和谐的共鸣。

---

① 郭绍虞:《中国文学批评史上文与道的问题》,《武汉大学文哲季刊》,1930 年第 1 卷第 1 期。

第四章
一个『生命——主体论』的问题
——『境界』概念的语义分析与内涵确证

在《人间词话》中,王国维以"境界"一词开篇,强调"词以境界为最上,有境界自成高格,自有名句"。后又提出"境界为本"的说法,宣布了自己的诗学思想主张。但问题的复杂性在于,王国维在明确使用"境界"概念的前后,也曾使用过"意境"概念,从而出现了"境界"与"意境"并用或交叉使用情况,令研究者一头雾水,争议不断。分歧主要是这样几点:其一,到底应以"境界"还是以"意境"来概括王国维的诗学思想呢?其二,"境界"等于"意境"吗?若等同,为何既用"境界"又用"意境"?其三,若二者不等同,王国维又没有明确界定,那该如何确证各自的内涵。因为只有这两个概念的内涵弄清楚了,才能清晰地把握王国维诗学的基本特色。否则,我们所把握的就极有可能不是王国维的诗学体系,而是我们臆造了王国维的诗学体系。

　　过去的研究主要采用两种方法来解决这个歧义问题,一种是从"影响研究"角度揭示"境界说"的西方来源,试图通过此一勘探确定"境界"是"直观""理念"的对译,但这一研究没有涉及"意境"含义,因而还是解决不了"境界"与"意境"的歧义问题。一种是试图分析"境界"与"意境"的不同点,但由于仅仅结合了为数不多的例证,所得结论不够周全,有时甚至弄反含义,将"境界"的套在"意境"之上,将"意境"的套在"境界"之上。当然,更多的学者不讨论这个歧义,因而他们也就没有这样的理论之困,不过,关于王国维诗学的描述也就自然失去了理论上的清晰可辨。

我认为,若进行"境界"与"意境"的界定,不妨较为全面地检视王国维著作中的相关用语如"域""境""界""境界"与"意境",进行语义梳理,给出字典式的释义结论;再从这个释义上推导出相关概念如何华丽转身为诗学概念;更进一步,区分"境界"与"意境"的不同内涵,判断王国维诗学的整体特色。这也许不失为一条新路。好处是,避免了"影响研究"所无法排除的概念不对等(即中英文的不对等),也避免了仅仅抓住少数例证带来的语义分析不足,这样一来,就可以从王国维使用概念本身来获得确证"境界"与"意境"内涵的依据。由于这是直接观察王国维的概念使用所得,不同概念之间的语义区别与"境界"概念的生成与变化,更易一目了然。"不识庐山真面目,只缘身在此山中。"如果不局限于某些诗学单篇文章——哪怕是非常重要的如《人间词话》,而是把关于教育的、哲学的、美学的、中外文化的讨论文章都纳入思考分析,何愁不能见到"境界说"的真面目。

一

在研究王国维的"境界"与"意境"内涵时,人们惯于以《〈人间词〉乙稿序》《人间词话》《宋元戏曲考》等重点文章为采证对象,这没有错,但不够。"境界"及相近概念的使用,是王国维人文学研究中的一个普遍现象,而非其诗学研究中的特殊现象。要确证"境界"内涵,只有回到王国维人文学中来采样,才具有充分的说服力。下文不妨予以详细例证。

1903年发表的《论教育之宗旨》中出现"域"的概念:"盖人心之动,无不束缚于一己之利害;独美之为物,使人忘一己之利害而入高尚纯洁之域,此最纯粹之快乐也。孔子言志,独与曾点;又谓'兴于诗'、'成于乐'。希腊古代之以音乐为普通学之一科,及近世希痕林、希尔列尔等之重美育学,实非偶然也。要之,美育者一面使人之感情发达,以达完美之域;一面又为德育与智育之手段,此又教育者所不可不留意也。"此处的"域"本义为"地方",可释为"状态",指"精神状态"。若将"域"换成后来的"境界"一词,亦无不妥,可见"境界"本义来自"域",而"域"又受"高尚纯洁"与"完美"的限制,说明"境界"概念一开始就被赋予某种程度的超越性。

1903 年撰写 1906 年发表的《康德专论》中已出现"境界"一词:"如道德的原质盛行,则其境界渐近于天国。"又有:"天国之实现,乃世界之目的而历史之止境也。"此处"境界"指的是"生活状态与精神状态",此处"境"指的是"状态",同于"境界"。

1904 年撰写的《叔本华与尼采》中的"域"概念出现在翻译叔本华《意志及其观念之世界》中:"天才者不失其赤子之心者也。盖人生至七年后,知识之机关即脑之质与量已达完全之域,而生殖之机关尚未发达,故赤子能感也,能思也,能教也。"此处的"域"亦可释为"状态"。

1904 年发表的《尼采专论》中有"直观作用既终,乃能诱起思考,至能认识因果之关系,乃达于学而悦之之境,是则教授之目的也",此处的"境"即"状态"。

1904 年发表的《德国文豪格代、希尔列尔合传》中有"境界"等概念,如"能令闻者如躬逢其境,如目睹其状,如神游化外,不知我身之所在;又如初入洞天福地,胜境无穷,不穷奇尽幽而不止",又有"彼犹不悟构斯境界者,即出于彼之身,而反惊余言之奇巧,不亦大可笑乎"! 此处的"境"可释为"境地","境界"也可释为"胜境",偏向于指"某个地方"。

1904 年撰写的《叔本华之哲学及其教育学说》中有"境":"故最高之善,存于灭绝自己生活之欲,且使一切生物皆灭绝此欲,而同入于涅槃之境。"此处的"境"可指"精神状态"。

1904 年发表的《〈红楼梦〉评论》中用过"境界"概念,一处是"今使人日日居忧患,言忧患,而无希求解脱之勇气,则天国与地狱,彼两失之;其所领受之境界,除阴云蔽天,沮洳弥望外,固无所获焉"。另一处是"然所谓亲见亲闻者,如谓书中种种境界、种种人物,非局中人不能道,则是《水浒传》之作者必为大盗,《三国演义》之作者必为兵家,此又大不然之说也"。这两处的"境界"都是指某种"生活状态"。

1904 年发表的《孔子之美育主义》中也用到"境界"概念,第一处是引述康德、叔本华后的个人发挥:"无欲,故无空乏,无希望,无恐怖,其视外物也,不以为与我有利害之关系,而但视为纯粹之外物。此境界唯观美时有之,苏子瞻所谓'寓意于物'(《宝绘堂记》)。"这里的"境界"与"观美"相关联,使人浮想联翩,是否就是诗学"境界"的现身。其中所引"寓意于物"语,接近"意境"的"寓意于境"或"意境两偕",可视为《〈人间词〉乙稿序》中使用"意境"之滥觞,表明在一开始思考诗学问题时,王国维就没有脱离中国传统的"意境"理论。但是"境界"的同时出现也表明此后的纠缠不清,正源自王国维自身的思考与选择的犹疑不决。中国传统中也没有区别使用"境界"与"意境"。

第二处是就席勒(希尔列尔)思想的翻译:"夫岂独天然之美而已,人工之美亦有之。宫观之瑰杰,雕刻之优美雄丽,图画之简淡冲远,诗歌音乐之直诉人之肺腑,皆使人达于无欲之境界。故泰西自雅里大德勒以后,皆以美育为德育之助。至近世,谆夫志培利、赫启孙等皆从之。乃德意志之大诗人希尔列尔出,而大成其说,谓人日与美接,则其感情日益高,而暴慢鄙倍之心日益远。故美术者科学与道德之生产地也。又谓审美之境界乃不关利害之境界,故气质之欲灭,而道德之欲得由之以生。故审美之境界乃物质之境界与道德之境界之津梁也。"此处的"境界"可指"精神状态",看起来最接近《人间词话》的"境界说"。

第三处是结合孔子思想的评述:"转而观我孔子之学说。其审美学上之理论虽不得而知,然其教人也,则始于美育,终于美育。……且孔子之教人,于诗乐外,尤使人玩天然之美。故习礼于树下,言志于农山,游于舞雩,叹于川上,使门弟子言志,独与曾点。点之言曰:'莫春者,春服既成,冠者五六人,童子六七人,浴乎沂,风乎舞雩,咏而归。'由此观之,则平日所以涵养其审美之情者可知矣。之人也,之境也,固将磅礴万物以为一,我即宇宙,宇宙即我也。光风霁月不足以喻其明,泰山华岳不足以语其高,南溟渤澥不足以比其大。邵子所谓'反观'者非欤?此时之境界:无希望,无恐怖,无内界之争斗,无利无害,无人无我,不随绳墨而自合于道德之法则。一人如此,则优入圣域;社会如此,则成华胥之国。""呜呼!我中国非美术之国矣!……故一切美术皆不能达完全之域。"此处出现的"境""境界"指的是"精神状态",出现的"域"可释为"地方",但与"境界"的"状态"义也是相通的。

1905 年发表的《荀子之学说》中有"界"一词:"止于经验界",此"界"即"状态"。

1905 年发表的《论哲学家与美术家之天职》一文用到"意境":"至我国哲学家及诗人所以多政治上之抱负者,抑又有说。夫势力之欲,人之所生而即具者,圣贤豪杰之所不能免也。而知力愈优者,其势力之欲也愈盛。人之对哲学及美术而有兴味者,必其知力之优者也？故其势力之欲亦准之。今纯粹之哲学与纯粹之美术既不能得势力于我国之思想界矣，则彼等势力之欲，不于政治，将于何求其满足之地乎？且政治上之势力有形的也，及身的也；而哲学美术上之势力，无形的，身后的也。故非旷世之豪杰，鲜有不为一时之势力所诱惑者矣。虽然，无亦其对哲学美术之趣味未深，而于其价值有未自觉者乎？今夫人积年月之研究，而一旦豁然悟宇宙人生之真理，或以胸中惝恍不可捉摸之意境一旦表诸文字、绘画、雕刻之上，此固彼天赋之能力之发展，而此时之快乐，决非南面王之所能易者也。……若夫忘哲学、美术之神圣，而以为道德、政治之手段者，正使其著作无价值者也。愿今后之哲学家美术家，毋忘其天职，而失其独立之位置，则幸矣！此处所用"意境"一词，前有修饰语"胸中惝恍不可捉摸"，可释为某种"想法"，颇近刘勰的"意翻空而愈奇"的"意"，指的是脑海中的"思想情感"。《人间词话》中指白石"创意少"的"意"同于此。此处"意境"实为 1907 年《〈人间词〉乙稿序》使用"意境"之预告。

1906 年发表的《老子之学说》中用到"境界"一词："若人人之道德达此境界，则天下大治。"此处的"境界"可指"精神状态"。

1906 年发表的《列子之学说》中有"境""域"两词："而列子绝不注意于社会之救济问题，以现世为梦幻之一境，以解脱为唯一之目的而已。"又有："去此随意之限制与不自然之标准，则小亦为无限之大，大亦无限之小，巨细长短相杀，荡荡然入于无差别之域矣。"后又有"抑守此无心之德以达于解脱之域者""返往于无我绝对之境""行为之境""描写仙乡、神境"。此处出现的"境"与"域"，或释为"地方"，或释为"状态"。

1906 年撰写的《〈人间词〉甲稿序》中既没有用到"境界"，也没有用到"意境"，可见此时的王国维还没有意识到要用一个基本范畴来概括自己的诗学思想。但文中有"言近而指远，意决而辞婉"语，与"意境"概念内涵相近，可视为《〈人间词〉乙稿序》启用"意境"概念的动力之一。

1907年发表的《〈人间词〉乙稿序》连用16次"意境"概念，如"意与境二者""意与境浑""以境胜""以意胜""意境之有无""意境之深浅""意境两忘"等，但没有使用"境界"概念，意味着王国维试图用"意境"来概括自己的诗学思想。相比较而言，他还没有意识到早前用过的"境界"概念会后来居上，将成为自己诗学体系的核心范畴。其中讲到"文学之工不工，亦视其意境之有无，与其深浅而已"。王国维后来说过"境界有大小"，却没有说过"境界之有无与深浅"，可见二者的区别昭然若揭。

1907年发表的《孔子之学说》中有"境地""域""境""境域"等说法，其中有"若一切从宿命论说，则流于保守退步，志气委靡，遂不能转其境地"。又有"绝对云者，超乎相对或差别之境，以达不变不灭之域，必无我自然，始能至之。此理想的天，即仁之观念。达此境地时，中心浩瀚，无所为而行者（无）不合于道"。还有"至其绝对的仁，则非聪明睿知之圣人，不易达此境。欲进此境，必先实践社会的仁。社会的仁，忠恕是也。故欲进绝对之境，不可不自差别之境进也"。还有"故仁为完全圆满之目的地。欲达此境域者，即以致知格物诚意修身为根本。故知孔子贵理性"。又有"自致知格物而穷物理，广修自己心以去私欲，而逍遥于无我、自然、绝对、无差别之理想界，是为其天人合一之观念，即绝对的仁是也。是实为孔子伦理说之渊源。欲达此境，必积长年月之修养，非有大理会力与大德行者不能达也"。此处的"境地""域""境""境域""界"等，均可释为"状态"，指的是"生活状态"或"精神状态",但都与"理想""无差别""天人合一"等相关联,可见这个"状态"是具有超越性的。

1907 年发表的《英国文学专论》中有"于己之过误,则严责之,悔改之,更向圆满之境界中而精进不息",此处"境界"指的是"精神状态"。

1907 年撰写的《教育小言十则》有"至自杀之事,吾人姑不论其善恶如何,但自心理上观之,则非力不足以副其志而入于绝望之域,必其意志之力不能制其一时之感情,而后出此也",其中"域"可释为"状态"。

1907 年撰写的《古雅之在美学上之位置》中有"而以吾人之玩其物也,无关于利用故,遂使吾人超出乎利害之范围外,而惝恍于缥缈宁静之域",其中"域"可释为"地方"或"状态"。

1908 年发表的《人间词话》(六十四则,初刊本)所用"境界"(不计"境")共计 13 处,所用"意境"(不计"意")共计 1 处。其他如《人间词话》删稿用"境界"共计 8 处;《人间词话》附录中用"境界"8 处,用"意境"16 处(即《〈人间词〉乙稿序》中所用,若扣除这篇,《人间词话》附录中没有用到"意境");《人间词话》拾遗中没有用到"境界"或"意境"。从数量比例上看,这表明王国维开始用"境界"来指称他的诗学思想。关于"境界"与"意境"的释义,可参下文。

1913 年撰写的《宋元戏曲考》中用到"意境"一词:"元剧最佳之处,不在其思想结构,而在其文章。其文章之妙,亦一言以蔽之,曰:有意境而已矣。何以谓之有意境?曰:写情则沁人心脾,写景则在人耳目,述事则如其口出是也。古诗词之佳者,无不如是。元曲亦然。明以后其思想结构,尽有胜于前人者,唯意境则为元人所独擅。"在举例以后又说:"以上数曲,真所谓写情则沁人心脾,写景则在人耳目,述事则如其口出者。第一期之元剧,虽浅深大小不同,而莫不有此意境也。"又有："元南戏之佳处,曰有意境而已矣。故元代南北二戏,佳处略同;唯北剧悲壮沉雄,南戏清柔曲折,此外殆无区别。"在《人间词话》大量使用"境界"以后,又使用"意境"概念,引起后人无数争议。

1915年发表的《人间词话》(三十一则,重编本)中有"境界"14处,其中变《人间词话》初刊中评李后主的"眼界始大"为"境界始大",最可注意,表明"眼界"一词与"境界"一词相通,若从"眼界"角度释"境界",可知"境界"讲的是视野开阔与否问题,如此一来,"境界"讲的是主体见识。将这个解释代入王国维所使用的"境界"中,可确证"境界"是讨论创作主体的一个概念。①

兹将上述使用"域""境""界""境界""意境"等情况列表说明如下,在说明时以"境""境界""意境"为主,不做完全的统计,以便节约篇幅而不影响基本含义与思想发展的理解。

年代	篇名	例句	词频	具体释义	语义	诗学意义
1903	论教育之宗旨	高尚纯洁之域、完美之域	域2	地方、状态	地方状态	地方,第一义;状态,引申义
1903	康德专论	境界渐近于天国、历史之止境	境界1境1	"境界"释为"生活状态","境"释为"地方"	状态地方	
1904	叔本华与尼采	完全之域	域1	状态	状态	
1904	尼采专论	学而悦之之境	境1	状态	状态	

① 以上所引王国维文章,均见《王国维文集》第1、3卷,1997年。

年代	篇名	例句	词频	具体释义	语义	诗学意义
1904	德国文豪格代、希尔列尔合传	如躬逢其境、胜境无穷	2	地方	地方	
1904	叔本华之哲学及其教育学说	涅槃之境	1	状态	状态	
1904	《红楼梦》评论	所领受之境界、书中种种境界	2	精神状态、生活状态	状态	
1904	孔子之美育主义	此境界唯观美时有之、皆使人达于无欲之境界、审美之境界乃不关利害之境界、审美之境界乃物质之境界与道德之境界之津梁、之境也、此时之境界、优入圣域、故一切美术皆不能达完全之域	境界8域2	"境界"指"某种精神状态"、"域"指"某个地方"，与"境界"的"状态"义相通	状态地方	首次出现审美意义上的"境界"观，后来《人间词话》中的"境界"实为此处"审美之境界"的简称；并出现"寓意于物"，应为"意境"的前身
1905	荀子之学说	此于经验界	1	状态	状态	
1905	论哲学家与美术家之天职	胸中惝恍不可捉摸之意境	1	意蕴、意象	意蕴	开始使用"意境"
1906	老子之学说	道德达此境界	1	状态	状态	
1906	列子之学说	现世为梦幻之一境、无差别之域、解脱之域、无我绝对之境、描写仙乡神境	境3域2	"境""域"可释为"状态""地方"	状态地方	

年代	篇 名	例 句	词频	具体释义	语义	诗学意义
1906	《人间词》甲稿序	无	无	无	无	至此，王国维没有为自己的诗学思想匹配核心范畴，但文中有"言近而指远，意决而辞婉"语，与"意境"概念内涵相近
1907	《人间词》乙稿序	"意与境二者""意与境浑""以境胜""以意胜""意境之有无""意境之深浅""意境两忘"等	意境16意与境对用7	"意境"释为"作品构成""意"释为"意蕴"，"境"释为"物象"	意蕴物象	开始用"意境"为诗学核心范畴
1907	孔子之学说	不能转其境地、相对或差别之境、不变不灭之域、达此境地、达此境、进此境、绝对之境、差别之境、达此境域、无差别之理想界、欲达此境	11	"境地""境""域""境域""界"均可释为"状态"	状态	
1907	英国文学专论	圆满之境界	1	状态	状态	
1907	教育小言十则	入于绝望之域	1	地方、状态	地方	
1907	古雅之在美学上之位置	惝恍于缥缈宁静之域	1	地方、状态	地方状态	

年代	篇 名	例 句	词频	具体释义	语义	诗学意义
1908	人间词话（初刊本）	以境界为最上、有境界则自成高格、人心中之一境界、有境界、无境界、境界全出、境略（系"界"之误）有大小、拈出境界、三种之境界、境界极妙、有性情有境界、此种境界、造境、写境、所造之境、所写之境、有我之境、无我之境、有我之境、无我之境、境非独谓景物、第一境、第二境、第三境、少游词境、眼界始大、不于意境上用力	境界 13 境 13 眼界 1 意境 1	"境界"释为"精神状态"或"精神高度"；"境"释为"状态""层次"或"意蕴"；"眼界"释为"眼睛看到的地方"；"意境"释为"主旨"或"作品构成"	状态 地方 意蕴	用"境界"为诗学核心范畴，但也用到"意境"
1908年前	《人间词话》删稿	词之境阔、不如言境界、有境界、有境界、古人之境界、我之境界、有境界、语语有境界、亦有境界	境 1 境界 8	"境"释为"意蕴"，"境界"释为"精神状态"或"精神高度"	状态	用"境界"为诗学核心范畴。"语语有境界""语语都在直观"后被"语语都在目前"取代，可见王国维认为前两种用法不准确

年代	篇 名	例 句	词频	具体释义	语义	诗学意义
1908年前	《人间词话》附录（其中收录《〈人间词〉甲稿序》、《〈人间词〉乙稿序》不计入）	境似清真、尤有境界、一切境界、此种境界、夫境界、境界有二、诗人之境界、常人之境界、诗人之境界	境1境界8	"境"释为"意蕴"，"境界"释为"生活状态"或"精神状态"	意蕴状态	论读者对于"诗人之境界""得之者亦各有深浅"与"意境有深浅"（《〈人间词〉乙稿序》）相对读，表明不能直接说"境界有深浅"，可知"意境"偏向指"意蕴"，而"意蕴"是可以有深浅的
1908年前	《人间词话》拾遗	开词家未有之境	1	状态	状态	
1913	宋元戏曲考	有意境而已、有意境，唯意境、有此意境、有意境而已	5	意蕴	意蕴	提及"意境"，又有"浅深大小不同"之说，可见"意境"不仅可以大小，也可浅深。
1915	《人间词话》重编本	以境界为最上、有境界则自成高格、言境界、境界本也、境界具、人心中之一境界、有境界、无境界、境界全出、境界全出、境界有大小、三种境界、境界始大、境界极妙、造境、写境、所造之境、所写之境、境非独谓景物、第一境、第二境、第三境、少游词境	境界14境9	"境界"可释为"精神状态"或"精神高度"，"境"可释为"状态"	状态	完全用"境界"作诗学核心范畴，将《人间词话》（初刊本）中"眼界"改成"境界"，并删"意境"。可见，若用一个核心范畴来集中自己的诗学思想，王国维最终愿意用"境界"而非其他

我对上述引文的处理是，在 1908 年《人间词话》出现"境界"以前，所引例文列举了"域""境""界"等概念，目的是要看出"境界"是怎么生成的，在正式形成"境界说"以后，未再全面引列"域""境""界"概念，除非"域""境""界"概念是直接与诗词结合在一起的，如"意与境偕""词境"等，因为它们已经化入"境界"而不具有独立性了，集中分析的主要是"境界"与"意境"概念本身及明确包含了与"境界""意境"内涵相一致的。从理论上来看，上述引文告诉我们如下几点：

第一，从语义上来看，"域""境""界"大体上都可释为"地方"，尤其是"状态"，与"境界"一词的内涵相通，或可视为"境界"概念的简称，有时偏向指"生活状态"，有时偏向指"精神状态"，指"精神状态"时更接近诗学"境界"的审美内涵。"意境"可释为作品构成中的"意蕴"或"意味"，偏向指如何创意、如何表意与如何达到"言内意外"的效果。"意境"与"境界"的交集可能只有一处，就是"意境"呈现出"以境胜"时接近于"境界"的简称"境"，但这两个"境"的含义还是有差别的，"境界"之"境"作为简称，是指"状态"，"意境"之"境"是指描写景物。

第二，王国维是在经过了"域""境""界""境界"与"意境"的交叉使用后才确定以"境界"与"意境"来说明自己的诗学思想的。但这个过程伴随着中西哲学、美学的交流，既有西方康德、席勒、叔本华等人的影响，也有中国孔子、老子、列子等人的影响，但有一点是清楚的，其中决定王国维选用"境界"的关键力量是"审美自觉"，即不再依附于社会功利来探讨文学的本质。如他在《论哲学家与美术家之天职》中就感叹中国缺少大哲学家与大文学家，原因在于"对哲学美术之趣味有未深，而于其价值有未自觉"，可见"境界"是"审美自觉"的产物。

第三，在王国维"境界说"的发展中，有四个节点值得关注。第一个节点是 1903 年的《论教育之宗旨》提出"高尚纯洁之域"与"完美之域",实为后来"境界说"的雏形,并知"境界"之使用初非为诗学专用语。第二个节点是 1904 年的《孔子之美育主义》首次出现"审美之境界乃不关利害之境界",可知《人间词话》中的"境界"实为此处"审美之境界"的简称。第三个节点是 1907 年的《〈人间词〉乙稿序》中用"意境"为诗学范畴。第四个节点是 1908 年的《人间词话》转而用"境界"为诗学范畴,兼用了"意境",可见此时已确定"境界"为他的诗学核心范畴。其后虽然在《宋元戏曲考》中用"意境"评戏曲,但于 1915 年重刊《人间词话》时不见"意境"概念,可见若概括王国维诗学,非"境界"莫属。

我在下文提出三点看法。

二

从统计上看,王国维在建构自己的诗学体系时,曾经摇摆于"境界"与"意境"之间,并经多次选择最终确定了"境界"的核心地位。但从王国维曾持续广泛地使用"域""境""界"等概念来看,[1]他选用"境界"又似乎冥冥之中早就确定,这些相近概念为"境界"的出现提供了概念范本。当然,更为重要的是,当王国维通过"域""境""界"等概念形成超越性的认识视野后,若要建立文学独立论,选用"境界"最切合,因为"境界"同样是超越性的。

那么,如何解释王国维在使用这两个概念时的反复呢?又到底

---

[1] 据上述不完全统计,计用"域""境""界"概念 31 处(1908 年以后不再计入此三种概念),计用"境界"概念 63 处,计用"意境"概念 23 处。从分布情况来看,"境界"的分布较广泛,而"意境"的分布主要集中于几篇文章。

是该用"境界"还是"意境"来概括王国维的诗学呢？学界有不同看法。多数学者认为王国维经过思考，弃用"境界"而启用"意境"，后者才是王国维诗学的核心。这是凭感觉做出的结论。混用"境界"与"意境"是学界的普遍现象，所以也把王国维纳入混用之中。对此，一直缺乏充分可信的说明。近年来，王文生以研究中国"抒情传统"而展开了对于王国维的批判，试图"澄清王国维前后并同时使用'意境''境界'两说所造成的混乱"，①但其分析亦不足以说明事实本身。

首先，王文生指出"境界"与"意境"两个概念实质相同，只是王国维混乱使用罢了。他说："实质上，则是因为王国维并不认为这两个流行甚广、影响至深的传统概念在内含上有什么根本的歧异，以至在采用时反反复复信手拈来。否则的话，他不可能在《人间词话》里同时并用'意境''境界'作为评词的标准，又交相使用'意境'于'境界'之前和'境界'之后来概括词曲的基本质素却全然不加以任何说明和比较。"鉴于认为"'意境'说和'境界'说是互为补充的，并无质的不同"，②王文生当然放弃了考察王国维所用"境界"与"意境"的区别。

其次，他认为王国维在使用"意境"以后又转向使用"境界"，反映了思想上的一个走向，即从重视情感表现走向了作品结构研究。他说："王国维为什么要在使用了'意境'之后又拈出'境界'来呢？这应该与他观察文学的角度转换有关。当他写作《人间词序》时，他从文学整体出发，故能全面注意'情''境'两个方面。当他采用'境界'时，他已是把重点转移到'完成了的作品结构'上而忽略作品构成的主体了。"③王文生以"情境"为标准，认为"意境"近些，故予以一些肯定；认

---

① 王文生：《论情境·前言》，上海：上海文艺出版社，2001年，第7页。
② 王文生：《论情境》，第15页。
③ 王文生：《论情境》，第27页。

为"境界"远些,故予以全盘否定。

再次,王文生的结论出来了,由于"境界"被视为只指涉"作品结构",所以背离了"情境说","他的'意境'论'境界'论都是突出了'境',而忽略了'情'。尽管他的文艺思想有不少地方注意到'情'的存在,甚至赋予'情'以重要的地位,但他的未能独标'情境'恰恰反映了徐复观说的'他对文学(指抒情文学——文生注)的真正本源没有弄清楚'。他的文艺思想的含混、朦胧、谬误都由此而来。根据王国维的'境界'说的剖析,我作出了言'意境'、言'境界',不如言'情境'的结论"。①

但我认为,王文生的解释具有如下严重不足:

第一,认为王国维写作《〈人间词〉乙稿序》时讨论的是"文学整体"问题,故用"意境",写作《人间词话》时只是研究"作品结构",故改用"境界",这明显背离事实。《〈人间词〉乙稿序》是托名之作,本来就非正规,而且是个人的创作经验之谈,虽然会涉及文学史,却未必是经过深思熟虑的,所以就其在王国维诗学思想发展中的重要性而言,显然不及《人间词话》。王国维选用"境界"并非一个不自觉的行为,也没有证据表明王国维要在一篇序文中讨论"文学整体"问题,而在一篇精心撰写的具有诗学体系特征的著作里只讨论"作品结构"问题。王文生为了增加自己的说服力,援引新批评派的艾略特等人的"集中于诗,而不是诗人"②加以佐证,则有失严谨,因为他根本没有提供任何证据或理由就将王国维"新批评化"。

第二,王文生在解释"意境"与"境界"时,分别视之为讨论"文学整体"的抒情问题与讨论"作品结构"的问题,恰恰颠倒了这两个术语

---

① 王文生:《论情境·前言》,第10页。
② 参见王文生:《论情境》,第27页。

的内涵。实际上,"境界"才是讨论创作主体问题,"意境"只是讨论作品结构问题。尤其是将"境界"概念从中国"抒情传统"中剥离出来,更是匪夷所思。王国维在讨论"境界"时用过"血书""赤子之心""主观之诗人""感慨遂深""自然之情""有风骨"等,这些难道不是强调抒情?陆机提出"诗缘情说",是对"诗言志"的丰富;严羽提出"别材别趣说",是对"诗缘情"的丰富;李贽提出"童心说",袁宏道提出"独抒性灵说",是对"别材别趣说"的丰富;至王国维提出"境界说",又是对"童心说""性灵说"的丰富。王文生的误解产生在他认为"境界"一词着重于"境",所以不能指称主体精神与情感。这是望文生义出的错。

第三,王文生没有意识到"境界"与"意境"的使用是出现在不同语境中的,所以未从语境角度揭示它们之间看似微妙实则鲜明的区别。王文生曾列举"境界"与"意境"的不同用法,但可惜没有进行语境分析,所以错过了说明不同的机会。王文生所列"意境"条有:"作诗之妙,全在意境融彻,出声音之外,乃得真味。""凡意境平淡,须用奇险字样。""乐府声律居最要,而意境即次之;尤须意境与声音相称,乃为当行。"列"境界"条有:"作世外文字,须换过境界。庄子《寓言》之类,是空境界。""诗之境界,到白公(白居易)不知开扩多少。""如苏轼之诗,其境界皆开辟古今之未有,天地万物,嬉笑怒骂,无不鼓舞于笔端,而适如其意之所欲出,此韩愈后之一大变也。""自格律严而境界狭,议论多而性格漓矣。"[①]观察可知,说到"意境"的与如何运用格律、字词、声音相关,可见这指的是如何创造作品。这里的"意境"不可用"境界"来替代,如说"意境次之"是可以的,但不能说"境界次之",因为就创作言,无论在什么情况下都是"境界最先的"。说到"境

---

① 参见王文生:《论情境》,第12—13页。

界"的往往指的从这一状态到那一状态的转换,常与开拓、升华相关。这时候,不能用"意境"来替代"境界",一旦替代,从这一状态到那一状态的转换或提升的语义就消失了。可见"境界"指的是不同状态下的性质问题,用于指称作家,实指作家生命主体的情怀、眼界、见识、人格修养等的不同质,强调作家应当由日常的状态向审美的状态、低级的状态向高级的状态、物质的状态向精神的状态攀升超越。所以,肯定"境界",就是肯定攀升超越。我用"生命之敞亮"来界定"境界",就是强调"生命之敞亮"是生命获得了由日常的向审美的、低级的向高级的、物质的向精神的攀升超越,超越了原来的"生命之晦暗",进入了一个更广大、更深邃、更光明的高远之境。王文生仅仅只从词语的字面来理解"境界",难以明了"境界"由语境生成的那种确切语义。

王国维在使用"境界"与"意境"时有反复,并最终落实在"境界"之上,反映了他要用"境界"来建构自己的诗学理论。他首用"意境"的原因是他刚刚表述自己的创作经验,难免不及深思;又因着眼于作品本身谈问题,选取常用的"意境"一词对作品加以研究与分类,合乎情理。但撰写《人间词话》时已有三重考虑:既要尊重自己的创作经验,又要能够涵盖文学史的经验,更要能够表现自己的独特见解,他选用传统之中用过、却相对少用的"境界"概念来融汇自己的思考,也就再自然不过了。此外,王文生忽略了《人间词话》重刊本的重要性,在这里,王国维只用"境界"不用"意境",难道不是王国维诗学的尘埃落定?

三

解决了王国维诗学实以"境界为本"以后,接着要问的当然是"境界”与“意境”到底具有何种区别。过去的研究大都没有认真对待这一问题，偶有涉及，或根本上就不准确，或需要再深入。李泽厚认为：“‘意境’也可称作‘境界’，如王国维《人间词话》的用法。”①钱仲联认为：“王国维论诗词，揭橥‘境界’说。在《人间词话》里，谈到‘境界’的有十多条。单言之则称‘境’，重言之则称‘境界’，换言之又称‘意境’。”②蒲震元专研“中国艺术意境”，可也是“意境”与“境界”混用，“意境这一概念，在我国文艺史上有过漫长的孕育与发展的过程。艺术‘境界’（或‘意境’）这一术语，是在某种艺术部类发展到比较完美的水平的基础上提出来的”。③ 可见到今天，“境界”与“意境”还是扯不清地缠杂在一起。

夏中义曾为“境界”与“意境”的区别作过努力，意识到不明确它们的不同含义，就说不清王国维的诗学思想。他指出：“当初接触‘境界’时，心头总有一疑问：王氏为何又提‘意境’？若‘意境’仅是同一对象的两张标签，王氏何必再拈一‘意境’来替嬗‘境界’？若两者确实同中有异，那么，这差异到底何在？或许，差异说清楚了，王氏再拈‘意境’的动机也就不难管窥了。”④夏中义认为“意境”的概念更科学，“境界”只相当于“意境”之“意”，属于肯定“内美”在创作中的作用，无法涵盖状物为主的写景之作，所以才用“意境”来取代“境界”，这样，“‘境界’的词源局限性也就因此被超越”。⑤ 这与唐圭璋等人质疑王国维的“境界说”只能概括“写景之作”正相反，夏中义认为“境界说”只能概括“抒情”之作。由于夏中义将“意境”与“境界”都作为概括作

---

① 李泽厚：《“意境”杂谈》(1957)，《美学论集》，第325页。
② 钱仲联：《境界说诠证》，《文汇报》，1962年7月14日。
③ 蒲震元：《中国艺术意境论》，北京：北京大学出版社，1999年，第3页。
④ 夏中义：《世纪初的苦魂》，第37页。
⑤ 夏中义：《世纪初的苦魂》，第38页。

品审美特性的用语对待，质疑"境界说"未能在"言情"与"写景"之间取得平衡，所以才说王国维弃"境界"而选"意境"。可是，根据我在上文的统计与列举，王国维是弃"意境"而选用"境界"的，所着重讨论者也非"情景"问题，所以弃"意境"而选"境界"不仅不是过错，还是理论建构的必然与需要。倒是夏中义用力分析"境界"属于"内美"的具体内涵，并用"趣、性、魂"相称，还说这是描述了"诗人的生命感悟"，[1]险些揭示了"境界"就是"生命之敞亮"的主体特性，可免我在这里续写文章了。但夏中义还是用"意境说"压抑了"境界说"，使得本来已经明了的"生命—主体论"问题生生地因迁就作品论而失去主体论的光芒。

实际上，"境界"与"意境"说的是两回事。在我看来，诗学"境界"是一个"生命—主体论"的问题，用于指称诗人时是指诗人生命主体的审美特性，而"意境"是指作品构成应体现的审美特性，如作品的情景构成与意蕴创造等。不能用"境界"去界定"意境"，也不能用"意境"去界定"境界"。王国维在《人间词话》中讨论的是诗人的生命主体，而在《〈人间词〉乙稿序》和《宋元戏曲考》中讨论的是作品构成的审美特性。二者的关系是：从"境界"出发去创造"意境"，"意境"是"境界"的体现。这颇像夏中义所说，"境界"是诗人的"内美"；那么，我想说创作就是诗人"内美"之表现，"境界"当然是创造"意境"的根据。"境界"讨论诗人的人格、视野、见识等，"意境"讨论作品如何处理情景、意象、言意关系，并进而追求意味隽永。"境界"作为诗人的生命主体，是根本，是关键；"意境"作为作品构成的审美特性，是体现，是结晶。"境界"是诗之本，"意境"是诗之成。诗从"境界"始，故

---

① 夏中义：《世纪初的苦魂》，第 31 页。

谓之本;始而曰生曰成,故谓之"意境"。没有"境界",则没有"意境","意境"以"境界"为本。没有"境界",则没有诗;没有"意境",则诗不高明。"境界"比起"意境"来,一者是诗魂,一者是诗形。如此而已。

比如说到诗人时,可以用"境界"去描述他,如说"他是一个有境界的人",一般不会说"他是一个有意境的人"。比如说到作品时,可以用"意境"去描述它,如说"这是一部有意境的作品"。这里实际上涉及语义学的问题,即通过分析如何造句,其实可以观察与归纳出某个被使用词语的语义。用什么样的词语去造句,反映了造句者的思维习惯;造出了什么样的句子,反映了某个词语的语义边界。① 这表明,从造句的习惯来看,"境界"是关于诗人生命主体的一种说法,"意境"是关于作品客体的一种说法。明乎此,可以解说清楚王国维是如何使用"境界"与"意境"的。评价诗人,王国维多用"境界",如评李后

① 可参见如下三个例子,一个是朱光潜的句子:"此外还有第三种迷狂,是由诗神凭附而来的。它凭附到一个温柔贞洁的心灵,感发它,引它到兴高采烈神飞色舞的境界,流露于各种诗歌,歌颂古代英雄的丰功伟绩,垂为后世的教训。"(《柏拉图文艺对话集》,朱光潜译,北京:人民文学出版社,2000年,第118页)一个是金惠敏的句子:"真正的世界主义是一种境界、气度、胸怀,是对他者的尊重、关切,甚至是自我牺牲和奉献。但这美好的境界不仅对弱势民族是难的,对于强势民族也同样是难的,应该说,对于整个人类都是难的。遥远的利益、间接的利益,对于大多数人来说根本就不是利益,与他们毫无关系。利益总喜欢当前性,喜欢直接性,至少在可预计的时间内能够被兑现。"(《价值星丛——超越中西二元对立思维的一种理论出路》,《探索与争鸣》,2015年第7期)这两处的"境界"概念就不能被"意境"概念所取代,可见"境界"有自己的造句习惯与类型,可释为一种具有超越性的"精神状态""精神层级""眼界""见识",与理解王国维的"境界"概念具有一致性。即使是在不同学科的论域中,对于"境界"的使用也同样具有语义上的共同性。只是在阐释诗学问题时,人们不小心弄混了"境界"与"意境",并非表明它们之间没有语义区别。另一个更重要的佐证是钱锺书,观察钱氏的用法,可知"境界"与"意境"是有区别的,证明"境界"指的是作家主体,"意境"指的是作品客体。钱氏指出:"这是《诗经·秦风》里《无衣》的意境,是杜牧《闻庆州赵纵使君中箭身死长句》的意境,也是和陆游年辈相接的岳飞在《满江红》词里所表现的意境;在北宋像苏舜钦和郭祥正的诗里,在南北宋之交像韩驹的诗里,也偶然流露过这种'修我戈矛,与子同仇''谁知我亦轻生者'的气魄和心情,可是从没有人像陆游那样把它发挥得淋漓酣畅。这也正是杜甫缺少的境界,所以说陆游'与拜鹃心事实同'还不算很确切,还没有认识他别开生面的地方。"(钱锺书:《宋诗选注》,北京:三联书店,2001年,第286页)由钱氏所论可知,在涉及作家时,他用的是"境界",而涉及作品时,他用的是"意境"。

主时称"境界始大",可见诗人只有"境界"远大,才能创造出好作品。如评文天祥时说"有风骨,有境界",评辛弃疾时用"有性情,有境界",亦是同样重视诗人自身的"精神高度"是制约创作的关键因素。王国维关于屈原、陶渊明、李白、杜甫、苏东坡、辛弃疾等人的评价中,都有这个"境界"在,也都有这个"生命之敞亮"在。

但如何解释王国维所说"古今词人格调之高,无如白石。惜不于意境上用力,故觉无言外之味,弦外之响,终不能与于第一流之作者也"(《人间词话》四十二)。从"意境"之后的说明词语"言外之味,弦外之响"看,这里的"惜不于意境上用力"指的是没有通过情景、意象的出色创造达到言近旨远的艺术效果,此处"意境"可释为"意蕴""意味",说没有"意境",也就是说没有使作品获得深刻的意蕴与隽永的意味。这与诗人有没有"境界"相关联,但此处着重讨论的还是作品的构成与处理问题,不是讨论诗人的心胸、眼界、见识与人格问题。此外,王国维提出的"大家之作,其言情也必沁人心脾,其写景也必豁人耳目,其辞脱口而出,无矫揉妆束之态。以其所见者真,所知者深也。诗词皆然。持此以衡古今之作者,可无大误也"(《人间词话》五十六)。要理解这段话,要分为前后两段才妥帖。前半段是说如何评价作品,属于"意境"问题;后半段是说如何评价作者,属于"境界"问题。这里提出的"大家之作"的三条评价标准,涉及情景、意象、言意关系的问题,强调三者匹配得好,就能创造出极佳的艺术效果,产生"意境"。王国维在谈到戏曲时再度沿用了这三条标准,指出:"何以谓之有意境?曰:写情则沁人心脾,写景则在人耳目,述事则如其口出是也。古诗词之佳者,无不如是。元曲亦然。"①也是认为元曲实现

---

① 王国维:《宋元戏曲考》,《王国维文集》第 1 卷,第 389 页。

了情景、意象、言意关系的完美呈现。由此来看,如果说"境界"指的是诗人的审美生命的话,那么,"意境"实际上可释为"意之境",是指诗词作品中如何运用情景、意象、言意等要素的构成使作品意蕴、意味达到了何种程度。"意境"是指作品的内容是如何构成的,作品的意味是如何产生与引发的,实指作品的存在状态。

一些学者将"意境"释为"形象",倒有一些合理性,因为"形象"也指作品的存在状态。可如果进而认为"境界"就是"形象",那就错了。"境界"属于创作主体论,而"形象"属于创作客体论即作品论,二者不在一个逻辑层面上,不能拉郎配。"境界"与"意境"肩负不同的美学任务,指认不同的审美事实。

也许有学者会指出,王国维曾说过:"境非独谓景物也,喜怒哀乐,亦人心中之一境界。故能写真感情者,谓之有境界;否则谓之无境界。"(《人间词话》六)"'红杏枝头春意闹',著一'闹'字,而境界全出。'云破月来花弄影',著一'弄'字,而境界全出矣。"(《人间词话》七)"美成《解语花》之'桂华流瓦',境界极妙,惜以'桂华'二字代月。"(《人间词话》三十四)"稼轩《贺新郎》词《送茂嘉十二弟》,章法绝妙。且语语有境界,此能品而几于神者。"(《人间词话》删稿十六)这几处"境界"用语都与评价作品相关,似可用"意境"二字来替代,与指称白石"惜不于意境上用力"相近。实际上,这里的"境界"用语与"意境"概念还是有着根本区别的,"境界"还是指的"生命之敞亮"。或者强调写出人的情感真实,才有"境界"(如"喜怒哀乐"句)。或者强调写出事物的生动状态,才有"境界"(如"闹""弄"字句)。或者强调写出景物的美妙状态,才有"境界"(如"桂华流瓦"句)。王国维批评"桂华流瓦"句使用"代字",就是因为用"桂华"不如直用"月华",那样的话,就不会遮掩月光的真实面貌,"境界"也就在"不隔"之中呈现出来了。

或者强调既能写出情感的真实状态,也能写出景物的真实状态,才有"境界"(如"语语有境界"句)。由上述例句可看出,"境界"所描述的是诗人的或事物的生命特性,属于"生命—主体论"的范畴,而非着眼于作品的具体存在状态、内容构成、意蕴有无来分析作品中的"意"与"境"的配合、造型与效果问题。所以,在这里,"境界"仍然指的是"生命之敞亮"的完满程度,只是此处的主体不仅指了诗人,也指了事物,不仅指的是写情,也指的是写物,但归根结底,还是"生命—主体论",与"意境"着眼于作品"意蕴"之表现是否充分是完全不同的。只可惜,一个明明指称生命主体的"境界"概念,却被混用为那个指称作品构成的"意境"概念,而学界却长时期地浑然不觉,就连朱光潜、宗白华、李泽厚这些美学大家也未能明了。

四

就理论来源看,王国维的"境界说"是中西诗学思想交流的一种产物,既受到西方的哲学、美学思想的影响,也受到中国传统的诗学思想的影响,中西方的交相影响体现在如何"去欲""自由""立人"之上。王国维强调的"以其所见者真,所知者深也",与叔本华的"直观说"有一定关联。他要将"语语都是直观"改成"语语都在目前",固然一方面反映了放弃"直观"以追求更准确表述的理论用意,另一方面也确实反映了在思考诗学问题时,参考并吸收了康德、席勒、叔本华的美学思想,这正是罗钢敢于说出王国维诗学思想只是"传统的幻象"的基本理由。[①] 当然,我通过上述排列王国维使用"域""境""界"

---

① 参见罗钢:《传统的幻象:跨文化语境中的王国维诗学》,第141页。

"境界"与"意境"的使用情况亦已表明，王国维同时吸收了中国传统的儒、道、释思想来推进、完成自己的诗学建构，正是中国与西方的"去欲""自由""立人"等思想一起帮助王国维建立了"境界说"，而非纯粹是西方超功利的自由审美观帮助王国维建立了"境界说"。钱锺书曾说："老辈惟王静安，少作时时流露西学义谛，庶几水中之盐味，而非眼里之金屑。"①这本来用于评价王国维的诗作，但移用而评"境界"的建构，也大抵不差。王国维论"境界"，也时时流露了"西学义谛"，但由于与中国固有之材料相融合，达到了理论上的化境，亦西亦中，既非传统之简单的顺承，也非外来之简单的模仿，完全成为一种创新。

但王国维所使用的"意境"概念却恪守了传统之义。从王昌龄提出"三境说"以来，"意境"就成为诗学论述的重点之一，虽有思想上的发展，却呈现出相对稳定的审美特性，指称作品中的情景、言意、象内象外等关系。现代阐释者在不同时期的总结证明了这点。

宗白华是这样说的：

> 艺术家以心灵映射万象，代山川而立言，他所表现的是主观的生命情调与客观的自然景象交融互渗，成就一个鸢飞鱼跃，活泼玲珑，渊然而深的灵境；这灵境就是构成艺术之所以为艺术的"意境"。

又说：

---

① 钱锺书：《王静安诗》，《谈艺录》上卷，北京：三联书店，2001年，第84页。

艺术意境不是一个单层的平面的自然的再现，而是一个境界层深的创构。从直观感相的模写，活跃生命的传达，到最高灵境的启示，可以有三个层次。

再说：

艺术意境之表现于作品，就是要透过秩序的网幕，使鸿濛之理闪闪发光。这秩序的网幕是由各个艺术家的意匠组织线、点、光、色、形体、声音或文字成为有机谐和的艺术形式，以表出意境。①

蒲震元是这样指出的：

整态的意境结构，表现为象、气、道逐层升华而又融通合一的动态审美。意境不等于情景交融，情景交融只是创造与生发意境的重要方式和手段。意境也不等于特定的艺术形象和典型，特定的形象是产生意境的一种母体；意境往往具有"超以象外"的特征，作品中特定的艺术形象或符号，其意境常常是静伏的、暗蓄的、潜在的，只有在创造者欣赏者头脑中，意境才浮动起来，呈现出来，生发出来。因此，意境具有因特定形象的触发而纷呈叠出的特点，它常常由于象、象外之象、象外之意的相互生发与传递而联类不穷。意境存在于画面及其生动性或连续性之中，它是特定形象及其在人们头脑中表现的全部生动性与连续

---

① 宗白华：《中国艺术意境之诞生（增订稿）》(1944)，《宗白华全集》第 2 卷，第 361、365、369 页。

性的总和。换句话说,意境就是特定的艺术形象(符号)和它所表现出来的艺术情趣、艺术气氛以及它们可能触发的丰富的艺术联想与幻想的总和。[①]

李昌舒是这样总结的:

> 意境需要从当下的审美之"象"超越到"象外"。意境的突出特征是超越:(1)超越是内在超越,既不脱离"象",而又超乎"象"。(2)意境是审美范畴,审美不是认识,不是实践,是一种审美体验。因此,意境之超越系缘于心,是心理超越。(3)超越是从有限入无限,从与物有对到与物无对,从不自由到自由。超越的归宿是个体精神自由。[②]

上述关于"意境"的界定,分别出自 1940 年代、1980 年代与 2000 年后,可谓时期不同,但会发现关于"意境"的基本阐释有三条共同性,即强调"意境"处理的是情景关系,所完成的是艺术形式即艺术形象的创造,所追求的是"言外之意"的艺术效果。

在宗白华的表述中,与这三条对应的是:"主观的生命情调与客观的自然景象交融互渗"(情景关系)、"由各个艺术家的意匠组织线、点、光、色、形体、声音或文字成为有机谐和的艺术形式"(艺术形式)、"成就一个鸢飞鱼跃,活泼玲珑,渊然而深的灵境"(艺术效果)。宗白华的"意境"观之所以会产生巨大影响,与其准确的定义有关,后来者

---

① 蒲震元:《中国艺术意境论》,第 1 页。
② 李昌舒:《意境的哲学基础——从王弼到慧能的美学考察》,北京:社会科学文献出版社,2008 年,第 290 页。

被其所笼罩。

在蒲震元的表述中也出现了相近情况,分别是:"意境不等于情景交融,情景交融只是创造与生发意境的重要方式和手段"(情景关系)、"意境存在于画面及其生动性或连续性之中"(艺术形式)、"所表现出来的艺术情趣、艺术气氛以及它们可能触发的丰富的艺术联想与幻想"(艺术效果)。蒲震元在讨论"意境"的艺术效果时引入了接受美学,强调欣赏者对于"意境"的接受生发。但整体地看,没有超出宗白华的三条说明。

李昌舒的说明也与上述思路相近,他略去了诗人之情与景物描写的结合问题(情景关系),强调了"审美之'象'超越到'象外'"(从艺术形式到艺术效果),着重于揭示"意境"的哲学基础,重点不在于全面定义"意境",可也与"意境"定义三原则相一致。这表明,无论怎么阐释"意境",它都是关于作品存在、作品结构或作品构成要素、作品艺术效果相统一的一种说明,所以是作品论而非创作主体论。

前引王国维所说"意境",其内涵与此三原则相一致,分别是:

> 原夫文学之所以有意境者,以其能观也。出于观我者,意余于境。而出于观物者,境多于意。然非物无以见我,而观我之时,又自有我者。故二者常互相错综,能有所偏重,而不能偏废也。文学之工不工,亦视其意境之有无与其深浅而已。(情景关系)[1]

> 大家之作,其言情也必沁人心脾,其写景也必豁人耳目。其辞脱口而出,无矫揉妆束之态。

---

[1] 王国维:《〈人间词〉乙稿序》,《王国维文集》第1卷,第176页。

又：

何以谓之有意境？曰：写情则沁人心脾，写景则在人耳目，述事则如其口出是也。古诗词之佳者，无不如是。（艺术形式）

言近而指远，意决而辞婉。

又：

惜不于意境上用力，故觉无言外之味，弦外之响。（艺术效果）。

王国维认为"物我不可偏废"，说明创作中必须重视与平衡情景关系；将有无"意境"与"工与不工"相关联，说明"意境"的创作是一个运用艺术技巧的问题；将"写情/言情、写景/述事、其辞脱口而出"作为"意境"的相关要求，是认为作品应具有这些特质；提出不在"意境"上用心用力，就没有"言外之味，弦外之响"，相当于强调艺术作品应当韵味无穷，让人浮想联翩，把玩不尽。王国维的"意境"观是深植并直承中国传统而来，属于"照着说"，而非提倡"境界"时的"接着说"。

由此看来，应当庆幸王国维用"境界"而非用"意境"来建构自己的诗学理论，因为就后者的内涵而言，王国维无以寄寓从西学那里接受的文学独立思想，更谈不上将这些思想与中国传统中相同思想相生发，并进行提炼、转化、熔铸，而成自具特色的诗学范畴。所以，选择"境界"建构诗学，赋予"境界"以不同凡响的审美内涵，超越了"意境"专注作品构成的视域限制，转而从审美生命的角度观察与分析诗词创作，在寻找创作的根源上明显地别具一格，高出一筹。尤其是就文学变革而言,在每一次的转型之际,其实要转型的也许包括了文体,但更重要的是作家生命状态的转型,这是具有决定性的。当"境界说"倡导"生命之敞亮",主张文学独立,推倒陈陈相因,以"有人格、抒真情、写真实、崇自然"为号召时,实已宣布了文学革命时代的到来。

第五章

从『西体』『中体』到『以生命为体』

——与罗钢、彭玉平二先生论《人间词话》的诗学属性

近代以来,在研究一个理论观点的来源之际,形成了所谓的"中学西学"的不同评估路线:或说"中体西用",那是强调中国传统的关键作用;或说"西体中用",那是强调外来影响的关键作用。就王国维《人间词话》诗学属性来看,目前也形成了两种代表性的看法,一种是罗钢的"西体中用"观点,一种是彭玉平的"中体西用"的观点。两人的论著之间虽然没有展开直接的交锋,但两人的观点代表了王国维诗学研究中的两种主导倾向。进行比较文学研究的,多持罗说;进行古代文论研究的,多持彭。当然,在近年兴起的"古代文论现代转换"等讨论中,也出现了"中西融合说",不过若从根子上看,在大多数的论者那里,这个"融合说"还是属于"中体西用",故不予专门讨论。在我看来,绝对地主张"西体中用"或是"中体西用",都有些偏执于理论概念的比较而没有意识到作为"审美生命"活动的文学活动本来就是一个开放的系统,研究文学也应是一个开放的系统,无须泾渭分明使用概念并判明来源。《人间词话》实际上是对"审美生命"的确认,王国维是尽其所能地吸收有益的思想营养,无论这份营养是来自中国的还是来自西方的,他是一个思想上的饕餮者,不需要那么多概念的比较与取舍,一切的吸收都是为了养我之生命,再去创造"审美生命",并通过自己的诗学思想来确认与维护"审美生命"。所以,与其从比较文学的理论概念的角度来分析《人间词话》,不如从"审美生命"的需要即吸收角度来体认《人间词话》,这也许将彻底改变在这个问题上的"西体中体"的纷争,明白它是"以生命为体",以开放的吸收为特征,所以成为一个被广大读者所普遍接受与喜爱的批评文本。

一

罗钢持"西体中用说"的理由是通过自己的努力论证给出的。我们来看他的《传统的幻象》一书,童庆炳有过这样的评价:

> 一般研究者都有一种误解,认为王国维的《人间词话》是用文言写的,其主要研究对象是五代以来的词,又使用了中国古代诗论和美学中很多词语……所举诗词的例子也都是古代的佳作,因此就认定王国维的"意境说"必然是在继承了中国古代诗论和美学的基础上而形成的新的理论建构。罗钢通过他的研究,破除了这些误解,揭开了词语现象的掩饰,看清楚了王国维诗学的思想实质。他用一系列的证据,证明了王国维的"境界说"与中国古代诗论、美学无关,它借用叔本华的认识论美学和海甫定、谷鲁斯等人的心理学美学作为理论支点,看似是中国化的理论创新,实则是德国美学理论的一次横向移植。罗钢从寻找王国维"境界说"立论的思想来源入手,从根本上说明了王国维"境界说"的核心不过是叔本华认识美学的翻版而已。[①]

注意"翻版"这两个字,下得明确,是说王国维诗学根本没有什么中国的内涵,即全部都是舶来品,是典型的"西体中用"——用西方的

---

① 童庆炳《文学理论发展的新趋势(代序)》,罗钢:《传统的幻象:跨文化语境中的王国维诗学》,第2页。

┃ 生命之敞亮——王国维"境界说"诗学属性论

美学思想作为理论的基础与艺术的标准,再装配上一些中国传统的材料。所以,从表面上看是中国的,从实质上看是西方的。

在罗钢之前,也有学者表达过类似看法,但都没有罗钢的彻底与完全。如佛雏认为,王国维"区分两境的理论基础,跟德国哲学家叔本华关于审美静观的观点、关于抒情诗的观点,有极其密切的关系"。[①] 但也承认"就传统诗学言,这个'无我之境',似可上溯到庄子。庄子描写那位梓庆削镰的,他的'器之所以疑神者'全在于'以天合天'。……'以天合天'其实就是'以物观物'"。并认为邵雍的"'以我观物'与'以物观物'说,同王氏说法从字面到实质都是基本一致的。所谓'无我之境',说到究竟,亦无非要求诗人努力超脱到不使'情之溺人'(邵氏语)而已"。又认为"王氏虽不大谈禅,但他对严羽诗话的禅悟之说,却是颇有默契的"。[②] 可是他的结论还是落在了西方的身上,他说:"'以物观物'的'无我之境'说也仍然可以在我国传统中寻到它的线索,虽然这根线索,对于王国维,只居于一种旁证的地位。"[③] 所谓只有"旁证的地位",说明了中国传统的资源在王国维诗学中不起主导作用,甚至已沦为论证西方观点的论据,可见这个诗学体系不是中国的。观察佛雏的分析思路颇值玩味,一般地讲,他总是先引证叔本华的观点以立论,再来分析王国维的诗学实质,最后的一个环节才是列举一些中国传统的资料。这样的研究设计,已经将叔本华的东西置于主导地位,将中国的东西置于附庸地位,所得出的结论总是先谈王国维与叔本华之间是如何的相似,其次才谈也与中国传统有

---

① 佛雏:《王国维诗学研究》,第 225 页。
② 佛雏:《王国维诗学研究》,第 233—234 页。
③ 佛雏:《"境界说"辨源兼评其实质——王国维美学思想批判之二》,《扬州师院学报》,1964 年第 19 期。

瓜葛。所以,佛雏虽然没有直接得出王国维诗学是"传统的幻象"这一结论,却又与这一结论极其近似。阻止他做出这样结论的原因恐怕有两个:一个是他毕竟更多地引述了中国传统的东西作为例证,王国维诗学既然与传统之间有相近性,当然就不便说它是"传统的幻象"了。一个是佛雏进行研究的主要年代是1960—1980年代,在这些年代里尤其是在1960年代,批判叔本华的唯心主义哲学思想仍然是主流意识形态,如果将王国维全盘西化,那就意味着要彻底否定王国维,这是佛雏不愿接受的,所以才或多或少地保留王国维与西方文论之间的一些距离,为肯定王国维留下了一点理论空间。但我想指出,就佛雏论述"有我之境"与"无我之境"时所引述的材料看,中国的材料明明早于西方,中国的材料也明明早于西方而影响王国维,中国的材料与西方的观点之间又高度契合,何以在分析时还要颠倒时序,将西方的影响置前而将中国的传承置后,以西方为主以中国为附,从而先说西方而后说中国呢? 为什么不能先说中国再说西方,先说王国维所接受的传统影响再说所接受的西方影响呢? 这不仅是一个研究设计的问题,也反映了在研究王国维诗学时,佛雏也是无意间将西方影响主导化,将中国影响附属化。我认为,这未必符合王国维诗学实践的实际。作为一个中国诗人,作为一个中国文化所化之人,他不正是带着自己的民族文化记忆去接受西方影响的吗? 不明了这个层面上的意识与无意识的复杂纠结问题,易于陷入单方面地论证王国维的理论陷阱。

黄保真也有看法近似于"西体中用说",他指出:"'有我之境''无我之境'也是叔本华纯粹美学民族化的产物,确切地说是叔本华关于壮美、优美的理论在'境界'说中的具体运用。有我之境,无我之境的出现,不是由于所'观'对象的不同,而是由于'观'的方式(美感方式)

的不同以及由此产生的美感性质的不同。其表现形式是民族化的，其基本观点又纯是叔本华的。"①说"形式是民族化的""观点纯是叔本华的"，这种划分正好表明黄保真认定"有我之境"与"无我之境"是西方理论的产物，只是借用了民族的形式加以表现而已。可是，王国维的思想明明与庄子、邵雍、严羽等人的相一致，何以基本观点就不能是中国的呢？叔本华确实以其西方哲学家的精细分析建立了一个"去欲"的分析模式，从而契合审美创造中的"去欲"需要。中国的传统中也同样包含了"去欲"的认知结构，一直成为审美创造中"去欲"的支撑。从这个角度看，难道不能说引进西方的"去欲"分析模式可证明可强化中国的"去欲"认知吗？不过，在这些"西体中用"的研究框架中，也会时不时地泄露一些"中用也是中体"的相关信息，只是他们没有抓住并生发而已。我们在罗钢的论述中也同样看到了这个问题。

罗钢是接着佛雏往下说的。罗钢的不同之处在于：佛雏的"影响研究"中还保留了中国材料的一定地位，罗钢的"影响研究"（并借助"形象学"理论）则竭尽全力地试图削弱或放弃王国维诗学与中国材料之间的关联性，并突出了其间的不相融性。这是他的有所创新之处，也是他的有所偏颇之处。

罗钢全面梳理了王国维诗学的基本诗学概念如"境界""有我之境""无我之境""主观""客观""写实""理想""赤子之心""自然"等与西方哲学美学的关系，虽然提及诸如"神韵""兴趣""格调"等与中国传统有染，却未加突出。尤其是在"'隔'与'不隔'这一对概念，在中西美学中都不是习见的诗学范畴，都找不到直接的依据"②的情况下，

---

① 黄保真：《王国维"境界说"的内涵及层次》，《辽宁师范大学学报》，1987年第1期。
② 罗钢：《传统的幻象：跨文化语境中的王国维诗学》，第67页。

仍然认定它们是叔本华的"概念"与"直观"的对译,从而"坐实"王国维诗学性质是西方化的而非中国化或中西融合的,故有如此结论:以"境界"为特色的王国维诗学实是"以西方诗学观念为'本',而以中国古代诗学观念为'末'"。并强调已是对"中国固有的诗学传统加以压抑、驱逐和边缘化","恰恰是这种不平等的文化结构关系的历史写照"。① 或者如其所说,"王国维的'境界说'乃是若干西方美学观念的一次横向移植,它并不是从中国古代词学的土壤里自然生长出来的,并不具备中国词学自身独特的问题意识"。② 所以这是一次"传统的断裂"而非"传统的延续"。③

罗钢引述唐圭璋、饶宗颐等人对于王国维的批评来佐证自己的结论。唐圭璋认为,王国维的"不隔说"偏向于"专赏赋体,而以白描为主",不懂"比兴"。④ 饶宗颐说:"词者意内而言外,以隐胜,不以显胜。……吾故谓王氏之说,殊伤质直,有乖意内言外之旨。"⑤罗钢认为,唐圭璋与饶宗颐才是真正"站在中国传统诗学的立场"上的,⑥而王国维不是,所以"最终关闭了他按照中国传统的方式来理解'比兴'的可能"。⑦

罗钢在论及王国维诗学与中国传统的关系部分时主要采用了如下的阐释策略,在讨论"前理解"与"效果历史"等问题时,为了否定王国维诗学的"中国特色",策略性地使用了"使理解得以可能的生产性前见"来评唐圭璋等人,以证明他们的合法性;又使用了"阻断理解并

① 以上未注见罗钢:《传统的幻象:跨文化语境中的王国维诗学》,第160—161页。
② 罗钢:《传统的幻象:跨文化语境中的王国维诗学》,第232页。
③ 参见《是"幻象"还是"真象"?——以罗钢先生论"隔与不隔"为讨论中心的商榷》一章。
④ 唐圭璋:《评〈人间词话〉》(1938),引自姚柯夫编:《〈人间词话〉及评论汇编》,第94页。
⑤ 饶宗颐:《〈人间词话〉平议》(1955),引自《澄心论萃》,第209页。
⑥ 参见罗钢:《传统的幻象:跨文化语境中的王国维诗学》,第142页。
⑦ 罗钢:《传统的幻象:跨文化语境中的王国维诗学》,第160页。

导致误解的前见"来评王国维,以证明他的非法性。① 结果,在别人那里,"期待视野"证明自己具有民族文化身份,在王国维这里,却失去了这种证明的能力;在别人那里,"前理解"可以导向正确理解,在王国维这里,却导向了错误。同一种理论观点用在别人身上与用在王国维身上,竟然产生了截然相反的推论效果,有些奇异。

但罗钢也发现王国维在接受西方影响时有着自身的矛盾,已产生诸多症候,有犹疑徘徊,甚至还有重新选择。若沿此深究下去,也许可证明王国维与传统藕断丝连或者可径直推出王国维开始向传统回归这样的结论。但罗钢没有这样做,故王国维的这种矛盾,在罗钢的著作中也就灵光一现,没有留下制约研究的深刻影响。王国维的矛盾还是成为其诗学的局部性问题而非全局性问题。

罗钢在研究王国维思想变迁时曾指出,王国维的思想有一个从"形而上学"向"经验论"或者说从"哲学"向"心理学"的转变过程,这一研究非常有启发性。不妨摘引如下,篇幅有点长,但正是为了看出全貌。

罗钢是这样说的:

> 我们发现,在王国维从"哲学阶段"进入"文学阶段"之后发表的一系列著作,包括 1907 年前后发表的一组论文,如《文学小言》《屈子文学之精神》等,以及稍后的《人间词话》中,我们都无法找到这个在叔本华美学中的如此重要的概念(指"理念"——引者注)。究其原因,很可能与王国维前期思想中一次重要的转变有关。王国维从哲学转入文学,与他对早期笃信唯心主义哲

---

① 参见罗钢:《传统的幻象:跨文化语境中的王国维诗学》,第 406 页。

学的某种程度的怀疑与失望有直接的关系。在《自序二》中，他写道，哲学学说"大都可爱者不可信，可信者不可爱""伟大之形而上学、高严之伦理学与纯粹之美学，此吾人所酷嗜也。然求其可信者，则宁在知识上之实证论、伦理上之快乐论、美学上之经验论。知其可信而不可爱，觉其可爱而不能信，此近二三年中最大之烦闷。而近日之嗜好，所以渐由哲学移于文学"。这种思想变化直接影响着他对叔本华美学的取舍。不待言的是，叔本华所谓的"意志主体""理念"等，都属于"可爱而不可信"的"形而上学"，这使得王国维逐渐疏远了它们，而与"理念"原本有着密切瓜葛的"直观说"则由于属于经验的范畴，和他后期服膺的心理学有某种程度的重合，因而被保留下来，并在《人间词话》中潜在地发挥了重要作用。①

就这次转变而言，罗钢认为具体的成果之一就是王国维在沿用叔本华的"直观说"之际，又特别强调了诗歌中的"情感原质"问题，从而在美学思想上与叔本华产生了"最深刻的分歧之一"。为此，罗钢列举三个原因予以证明：第一，亲身的创作经验，王国维此时以极大的热情投入了词的创作；第二，西方浪漫主义文学的影响，王国维介绍了拜伦；第三，取法西方的思想范围有所扩大，受到席勒的"游戏说"与海甫定的《心理学概论》等影响。②

简言之，罗钢此处的研究表明，伴随着从"哲学阶段"向"文学阶段"的活动转变，王国维的诗学发生了变化，即从尊崇"形而上学"的哲学美学转向了尊崇"审美经验"。这一转变本来非同小可，但在罗

① 罗钢：《传统的幻象：跨文化语境中的王国维诗学》，第73—74页。
② 参见罗钢：《传统的幻象：跨文化语境中的王国维诗学》，第81页。

钢的描述中却丧失了应有的分量。罗钢的如下评价暗含了王国维的转变仍然发生在西方理论语境中，他说："由此可见，对王国维来说，诗歌不仅表现情感，而且应当表现一种具有社会性与人类性的情感，而这正是海甫定的观点。"[1]这一评价的说服力并不强，好像王国维只有接受海甫定的"重情"观才促使他也同样"重情"。事实上，中国本就存在强大的抒情传统，几乎没有言及诗词创作不言及情感的，王国维也不例外，何况他还是一位杰出的抒情诗人。罗钢对于中国抒情传统的忽略是有意的，因为若增加这一条，将会改变王国维思想转变的原因比例，达到中西各二因，难免平分秋色，这样的话，就无法得出王国维的转变主要是由西方思想促成的这个结论，而要得出中西思想资源的共同作用才促成了王国维的转变这个新结论。何况增列中国抒情传统这一强大的思想资源，还极有可能产生论证上的一个新倾向，那就是使论证偏向中国因素，因为与中国悠久且强大的抒情传统相比，无论是席勒还是海甫定的思想观点，大概都属轻于鸿毛一类。所以，我认为，所谓的"王国维诗学思想转变"的确切内涵不是"王国维企图以叔本华的'观我说'来沟通西方认识论和表现论美学"，[2]而是他开始压抑所受到的西方认识论美学的影响即叔本华的影响，让原本受到压抑的源自诗人内心的"审美经验"以及中国诗学问题升腾起来，再占主位，此时，他当然会对所吸收的西方哲学美学思想资源进行"重组"，使得偏向表现论的哲学美学思想成为他所吸收的主要对象。因而，这次诗学转变的"轴心"不是围绕哪一个人的理论观点进行的，而是围绕"审美经验"进行的，正是基于摆脱理论的爱好而转向正视具体的"审美经验"，才使得这次转变具有了极其重

---

[1] 罗钢：《传统的幻象：跨文化语境中的王国维诗学》，第85页。
[2] 罗钢：《传统的幻象：跨文化语境中的王国维诗学》，第1页。

要的分界作用。

不过，我认为还要更进一步地在"审美经验"的基础上提出"审美生命"的命题，才能使问题更加明朗化，也更加具有深刻性。王国维的此次转变，不仅是从理论的爱好状态中开始了向"审美经验"的回归，而且是向"审美生命"的回归，因为"审美经验"正是"审美生命"的表征。正是王国维向"审美生命"的回归，为其著述《人间词话》提供了坚实的基础，后文将论及。

二

再看彭玉平的"中体西用说"，这一说法的时间也不短。早在1945年，刘任萍就认为理学、佛学对形成"境界"有作用，还具体列举了多种诗话词话运用"境界"的情况，因而指出："故知王氏之创立境界之名，实亦有历史的渊源，固未可专以王氏融会西洋学说之原理而有境界之命名也。实在王氏之境界论的来源，多由陈因历来中国学者所言'动''静'二字而来。他的《人间词话》的体系，亦出于'动''静'二字。"①刘任萍虽然没有说"中体西体"的问题，但从其论述可知，他是不会同意"西体说"的，他在中国传统中找资源的目的，就是为了证明"境界说"是"国产货"。后来的一大批学者，都是把"境界"（多数说是"意境"）视为中国诗学的专有名词，若明白一点说，也都是持有"中体说"。

彭玉平以其《人间词话疏证》全面说明《人间词话》一百二十四条（包括删稿与一些附录）与传统诗学之间的关系，在掌握大量第一手

---

① 刘任萍：《境界论及其称谓的来源》(1945)，引自姚柯夫编：《〈人间词话〉及评论汇编》，第106页。

资料的基础上,形成了最为明确的"中体说"。他指出:

> 在王国维手稿引述的诸多各家之论中,中国传统诗词理论
> 构成了其理论的主干部分,其境界说及其相关的范畴体系的建
> 立,都离不开对传统诗学的借鉴与吸收。西方诗学则对其理论
> 的表述模式及其理论的精密化提供了学理意义上的帮助。"中
> 学为体,西学为用"这句话放在对《人间词话》手稿的定位上,应
> 该大致是不差的。换言之,抽掉西学话语的《人间词话》仍是一
> 部卓越的词话,而失去中国传统诗学支撑的《人间词话》则是不
> 可想象的。这也可以理解为什么王国维在手稿中是如此谨慎地
> 引用西方诗学话语,并在《盛京时报》重刊本中将若干带有西学
> 话语的词语删略殆尽,而对中国传统诗学话语则广泛采录,直言
> 褒贬。王国维对中西诗学的取舍,是经过一番细致的拿捏与权
> 衡的。[①]

我基本同意彭玉平对《人间词话》与中国传统诗学关系的疏证与
评述,由此证明要轻易地说出王国维的诗学建构只是一次简单的西
方话语的摹仿活动,恐怕与事实相违背,所以,说王国维诗学是"西体
中用"的,肯定不合适。但若说一定就是"中体西用",可能又会低估
西学在形成王国维诗学过程中的地位与作用。比如罗钢在研究中几
乎证明了王国维的基本概念都有西方渊源,这是不可回避的。其中
论及"常人之境界"与"诗人之境界"这一则,几乎将王国维用语与叔
本华用语进行对译,其相似程度确实惊人,令"中体西用说"有些摇摇

---

① 彭玉平:《人间词话疏证》,第50页。

欲坠。

罗钢指出：

第一段，王国维说："一切境界，无不为诗人设。世无诗人，便无此种境界。"

这段话与叔本华下面表述的观点直接相关。叔本华说："天才无法估量地超出所有人，原因即在下述事实：天才看到的世界以及由此他表述出来的东西，更加清晰的透辟。这个世界所有的自然是同一个对象，但它联系于天才的世界和普通人的世界，就如一幅没有光影、没有透视的中国画比之于一幅完整的油画，在所有的心灵里，材料是一样的，差异就在于形式呈现的完美程度是不一样的。这种差异来自于心灵的不同等级。"

第二段，王国维说："夫境界之呈于吾心而见于外物者，皆须臾之物。惟诗人能以此须臾之物，镌诸不朽之文字，使读者自得之……而亦有得有不得，且得之者亦各有深浅焉。"

这段话来源于叔本华下面一段论述："直观是一切真理和智慧的根源，然而不幸的是，直观既难于保留又难于传达。从客观条件上讲，它只能通过造型和绘画艺术，间接地通过诗歌，才能清晰而正确地呈现。但它的接受也同样多地依赖于主观条件。这种主观条件并不是每个人都具备的，更不是任何人在任何时候都具备的。事实上，这种主观条件有许多级别，较高的完善的主观条件只是少数人的专利。"

第三段，王国维说："境界有二：有诗人之境界，有常人之境界。诗人之境界，惟诗人能感之而能写之，故读其诗者，亦高举远慕，有遗世之意……若夫悲欢离合、羁旅行役之感，常人皆能感之,而惟诗人能写之。"

这是王国维这段话里最有新意的地方,也是它的核心。其实王国维对于两种境界的区分以及对两种境界不同特征的描述直接来源于叔本华对天才与常人的区分和比较,王国维不过是在其基础上稍作了一些发挥。(下略罗钢所引叔本华原话部分——引者注)

在这段话里,王国维以"能感之而能写之"来概括诗人的才华与能力,同样也是得之于叔本华。[1]

其实,这种相似,并非证明王国维的无能,任何一个理论家,都有可能借用他人的观点来解说自己的某个问题。注意,只要问题是自己的,解说时的理论来自何家又有何妨? 只是罗钢在引述王国维这则词话时省略了首句"山谷云:天下清景,不择贤愚而与之,然吾特疑端为吾辈设",倒是一个不小的问题。之所以这样说,是因为这样省略会导致王国维此则词话的理论性质发生变化,有山谷的引语时,王国维的中国问题意识明确,这是先提出中国问题,再用西方理论加以解释,中国问题为主,西方理论为辅,若由此认识《人间词话》的撰写,体现了以中国问题为结撰核心的思考路径。没有山谷的引语时,则淡化了问题的中国性,变成了纯粹翻译西方理论以建构所谓的"境界说",也似乎暗示了"境界说"是无中国之根的。可事实上,山谷的所言,正是这则词话的中国之根,而且这个早就生出的根,只是没有获得很好的解说罢了。王国维发现了异域的理论资源而加以运用,所证明的正是山谷所提问题的正确性,而非经过这一解释,山谷变成

---

[1] 罗钢:《传统的幻象:跨文化语境中的王国维诗学》,第 78—79 页。

了叔本华。所以，突出山谷问题的首要性，是理解这则词话，同时也是理解整部《人间词话》的一个必然的"前理解"。

那么，对照罗钢的这段说明，再理解彭玉平的"中体西用"时，将会产生哪些冲击呢？我以为"中体西用说"将有以下三个方面的理论困境：

其一，认为"西方诗学则对其理论的表述模式及其理论的精密化提供了学理意义上的帮助"，似乎轻巧了点。不便说西方诗学就是主导整个《人间词话》的思考与写作的，但至少不能说它所起作用只是理论表述与精密化等逻辑层面上的。西方诗学深刻影响了王国维的思想是个不争的事实，轻言这种影响，无法解释王国维诗学的创新性。

其二，认为抽掉西学话语《人间词话》还是一部"卓越的词话"，可能会引起歧义。若承认"境界说"受到西方哲学美学的影响，再加上"造境""写境""主观""客观""基督""血书"等明显带有西方色彩的词语，那么抽掉西方话语，不使《人间词话》体系整个地坍塌掉，也会面目全非。若如此，《人间词话》的革命性将消失，与明清流行的其他词话没有什么性质差别。抽掉《人间词话》中的西学话语，不仅是抽掉明确的话语本身，也有可能抽掉吸收了西学影响的基本观念，那将是十分可怕的。如果王国维变成了朱彝尊、陈廷焯、张惠言，王国维确实还是一个词话作家，可是王国维对于晚清词坛的冲击与现代文论的巨大启示与影响，也就大打折扣了。

其三，看到《人间词话》重刊本（即《盛京时报》1915年本）与《人间词话》初刊本（即1908年本）存在差异，确实说明了王国维思想的某些转变，即中国意识更加鲜明，所以才将若干带有西学话语的词语进行了删减，虽然没有殆尽，如仍然保留了"理想"与"写实"二语。这样做的效果如何呢？会出现不同解释。如彭玉平可以将此解释成是对西学态度的转变,认为王国维开始回归传统,所以在言说中国诗学问题时,若能用中国话语说清时,也就不再使用西方话语。造成的原因是后期的王国维回归国学研究,也顺带地反思了自己前期的诗学研究倾向,所以想打造一个较为纯粹的用中国话语方式加以表述的《人间词话》版本。但也可解释成这是某种程度的倒退,使得初刊本的内涵有所减弱,词话的理论格局变得狭小了。其实,我们没有必要完全根据著者后来的喜好与变化来论证《人间词话》初刊本的价值。相比较,初刊本可能更能体现王国维开放的理论兴趣,而重刊本则由于受到转向国学研究的影响,不免开始呈现保守色彩,这一保守取向使其集中精力完成了重要的国学研究,却也有可能在另一个维度上损害他曾经建立的开放心态。

其实,亦如彭玉平所强调,诗学建构可有两种模式,一为"结穴模式",一为"引领模式"。前者如刘勰之《文心雕龙》、司空图《诗品》、严羽《沧浪诗话》,属于综合总结的多,其中亦有创意,但以论述的全面性为特色;后者如陈子昂的"风骨说"、王国维的《人间词话》,属于标新立异的多,虽然所论也是常理,可由于某个时代匮乏这种思想,故能激起巨大反响。[①] 不过若加比较,就陈子昂与王国维来看,王国维比陈子昂更幸运,他处于中西理论交流的时代,故其所能运用的思想资源远远多于陈子昂。陈子昂在反对六朝绮靡文风时只能返回儒家文论的比兴传统,强调创作中思想内容的重要性,疾呼"文章道弊五百年。汉魏风骨,晋宋莫传……而兴寄都绝……风雅不作"。[②] 而王国维不同了,他可以借用西方的思想为我之思想,他不只是能够回到

---

① 参见彭玉平:《人间词话疏证·自序》,第 1 页。
② 陈子昂《与东方左史虬修竹篇序》,郭绍虞、王文生主编:《中国历代文论选》第 2 册,上海:上海古籍出版社,1979 年,第 55 页。

传统文论，还可以拿来西方文论，王国维诗学的理论特性既非"西体中用"，也非"中体西用"，而是"亦中亦西"或曰"中西为体"。就陈子昂、王国维与刘勰、司空图、严羽相比，前二人更具有创作才能，所以他们的理论观点更多地包含了自我的"审美经验"，在这一基础上绾合理论与对照其他的"审美经验"，会形成更具活力的论述框架，尤其是以确定的"审美经验"为基点，来针砭原有的创作格局，期望收到革命性的效果。

所以，王国维的意义在于他形成了迥异的革命思路，与清代词坛所奉行的浙派与常派都有极大区别。浙派以朱彝尊为代表，朱彝尊说过："数十年来，浙西填词者，家白石而户玉田，春容大雅；风气之变，实由先生。"[①]常派始于张惠言，光大于周济，倡导比兴，主张"意内而言外"，[②]反对无病呻吟。龙榆生评"浙派之构成，实奉姜夔为'圭臬'，而直接南宋典雅派之系统者也"。[③] 评常派"学者竞崇'比兴'，别开涂术，因得重放光明；此常州词派之所以盛极一时，而竞夺浙派之席也"。[④] 但很显然，这样的变革目标不大符合王国维的宏大愿望，诚如所评："夫自南宋以后，斯道之不振久矣！元、明及国初诸老，非无警句也。然不免乎局促者，气困于雕琢也。嘉道以后之词，非不谐美也。然无救于浅薄者，意竭于摹拟也。君之于词，于五代喜李后主、冯正中，于北宋喜永叔、子瞻、少游、美成，于南宋除稼轩、白石外，所嗜鲜矣。尤痛诋梦窗、玉田。谓梦窗砌字，玉田垒句。一雕琢，一敷

---

① 朱彝尊：《曹溶〈静惕堂词〉序》，陈乃乾辑：《清名家词》第 1 卷，上海：上海书店，1982 年。
② 《张惠言论词》，唐圭璋：《词话丛编》第 2 册，第 1617 页。
③ 龙榆生：《中国韵文史》，上海：上海古籍出版社，2002 年，第 143 页。
④ 龙榆生：《中国韵文史》，第 150 页。

衍。其病不同，而归于浅薄。六百年来词之不振，实自此始。"①王国维所批评的"浅薄""摹拟""雕琢""局促"等，与浙派与常派所看到的问题大抵相近，但他的革新方案显然不同。原因在于，以诗的"比兴""典雅"来革新词作，虽然可以提高词的地位，但在"审美生命"十分疲乏的状态下，这种方法与风格的革新，很难收到预想效果。这如王国维所评的白石词作，即使词人才情超众，但若没有"创意"出现，也是不能置身于第一流词人之列的。其实，王国维要师承北宋，是因为北宋词作处于初盛阶段，元气淋漓，不可凑泊，实为天籁之音。往深处说，王国维要进行的是内容革命，而且这个内容革命是基于"审美生命"的勃发。王国维找到了词坛症结之所在，并主张从根本上加以解决。这是王国维诗学不同于浙派与常派的地方。在这里，王国维的生命论显示了它的活力，远比"尊体"的风格论要强大有力得多。

三

若就王国维诗学的整体而言，它是"亦中亦西"的；若就《人间词话》而言，它是用"亦中亦西"的眼光来解释他所提出的中国问题；若就《人间词话》的撰写而言，它不以概念为基础来结构一部纯粹的理论著作，而以阐释某种特定的"审美生命"的诸多特性为任务。所以，《人间词话》的理论背景是宏阔的，所提出的问题是中国的，所完成的是一部以"审美生命"为阐释对象的批评性著作。彭玉平曾评价《人间词话》："若依词史而论，则未免自限门庭而堂庑未张。"②这是指它

① 王国维《〈人间词〉甲稿序》，《王国维文集》第 1 卷，第 175 页。
② 彭玉平：《人间词话疏证》，第 1—2 页。

缺乏包容性。但若从它的革命性来看,这一以"审美生命"为核心的论述,既能映照其他的"审美经验",也能吸收中西理论为自己所用,实在是别开生面——别开生命的活泼局面,即别开一个新的诗学局面,直贯而下接上了"五四"新文学运动。

这个诗学的真面目就是从生命本体论的角度来界定"境界",呈现出革命性的变革特色,在中国传统诗学向现代诗学转变的过程中,找到了合适的理论定位,展示了蓬勃的思想力量。

为什么说王国维是从生命的角度来界定"境界"呢? 理由有四:一,王国维是个诗人,而且是一个注重生命体验的诗人,他的诗学不从生命出发是说不通的。二,在研究王国维诗学时,所界定的"境界"不仅要用以解通《人间词话》中的诸概念,也要解通王国维诗学中的基本概念与事实。三,已有先例,如徐复观与夏中义强调"境界"是精神层次问题,[①]实已涉及从生命美学角度界定"境界"的基本方向问题,只是没有点破而已。四,过去关于"境界"的主要界定分别是"世界说""形象说""理念说""精神层次说",都是各执一词,从某一特定角度介入界定活动,或立足于作品的客观方面,或立足于作品的主观方面,呈现"境界"的种种面目,但若取生命说,则可以统一上述四说,打通主客观的二分,勘破"境界"的完整面目——生命的面目。人们就"境界"所说的"世界"应当是"生命的世界",所说的"形象"应当是"生命的形象",所说的"理念"应当是"生命的理念",所说的"精神层

---

① 徐复观认为:"例如说某人的境界高,某人的境界低。精神的层次,影响对事物、自然,所能把握到的层次。由此而表现为文学艺术时,即成为文学艺术的境界。"(《王国维〈人间词话〉境界说试评》,《中国文学论集续编》,第61页)夏中义指出:"我猜'意境'之'意',即指'境界'之'内美'(诗人对宇宙人生的深切感悟或关怀),这是王氏所最珍重的。生命感悟,其实是某种价值情感体验,这是言情类诗词的天然能源……因为'境界'二字就其词源而论,似仅指人类精神高度"。(夏中义:《世纪初的苦魂》,第37页)我提出的"生命说"实接着夏中义往下说。

次"应当是"生命的精神层次"。

生命本体论强调"艺术不仅仅或不主要是反映,而从根本上说,它是体验,从人的存在这一本根深层生起的体验——这是存在的体验,生命的体验,真正人的体验。它关注的不仅是认识生活,而且更重要的是全面地、深刻地显现生活的本体、奥秘——即体验生活。艺术被当作认识的工具、教育的工具,其生命意味、存在意味却必然地失落了"。同时还认为,本体缺失会导致"主体迷失""感性迷失""形式迷失"与"意义迷失"。① 我们可以对这里的观点加以调整,给出这样的看法:生命本体论强调文学是基于生命体验的生命创造,作家、作品与读者三方面结合成为生命的共同体,以自己的生命去感化与唤醒别人的生命,又从别人的生命来丰富提升自己的生命,从而在生存之网中共同获得生命的欢欣与自由。生命本体论可以突破文学认识论的思维定式,通过强调与恢复文学与生命的本然关联,揭示文学的生命特征,从而肯定文学所展示的生命精神。② 本体论与认识论的"世界说""形象说""理念说"所不同者在于,后者是建立在主客二分的基础上的,而文学创作即使会在其构思过程中出现主客二分的状态,这样的状态最后也要统一在生命体上。一旦确立了生命本体论的基础,文学创作就能以生命的丰富性与生动性来真正展示人的生命活动样态,留下多样的生命图景。

如果以《人间词话》六十四则为中心,结合《人间词话》删稿与王国维的其他论述,"境界"其实是关于"审美生命"的一种论述,它当然涉及了多方面的创作问题,或体现为形象问题,或体现为情景关系,

---

① 王一川:《本体反思与重建——人类学文艺学论纲》,《当代电影》,1987 年第 1 期。
② 参见薛雯:《"为文学正名"的再出发——新时期"文学本体论"的讨论与反思》,《学习与探索》,2015 年第 3 期。

或体现为有我无我的区别,或体现为出入的不同功能,但都是围绕"审美生命"这个核心展开的。王国维在《人间词话》中拈出一个"境界"说话,其实就是拈出一个"生命"说话,正因如此,"境界"才是"为本"的,而其他诸说才是"为末"的。"境界"才是最具吸附性的"元理论",而非被其他种种理论所吸附。见到生命的理论,总是成为生命的;见到理论的生命,也许会被转化成了概念,这就是《人间词话》最终不以哲学概念的面目出现的根本原因所在。

我认为"境界"即"生命之敞亮",即以"生命"为原发点,要求在诗词创作中予以活泼泼地表现出来。鉴于"生命"是多层级的、多样态的、多类型的,在《人间词话》中,"生命之敞亮"也是以其多形态予以表现的,从而构成以"生命之敞亮"为原点的诗学体系。结果是,以"生命之敞亮"为基本概念,能够通解王国维诗学中的其他概念内涵,而使它们相互关联并呈现为一个有机整体。所以,检验"境界"的内涵界定是否合适的标准,就是将某种界定代入王国维诗学的整体之中进行解读而看有无滞碍,有滞碍的,应放弃这一界定,没有滞碍的,才可确定这一界定。

《人间词话》有三则关于"境界"的词话最为重要,均可从"生命之敞亮"角度得到透彻说明。

先看第一则:"词以境界为最上,有境界则自成高格,自有名句。五代北宋之词之所以独绝者在此。"(《人间词话》一)或表述为:"言气质,言神韵,不如言境界。有境界,本也。气质、神韵,末也。有境界而二者随之矣。"(《人间词话》删稿十三)若将其中的"境界"置换成"生命之敞亮",则含义确切鲜明,接着再说"有生命之敞亮"就有诗词的取意高妙或调式高雅,就有名句,大概是顺理成章的。我当然知道不能反过来说,说有了高格,有了名句,才有"生命之敞亮"。用"生命之敞亮"来评五代北宋的词作,可谓抓住了要害。王国维肯定北宋否定南宋以降,就与强调这个"生命之敞亮"有关。五代、北宋之作的生香活色与南宋以后创作的精巧造作,恰恰就是生命精神的不同,所谓北宋高于南宋,实是生命的精神境界高于南宋。

看另一则:"严沧浪《诗话》谓:'盛唐诸公,唯在兴趣。羚羊挂角,无迹可求。故其妙处,透澈玲珑,不可凑泊。如空中之音,相中之色,水中之影,镜中之象,言有尽而意无穷。'余谓:北宋以前之词,亦复如是。然沧浪所谓兴趣,阮亭所谓神韵,犹不过道其面目,不若鄙人拈出'境界'二字为探其本也。"(《人间词话》九)为什么拈出"境界"二字就是探本之说呢?不少人予以怀疑。但若知道这个"境界"就是"生命之敞亮",恐怕可以打消这个顾虑了吧。与"生命之敞亮"这个根本相比,"兴趣"与"神韵"应当是"生命之敞亮"的一些表征,而非"生命之敞亮"的本身。所以,有了"生命之敞亮"就有可能体现出"兴趣"与"神韵"的特征来,有了"兴趣"与"神韵"的特征,也要上溯到"生命之敞亮"的根本处予以证明。比较而言,"生命之敞亮"到底是"兴趣"与"神韵"的根本,"兴趣"与"神韵"是这个根本的枝与花。这样看来,王国维说"境界"是本根的东西,而"兴趣"与"神韵"则是末梢的东西,并没有颠倒事物的性质与功能。有人指斥王国维的"境界说"否定了"兴趣"与"神韵",这是不准确的,王国维只是把"境界"看得更重要罢了。叶朗曾肯定"境界为本说",但所述理由却未点到关键处,他指出:"严羽的'兴趣',王士禛的'神韵',王国维的'境界',都是概括文艺特性的范畴,他们是一线下来的,不同的是,'兴趣''神韵'偏于主观的感受,因此比较朦胧恍惚,显得难于捉摸,不免带上一层神秘色彩,而'境界'则从诗词本身的形象和情感内容着论,因此比较清楚、确定,没有神秘色彩。就这方面说,王国维的境界说比起严羽的兴趣说和王士禛的神韵说来,确是进了一步。"①从是否神秘角度论"境界"与"兴趣""神韵"的区别,说服力不强,因为至今关于"境界"内涵的界定都争论不休,何以表明它是清楚而不神秘的? 此外,认为一者概括的是创作的主观方面,一者概括的是作品的内容(客观)方面,将这两个方面加以比较,实无可比性。偏于作家主观的说明,当然会神秘些,偏于作品存在的说明,当然会清晰些,这是两个不同层次的话题,无须比较,也比较不出什么可靠的结论来。此外,这里说"境界"是"形象",弄错了"境界"的内涵,"境界"实是关于创作主体的指称。所以,若换个角度,从"生命之敞亮"看"境界",评"兴趣"与"神韵",则本末自现,无须多说什么了。作为生命的东西当然是本,作为生命之表征的东西当然是末,但它们都是连成一体的。主张"境界为本",不是否定"兴趣""神韵"作为末梢的价值,仅仅是说"审美生命"作为一个整体,有其待展开的秩序而已。

再看"大家之作"这则,王国维说:"大家之作,其言情也必沁人心脾,其写景也必豁人耳目。其辞脱口而出,无矫揉妆束之态。以其所见者真,所知者深也。诗词皆然。持此以衡古今之作者,可无大误矣。"(《人间词话》五十六)将"生命之敞亮"代入这则词话中,完全可以通解其中概念。所谓"所见者真,所知者深",其实指的就是"境界"状态,是达到了"生命之敞亮"。而所谓"言情必沁人心脾""写景必豁人耳目""其辞脱口而出,无矫揉妆束之态",它们都是"生命之敞亮"的表征,或者说正是"生命"达到了"敞亮"状态,才会有"言情""写景"与"其辞"都这般敞亮的程度。我在另一处指出,这个"言情""写景"与"其辞"正是"意境"的构成要素,所以,这里关于"言情""写景"与

---

① 叶朗:《论王国维境界说与严羽兴趣说、叶燮境界说的同异》,《文汇报》,1963 年 3 月 2 日。

"其辞"的说法,若统一起来看,也就是关于"意境"的讨论。不过,"意境"所强调者不仅是这三个要素的出现,同时,还得强调三个要素结合后到底形成了什么样的"意之境",偏向于强调三个要素结合后形成"意之境"的,属于"意境"概念的内涵,若仅仅作为单项来看,这里的"言情""写景"与"其辞"也是"境界"的呈现。夏中义曾将这一则解作"内容决定形式",似未妥帖,但也说出了"生命之敞亮"所必然带来的表现上的后果,而表现上的后果也可印证"生命"是否已经敞亮。夏中义说:"王氏倒是言之成理又持之有故的。既然'境界'之'内美'源自诗人活泼泼的'趣''性''魂',那么,必定是生气灌注,精力弥满的,也就能天籁似地妙语如珠,出口成章,无论是言情写景宛然在目,无忸怩造作之痕。借通用术语来说,这正是内容决定形式,形式与内容的完全统一耳。"[①]在夏中义这里,"境界"的"内容"指的是"内美",表现为"趣""性"与"魂";在我这里,这个"内美",其实指的就是生命要求敞亮,并且通过或言情或写景而达到了敞亮的程度。我与夏说之间并不矛盾,只是指明了"境界"是"生命之敞亮",而"生命之敞亮"会成为这个结果罢了。

  总结这三则纲领性的词话,我认为,它们奠定了《人间词话》的理论基础,而其实质,则是从不同角度证明了只有"生命之敞亮"才是词作的灵魂。但这三则词话分工则又不同,"最上"句强调了诗词创作应以体现"生命之敞亮"为最高目标。"为本"句强调了只有肯定诗词创作是以"生命之敞亮"为根本,才能建立创作观上的生命本体论,除此之外,其他的理论都是等而下之的,处于从属地位。"大家之作"句提出了以"生命之敞亮"为内核的批评标准,分别从"言情""写景"与

---

① 夏中义:《世纪初的苦魂》,第34页。

"其辞"上做出了具体规定。"生命之敞亮"既是诗词创作的最高目标,当然是根本,也是评价的标准。这三则词话的统一性是相当严密的,就推理形成而言,应当得自王国维的西学训练。

鉴于上述理由,我认为,与其认为《人间词话》的诗学属性是"西体中用"或"中体西用"的,不如说是"以生命为体,以中西理论为用"的。

处王国维之世,中西文化交流已然形成,创立任何理论体系或仅提出自己的观点者,参照他方实为必然。学者创立思想学说譬如自我生命之形成,自我生命之形成需要饮食,你可以只吃中餐来形成生命,亦可只吃西餐来形成生命,当然还可以既吃中餐又吃西餐来形成生命,因为无论中餐与西餐都有维持生命的必要营养,且二者间没有药性冲突与反应,所以,无论是单吃还是混吃,都将有益于生命之形成。就此言王国维,他是一个既吃中餐又吃西餐的饕餮者,所形成的生命丰富性,自不待言,人们又何必非斤斤计较他到底是中餐吃得多还是西餐吃得多,以争一个民族的荣誉或外来的光荣呢?

第六章

如何超越『强制阐释』？

——从《〈红楼梦〉评论》到《人间词话》的审美阐释

2014 年以来,张江教授推出了"强制阐释论"的系列论文,引起关注。从目前的讨论看,肯定"强制阐释论"提出的必要性与针对性,可谓共识。尤其是用"强制阐释论"来观察与评价西方 20 世纪以来的文论发展时,特别能够体现这一研究的意义。不过,随着讨论的深入,人们也会发现一个问题,"强制阐释论"属于对西方文论诸多症候的一种诊断,在揭示西方文论的诸多弊端时,确实抓住了要害,并予以一针见血的分析。但是,毋庸讳言,这是批评性的,即针对西方文论揭开它的硬伤,把它从高高在上的位置上拉下来,还原它的真容。可在进行了这样的解构以后,到底该如何建设新的文论,也许更加令人关注。笔者就曾当面请教过张江教授,他答以自己的对策——"本体阐释"可以解决这个问题,并认为这才找到了建设中国文论的理论基础与方向。这一观点自有其发人深省之处。然而,由于"本体阐释"还处于比较抽象的理论设计阶段,它的理论适应性到底有多大,是远不够清晰的。同时,张江教授也没有特别结合具体的文论实践来阐述这个"本体阐释",并使这个理论观点得到应有的检验,这个话题还不免有"草色遥看近却无"的味道。本文拟通过分析王国维在 20 世纪初期撰写《〈红楼梦〉评论》与《人间词话》这两部批评著作的文论实践,试图回答一二,以就正于方家。

比较而言,如果说《〈红楼梦〉评论》属于"强制阐释",那么《人间词话》则超越"强制阐释"而实现了阐释的"软着陆"——着陆到"审美生命的经验与体验"之温柔中去了。此处所说的审美生命的经验,既可指作家的审美生命的经验,也可指作品中所展示的审美生命的经验;此处所说的审美生命的体验,既可指读者也可指批评家从作品的阅读中、从作家的个性与风格中所获得的体验。经验指作家与作品作为审美生命的所自放,体验指读者与批评家对于审美生命的所引发。王国维的理论探索,对于建设今天的文论不无重要的启发。

一

《〈红楼梦〉评论》发表于 1904 年,是王国维的第一篇正式批评论文,也被视为中国现代文学批评的开山之作,从此中国才有了现代意义上的批评写作。文章以叔本华的意志哲学为出发点来分析中国文化与《红楼梦》的思想特征。

文中首先提出了"生活之本质"的问题,并原汁原味地引述叔本华的观点:人受欲望支配,而欲望总是永远满足不了的,故人永远处在追求欲望而不得最后满足的痛苦之中。王国维这样说:

> 生活之本质何?"欲"而已矣。欲之为性无厌,而其原生于不足。不足之状态,苦痛是也。既偿一欲,则此欲以终。然欲之被偿者一,而不偿者什百。一欲既终,他欲随之。故究竟之慰藉,终不可得也……故欲与生活、与苦痛,三者一而已矣。

既然人在现实生活中是无法满足欲望的,也无法解除人生痛苦的,那么,到底是什么东西才能解除这种由人的欲望所引起的痛苦呢?王国维认为,唯有"美术"才足以担此大任。他又以叔本华的观

点为依据,说:

> 兹有一物焉,使吾人超然于利害之外,而忘物与我之关系。此时也,吾人之心无希望,无恐怖,非复欲之我,而但知之我也……然则非美术何足以当之乎? 夫自然界之物,无不与吾人有利害之关系;纵非直接,亦必间接相关系者也。

"美术"之所以能够解除痛苦是因为它是"非实物",故无以引发人的欲望,即"超然于利害之外",实现"观者不欲"的无欲状态。王国维描述了这一解脱状态:"此犹积阴弥月,而旭日杲杲也;犹覆舟大海之中,浮沉上下,而飘著于故乡之海岸也;犹阵云惨淡,而插翅之天使,赍平和之福音而来者也;犹鱼之脱于罾网,鸟之自樊笼出,而游于山林江海也。"其实,这指的是人达到了精神自由,不为外物所累。

正是在这一舶来理论的预设下,王国维要用《红楼梦》来印证人类是如何解决这个超越物欲的问题的,他说:"自哲学上解决此问题,则二千年间,仅有叔本华之《男女之爱之形而上学》耳。诗歌、小说之描写此事者,通古今中西,殆不能悉数,然能解决之者鲜矣。《红楼梦》一书,非徒提出此问题,又能解决之者也。"王国维此说要表明的是,面对同一问题,在西方是叔本华解释得好,在中国则是《红楼梦》解释得好,可见他对《红楼梦》的抬爱。故其关于《红楼梦》的分析,就将紧紧扣住"如何摆脱欲望"这一思路进行,揭示《红楼梦》所能达到的思想高度。

王国维关于《红楼梦》共有如下三点看法:

其一,《红楼梦》的主题思想是描写"人生之欲"及其解脱之道。

王国维区分了两种解脱之道，一种是"非常之人"如惜春、紫鹃的解脱，那是超自然的、神秘的、宗教的、平和的；一种是"通常之人"如贾宝玉的解脱，那是自然的、人类的、美术的、悲感的、壮美的，也是文学的、诗歌的、小说的。正因为"非常之人"的解脱是宗教的，所以不属于文学范畴，这样一来，贾宝玉自然而然地成为小说的主人公。此意大概是说，"非常之人"的解脱以宗教为目的，缺少解脱过程中的故事，故为小说中的次要人物，予以点缀即可，若为主要人物，则没有值得细密描写的必要性。而"通常之人"的解脱要经过种种磨难与曲折，作为小说的主人公来加以描写刻画，也属必然与自然。

其二，《红楼梦》是一部悲剧作品。既然"人生之欲"难以解脱，那么描写这种解脱的痛苦当然是悲剧了，所以王国维认为《红楼梦》是一部悲剧作品。又根据叔本华三种悲剧的划分，确认《红楼梦》属于第三种，是"彻头彻尾的悲剧"或"悲剧中的悲剧"。叔本华的三种悲剧是：极恶之人构成的悲剧、受命运支配者构成的悲剧与普通人构成的悲剧。由于前两种悲剧往往与一般人生不相关联，人们也就不太关注这类悲剧。可普通人之悲剧则揭示了这是"人生之最大不幸，非例外之事，而人生之所固有故也"，"足以破坏人生之福祉"，并加诸人人，所以"可谓天下之至惨"。王国维首次将《红楼梦》视为悲剧作品，并阐释它的价值，在充满乐感文化精神的中国，实属破天荒的事。

其三，反对《红楼梦》研究中的"索引派"。王国维指出："自我朝考证之学盛行，而读小说者，亦以考证之眼读之。于是评《红楼梦》者，纷然索此书中之主人公之为谁，此又甚不可解者也。"王国维显然不满意于这种"索引批评"，所以才干脆自己动手来阐释《红楼梦》的美学价值与伦理价值。他的理由是,文学创作决非写某一人某一事,而是通过所谓的一人一事来观照全体人类的性质,"夫美术之所写者,非个人之性质,而人类全体之性质也……于是举人类全体之性质,置诸个人之名字之下。譬诸'副墨之子''洛诵之孙',亦随吾人之所好名之而已"。① 王国维强调,对于"人类全体之性质"来说,作品中的人物设名,只是一种临时性指称,《红楼梦》的主人公可以叫贾宝玉,也可以叫曹雪芹、纳兰容若,还可以叫"子虚""乌有",因为作品中的人物是典型——一个"熟悉的陌生人",无论怎么命名这个人物都可以。所以,像"索引派"那样非要将书中人物到底指谁弄个水落石出,其实是毫无意义了。

王国维的研究产生了重大影响:一是"乐感文化说"几乎成为定论,李泽厚后来说中国人奉行乐感文化,西方人奉行罪感文化,就源于此。一个是《红楼梦》的"悲剧说"被学界广泛接受,似为不刊之论。虽然如学者所指出的那样,从此揭开了中国传统戏曲中到底有无悲剧、若有悲剧又如何区别于西方悲剧等话题的争议,但从"悲剧"角度解释中国传统戏曲,到底成了一种趋势。

二

但就整体构思而言,《〈红楼梦〉评论》是理论先行的,即以叔本华的哲学美学思想为依据,再勘探《红楼梦》中与此相一致的那些东西。因切入视角新颖,为中国传统学术所未有,故有所发现,如悲剧说。但将哲学理论与一个具体作品一一加以对照,即使作品的某一部分

---

① 以上未注均出自王国维:《〈红楼梦〉评论》,《王国维文集》第1卷,第1—23页。

可与先行理论有相合处，终究难以使作品整体上与先行理论绝对吻合，如此论述起来，或者是抓不住作品主旨，或者是伤害了作品的丰富性。这恐怕是文学批评上理论脱离实际的典型症候。

《〈红楼梦〉评论》就有两处令人十分怀疑而难以接受：一处是说《红楼梦》开卷关于男女之爱的神话解释，对应了"生活之欲之先人生而存在，而人生不过此欲之发现也。此可知吾人之堕落，由吾人之所欲，而意志自由之罪恶也"。把一个中国式的神话叙事，与西方的带有基督教"原罪"意识的宗教叙事相对应，离开了中国文化传统。一处是"所谓玉者，不过生活之欲之代表而已"，将"玉"与"欲"对释，看似石破天惊，可"玉"的中文之义又怎么可以与"欲"的翻译之义相对等呢？这无疑开了一个学术玩笑。质疑者指出：

> 《〈红楼梦〉评论》带有明显的试验性，它的基本立论不一定很稳妥，论述中也存在牵强附会的错误。例如，为了证说贾宝玉最后出家是对"人生之欲"的彻底醒悟，即叔本华所说的"解脱"，王国维似乎更加看重并且显然拔高评价小说后四十回在全书中的地位与艺术价值，这就有点先入为主，以既定的理论推绎代替对作品实际描写的分析。又如，将贾宝玉"衔玉而生"的"玉"比附解释为"人生之欲"的"欲"，认定《红楼梦》开头所述有关石头误落尘俗的神话，暗合西方的宗教的"原罪说"，并论指小说的基本结构也是写"原罪"的惩罚及其解脱，这也有点削足适履，生拉硬套。如果说《红楼梦》中的"玉"确有象征意义，所喻指的也绝非叔本华意志哲学中所说的"生活之欲"，而是指人的灵明本性，是一种东方式的哲学观念。《红楼梦》第二十五回有所谓"通灵玉蒙蔽遇双真"的描写，其中以"玉"喻指人的圆明本性的象征含

义就很明显。①

　　按照时下的观点来看,《〈红楼梦〉评论》一开始就大量引用叔本华的哲学观点,并对照而描述《红楼梦》,又将《红楼梦》的思想主题完全等同于"欲望之解脱"这个哲学命题,完全可以算作是"强制阐释"。

　　何谓"强制阐释"? 首倡者张江教授的解释是:"一是场外征用。在文学领域以外,征用其他学科的理论,强制移植于文论场内。场外理论的征用,直接侵袭了文学理论及批评的本体性,文论由此偏离了文论。二是主观预设。批评者的主观意向在前,预定明确立场,强制裁定文本的意义和价值,背离了文本的原意。三是非逻辑证明。在具体批评过程中,一些论证和推理违背了基本的逻辑规则,有的甚至是明显的逻辑谬误。为达到想象的理论目标,无视常识,僭越规则,所得结论失去逻辑依据。四是反序认识路径。理论构建和批评不是从实践出发,从文本的具体分析出发,而是从现成理论出发,从主观结论出发,认识路径出现了颠倒与混乱。"②张江教授提出"强制阐释"的问题,本意是想概括文化理论流行之后西方文论所犯下的诸多错误,可这用于说明吸收西方哲学美学理论来研究中国文学问题,也同样具有针对性,因为近现代以来的中国文论在向西方学习的过程中,同样犯下了"强制阐释"的错误,为阐释文学与建立现代文论付出了不低的"学费"。王国维的《〈红楼梦〉评论》当为"学费"之一。不过,

---

① 温儒敏:《中国现代文学批评史》,北京:北京大学出版社,1993 年,第 5—6 页。另参考叶嘉莹:《对〈红楼梦〉评论一文的评析》,见《王国维及其文学批评》,石家庄:河北教育出版社,1997 年,第 154—178 页。据叶嘉莹所说,此书写作于 1970 年,后于 1979 年由香港中华书局印行,1982 年再由广东人民出版社再版。温的观点同于叶的观点,特附注。

② 张江:《当代文论重建路径——由"强制阐释"到"本体阐释"》,《中国社会科学报》,2014年 6 月 16 日。

有的付了"学费"以后会不思进取，所以算是白付了"学费"，没有从中真正获得任何教训。王国维则不同，他在付出"学费"以后能够反思，所以当他再写《人间词话》时就完全摆脱了"强制阐释"的窘境。

张江教授所列"强制阐释"的四错误中，第四条与第一条有所重述，所以主要有三条，对照来看《〈红楼梦〉评论》，全都沾上了边。《〈红楼梦〉评论》犯了第一条，用叔本华的意志哲学来说一部长篇小说创作，意志哲学的理论怎么能够成为一部小说评论的唯一依据呢？《〈红楼梦〉评论》也犯了第二条，主观预设了"生活之欲"这个概念，再以此阐释作品以为证明，忽略了原著不在"生活之欲"文化语境之下生长出来这一根本差异，当然不能得出令人信服的结论。《〈红楼梦〉评论》还犯了第三条，把中国的神话叙事与西方的"创世纪"叙事相等同，把中国人受佛教思想影响回到人的灵明本性的努力视为西方的"解脱痛苦"，二者间即使存在某些相似性，但也不能否定其间的根本差异：中国人仍然在意人间生活，而西方人否定人间生活。反映在《红楼梦》中，就是小说极力描述了"大观园里的诗性生活"，以至有学者将其称为贾宝玉们的"人生理想"。而意志哲学所证明的"解脱痛苦"则根本不会留恋人间生活的幸福与快乐。正是因为《〈红楼梦〉评论》属于"强制阐释"之作，它具有实验性，也不无开拓性，但却留下了巨大遗憾，有待《人间词话》来弥补了。

三

叶嘉莹在比较它们时曾有一些明确的认识，她说：

在王静安先生所有关于文学批评的著述中，无疑的《人间词话》乃是其中最为人所重视的一部作品,因为他早期的杂文所表现的只不过是他在西方思想的刺激下,透过他自己性格上的特色,对传统之中国文学发生反省以后所产生的一些概念而已。其较具理论体系的《〈红楼梦〉评论》一文,则是他完全假借西方之哲学理论来从事中国之文学批评的一种尝试之作,其中固不免有许多牵强疏失之处。至于《人间词话》则是他脱弃了西方理论之拘限以后的作品,他所致力于的乃是运用自己的思想见解,尝试将某些西方思想中之重要概念融会到中国旧有的传统批评中来。所以《人间词话》从表面上看来与中国相沿已久之诗话词话一类作品之样式,虽然也并无显著之不同,然而事实上他却已曾为这种陈腐的体式注入新观念的血液,而且在外表不具有理论体系的形式下,也曾为中国诗词之评赏拟具了一套简单的理论雏形。这种新旧双方的融会,遂使他这一部作品在新旧两代的读者中都获得了普遍的重视。然而可惜的是《人间词话》毕竟受了旧传统诗话词话体式的限制,只做到了重点的提示,而未能从事于精密的理论发挥,因之其所蕴具之理论雏形与其所提出的某些评诗评词之精义,遂都不免于旧日诗话词话之模糊影响的通病,在立论和说明方面常有不尽明白周至之处。[1]

叶嘉莹为《人间词话》的正当性所做的辩护有两点:一点是王国维的立场由突出西方转向了突出中国,与传统相汇合,增加了说明传统的力量;一点是王国维具有了自己的立场而去除了他者的立场,这为他"自出机杼"提供了时机。正是这种回归中国传统、回归自我思

---

[1] 叶嘉莹:《王国维及其文学批评》,第185—186页。

考的努力,造成了《人间词话》的创造性。

但我为什么一开始就说叶嘉莹只是有了"一些明确的认识"而非具有"完全明确的认识"呢?原因在于,叶嘉莹在肯定《人间词话》的成功时,仅仅认识到了王国维在撰写《〈红楼梦〉评论》时是从西方理论出发的,这个理论先行造成对于作品的肢解,却没有触及一个更为根本的问题,即认识到王国维在撰写《人间词话》时不仅是回到中国传统的诗话词话样式,而且也是回到了中国传统诗话词话所固有的文学批评的特点即关注"审美生命的经验与体验"的直接阐释上来了。正是基于此,王国维不再是从先验理论出发去看作品,而是从实际的作品感发出发去引用理论,从而避免了理论对于作品的吞噬,还作品以本来的审美面貌,再以这个审美面貌为基础加以阐释,所得出的是审美体验,而非几条理论的结论。所以,在叶嘉莹看来,《人间词话》的缺点是"未能从事于精密的理论发挥",言下之意就是理论性不够,所以称它只有"理论雏形",但却没有认识到这也正是《人间词话》的优长所在,那种过分追求理论体系性与完整性的做法,往往正是理论戕伤审美生命的基本症候。《人间词话》的非理论性,正好体现了它对于审美生命的重视与突出,使其关于审美生命诸多特性的阐释是具体的、深切的、动人的,从而具有了从某些方面洞悉审美生命的真正穿透力与鉴赏力。

先看《人间词话》的论述范围,可一睹它的审美批评的风采。依据涉及理论与作品的不同构成比,它呈现了下述三类论述情况:

第一类:涉及理论观点而没有涉及作品。主要有:第一则(词以境界为最上)、第二则(有造境、有写境)、第四则(优美与宏壮)、第五则(写实家亦理想家)、第六则(境非独谓景物也)、第九则(境界为本)、第五十四则(文体始盛终衰)、第五十六则(大家之作)、第五十七则(不为美刺投赠)、第五十九则(近休诗体制)、第六十一则(轻视与重视),共有 11 则。

第二类:涉及具体问题同时涉及理论。主要有:第三则(有我之境、无我之境与陶渊明等)、第七则(著一"闹"字境界全出)、第八则(境界有大小与"细雨鱼儿出"等)、第十则(太白与以气象胜)、第十一则(冯正中与深美闳约)、第十二则("画屏金鹧鸪"与词品)、第十六则(词人者不失赤子之心与李后主)、第十七则(客观诗人、主观诗人与《水浒传》等)、第十八则(血书与宋道君皇帝词)、第二十三则(三阕词与能摄春草之魂)、第二十五则("我瞻四方"与忧生、忧世)、第二十六则(三句词与三境界)、第三十则("风雨如晦"与气象)、第三十一则(昭明太子、陶渊明与气象)、第三十二则(词之雅郑与永叔、少游)、第三十三则(美成词与创意少)、第三十四则(词忌用替代字与美成词)、第三十五则(沈伯时与用代字)、第三十六则(美成词与得荷之神理者)、第三十八则(三位诗人的咏物词)、第三十九则(白石写景之作与"隔")、第四十则(隔与不隔与"池塘生春草"等)、第四十一则("生年不满百"与不隔)、第四十二则(白石词格之高与意境)、第四十三则(南宋词人与境界)、第五十一则("明月照积雪"与境界)、第五十二则(纳兰容若与自然之眼)、第五十五则(三百篇与无题)、第五十八则(《长恨歌》与隶事)、第六十则(出入说与美成、白石)、第六十二则("昔为倡家女"等与淫词、鄙词与游词),共 31 则。

第三类:论词而不涉及理论问题。主要有:第十三则(南唐中主词与解人不易)、第十四则(温飞卿词与句秀)、第十五则(词至李后主而眼界始大)、第十九则(冯正中词)、第二十则(正中词)、第二十一则(欧九词)、第二十二则(梅舜俞词)、第二十四则(《蒹葭》与风人深致)、第二十七则(永叔词)、第二十八则(冯梦华谓)、第二十九则(少游词境)、第三十七则(东坡词与元唱)、第四十四则(东坡、稼轩与旷、豪)、第四十五则(东坡、稼轩与雅量高致)、第四十六则(苏辛词与狂狷)、第四十七则(稼轩词中想象)、第四十八则(周介存谓)、第四十九则(介存谓梦窗词)、第五十则(梦窗与玉田之词)、第五十三则(陆放翁评学诗)、第六十三则(《天净沙》)、第六十四则(白仁甫与《秋夜梧桐雨》),共22则。

从上述分类可引出如下四条结论,这是《人间词话》不同于《〈红楼梦〉评论》的地方,也是其超越"强制阐释"的地方。

第一条,从具体的审美经验与体验出发,而非从一个先行理论框架出发。《人间词话》虽然是以"境界"为核心来统摄全书写作的,所以人们也把它视为"境界说"的理论建构。可是,它的每一则词话都是针对一个具体的诗学问题或词作问题予以提问并加以解释,虽然也有些概括性的表述如"写实""理想""出入""轻视与重视"等,可也与相关的文学史现象相结合,予人印象仍然是关于具体问题的讨论。其纯粹的理论讨论只有11则,远远低于讨论理论与实践关系的31则与专门讨论词作的21则。就整个《人间词话》的理论性言,它是"就事论理"的,再也没有了《〈红楼梦〉评论》那样大段的"就理论理"。

第二条,依靠中国语境就可读懂。不管人们如何证明《人间词话》中存在多少西方的高深理论,可对于不具备西方理论知识的读者来说,他们几乎可以读懂其中的每一则。但读《〈红楼梦〉评论》就不一样,即使是相关领域的学者,也要依靠对于叔本华理论的较为完备的认知才能理解这篇评论的精义。如《人间词话》中的"境界",人们在阐释时会有各种不同的理解,可当读者们不太理会这些歧异时,却也能够大体上懂得"境界"包含了那些主要含义。支持这一理解的原因是"境界"一词来自中国文化传统,虽然是从哲学、禅宗等语境中挪用过来的，由于没有超出大的文化语境，所以是好懂的。再如"写实"与"理想"二词，就溯源而言，来自西方，可它们能够融入中国语境，就因为这是两个不需负载高深理论就可明白的词语。《人间词话》确实吸收了西方思想，但是就中国论中国，改变了《〈红楼梦〉评论》的就西方论中国的阐释方式，所以能够融入中国诗学思想之中而容易被中国读者所接受。

第三条，《人间词话》引起的是有价值的争议。如关于北宋与南宋词作的历史评价问题，即使认定王国维有偏颇之处，但他也是有所本，所以提出的不是一个伪命题，而是一个实实在在的文学史问题，不妨碍王国维去完成他的一家之言的思想表述。这与《〈红楼梦〉评论》明显不同，其中可质疑的理论观点过于明显，某些论断也能轻而易举地被推翻。在《人间词话》中，王国维对南宋词作低于北宋词作的评价，属于言人人殊。《人间词话》就已有问题论问题的阐释方式，为其奠定了极好的诗学基础，从而不至发生"理论空转"与极端偏颇。而《〈红楼梦〉评论》完全取西方理论以观察中国，当然有可能因为中西差异而弄得"全盘皆输"。

第四条，这是一部从欣赏出发的批评论著。朱光潜曾说有四种批评方式："导师批评"——如坊间的《诗学法程》《小说作法》一类；"法官批评"——在自己心中"预存几条纪律"来要求创作；"舌人批评"——从其他学科学来一些知识用以比照文学创作，或者注疏与考据；"印象主义批评"——"我自己觉得一个作品好就说它好，否则它虽然是人人所公认杰作的荷马史诗，我也只把它和许多我所不喜欢的无名小卒一样看待。"他自己是主张印象主义批评又要加以丰富的，所以说"文艺虽无普遍的纪律，而美丑的好恶却有一个道理。遇见一个作品，我们只说：'我觉得它好'还不够，我们还应说出我何以觉得它好的道理"。①《人间词话》所奉行的当是这种"欣赏的批评"——既欣赏又批评,在呈现自己的好恶后又说明好恶的理由。比如说自己不把白石视为第一流的词人,就指出他的"创意太少";比如说南宋词不及北宋词,就说它总是"隔"的;比如说周美成的"一一风荷举"好,就是因为"真能得荷之神理者";比如说纳兰容若能"以自然之眼观物,以自然之舌言情",就是由于他"初入中原,未染汉人风气"。由此可知,《人间词话》不仅对大量名作进行了自己的鉴赏,而且予以解释,使读者能够获得进入诗词艺术殿堂的门径,登堂入室,岂不乐哉。所以,《人间词话》是就诗人与作品的审美经验来抒发读者与批评者的体验并加以适当解说,没有《〈红楼梦〉评论》那种脱离具体的阅读感受所进行的"理论空转"。

　　如果对这两个批评文本加以深度比较,《〈红楼梦〉评论》可以说是"去生命化"的,而且去得彻底。为了强调"解脱痛苦",王国维并没有肯定《红楼梦》所包含的巨大情感力量。因为世俗之情,正是"解脱痛苦"的革命对象。王国维着重分析了"木石前盟"的神话叙事,却没有在意曹雪芹的自叙:是为了不忘他所见到的那几个女子才写作的。因为前者可证"欲望"即"原罪",后者则证人生毕竟是充满情感激荡的。在《〈红楼梦〉评论》中,王国维特别提出"眩惑"问题,就是为了彻底的"去生命化"。所谓"眩惑"不同于优美与壮美,"夫优美与壮美,皆使吾人离生活之欲,而入于纯粹之知识者。若美术中有眩惑之原质乎,则又使吾人自纯粹知识出,而复归于生活之欲"。在王国维看来,"眩惑"就是指作品所表现的那些情色的东西、快感的东西,若让这些东西来满足人们的欲望,医治世人的痛苦,那就不是使人们忘

────────────

① 朱光潜:《谈美》,《朱光潜全集》第 2 卷,合肥:安徽教育出版社,1987 年,第 39—41 页。

记"生活之欲"，相反倒是加以鼓励了，所以王国维坚决反对之。虽然王国维没有将"眩惑"问题与《红楼梦》直接对应起来加以论述，但明显地，《红楼梦》也难逃干系，大观园里的青春冲动或贾府里的情欲膨胀，同样也是《红楼梦》的表现对象。王国维为什么没有提到这点呢？大概与他已经将《红楼梦》定义为"解脱痛苦"这个基本估价有关，既然主旨是"去欲"的，当然也就包含了对于其间"嗜欲"部分的否定。提出一个"眩惑"的问题悬在那里，可见王国维的《〈红楼梦〉评论》在断开人世之情上面做得非常决绝。在一个"去生命化"的批评文本中，所论述的作品不过只是哲学理论的某种注解而已，作品所表现的审美生命的经验被扭曲、被遮蔽，以为审美生命的经验只有经过理论化的处理以后才能展示其意义。殊不知，审美生命的经验本身就是意义自足的，回到审美生命即回到了批评的自身。

《人间词话》则是"再生命化"的文本。表现为二：第一，代替《〈红楼梦〉评论》的核心词汇"解脱"，《人间词话》的核心词汇之一是"情"，所以才有"喜怒哀乐""感慨遂深""赤子之心""性情愈真""爱以血书者""忧生忧世""凄婉""有性情""雅量高致""以自然之舌言情""欢愉愁苦之致""其言情也必沁人心脾""寄兴言情"等。尽管王国维所说的情感非世俗之情，而是审美之情，但只要将情感提到认识文学的中心位置，当然会不同于《〈红楼梦〉评论》的不敢涉及情感。所以，与其说《〈红楼梦〉评论》是文学评论，还不如说它是哲学亚文本。第二，《人间词话》中不仅没有用"眩惑"这个概念来阻击情感的介入，甚至可以说请进了"眩惑"而予以肯定。如讨论"淫词""鄙词"时引用了"昔有倡家女，今为荡子妇。荡子行不归，空床难独守""何不策高足，先据要路津？无为久贫贱，轗轲长苦辛"。要论内容，它们就属于"眩惑"的快感一类。女人说自己空床难守，寻求情欲的满足，要置于"解脱痛苦"的观点下,那是应当反对的,因为这种满足欲望的做法,只会带来更多欲望与痛苦的产生。强调一个穷光蛋对于追求功名利禄的某种向往,也是肯定了对于欲望的满足,对照"解脱痛苦"的观点,也是应当予以否定的,可是王国维也同样予以表彰。为什么? 原因在于王国维回到了人生,而不是绝对地超然人生。那些属于生命的自然冲动,得到了他的原谅与理解,并且只要表现起来是真切的,他就予以肯定。王国维已经转变了评价标准,在《〈红楼梦〉评论》中,他以叔本华哲学提倡的"解脱痛苦"为标准;在《人间词话》中,他以诗人要追寻"人生真实"为标准。王文生评价道:"这里引用的两组诗句,前者表现了明显的欲念,后者表现了明显的功利,但王国维却以其'真'而对它作了肯定。由此可见,文学的'真',是他衡量文学作品的最高标准。它虽是从他的超功利的文学观引申而来,却又突破了他的超功利的文学观的范围。"①陈良运也指出:"王氏对情真之审美界定,还有一个颇为破格的观点,那就是大凡情真之语,不必因其格调不高以'淫鄙'责之……在这两首诗中,有着人的生命力的冲动,真而不作假,使人读后觉其'亲切动人''精力弥满'。"②《人间词话》的"再生命化"就是再人生化,再真实化,再情感化,也可以说是重新回到了中国的抒情传统。比如王国维在另一处论及屈原、陶渊明、苏东坡,使用的标准就是"感自己之感,言自己之言"。③ 并强调自己宁愿欣赏"征夫思妇之声",也不愿欣赏那些把诗词作为"羔雁之具"的作品,也是同一标准,坚持认为创作必须有感而发,有情要抒,才能情真意切,打动人心。④

---

① 王文生:《王国维的文学思想初探》,《古代文学理论研究丛刊》,1982 年第 7 辑。
② 陈良运:《王国维"境界说"之系统观》,《社会科学战线》,1991 年第 2 期。
③ 王国维:《文学小言》第十,《王国维文集》第 1 卷,第 27 页。
④ 参见王国维:《文学小言》第十七、第十三,《王国维文集》第 1 卷,第 28—29 页。

但亦明了王国维的重回抒情传统,并非是对文学创作与理性思维关系的断然否决,而是在坚持诗词抒情性的同时,看到了诗词创作必然兼具理性思考。王国维说:"文学中有二原质焉:曰景,曰情。前者以描写自然人生之事实为主,后者以吾人对此种事实之精神的态度也。故前者客观的,后者主观的也;前者知识的,后者感情的也……要之,文学者,不外知识与感情交代之结果而已。苟无锐敏之知识与深邃之感情者,不足与于文学之事。"①这近于严羽,严羽说:"诗有别裁,非关书也;诗有别趣,非关理也。而古人未尝不读书、不穷理。所谓不涉理路,不落言筌者,上也。诗者吟咏情性也。盛唐诗人惟在兴趣,羚羊挂角,无迹可求。故其妙处莹彻玲珑,不可凑泊,如空中之音,相中之色,水中之月,镜中之象,言有尽而意无穷。近代诸公作奇特解会,遂以文字为诗,以议论为诗,以才学为诗。以是为诗,夫岂不工,终非古人之诗也。盖于一唱三叹之音,有所歉焉。且其作多务使事,不问兴致;用字必有来历,押韵必有出处,读之终篇,不知着到何处。"②严羽也是强调诗歌创作要与读书相关,但就诗歌本性而言,却又要超出读书的状态,进入"顿悟",才能创造出"第一义"的作品。王国维受到严羽影响,在《人间词话》第九则中引用了严羽的这段话,只是表示了严羽的"兴趣说"与王士禛的"神韵说"没有自己的"境界说"更能触及诗词创作的根本,在其他的问题如情与理结合、重视"第一义"诗人、"向上"学习、反对"务事"等上面,都接受了严羽观点。当然也有区别,由于受西方认识论哲学的影响,王国维更多地论述了"知识"在创作中认识事物的作用,但他并没有越出诗词创作更重视抒情的边界。

---

① 王国维:《文学小言》第四,《王国维文集》第1卷,第25—26页。
② 严羽:《沧浪诗话·诗辨》,郭绍虞、王文生主编:《中国历代文论选》第2册,第424页。

四

到这个时候，我又可以再回到"强制阐释"的问题了。从表面上看，"强制阐释"的缺陷是理论先行，可实质上的根本缺陷则是"去生命化"：去作家的生命，去作品的生命，去批评者与读者的生命。因而，避免"强制阐释"的根本方法就是阻止这个"去生命化"而请回审美生命，也就是请回作家的生命，请回作品的生命，请回批评者和读者的生命。鉴于此，我认为，在反对"强制阐释"后提出回到"本体阐释"，未必是一个明确的解决方案，所谓的"本体阐释"面临着概念是否能够成立或至少是否能够自洽的问题。

张江教授的"本体阐释"主要内容如下：

> 是以文本为核心的文学阐释，是让文学理论回归文学的阐释。"本体阐释"以文本的自在性为依据。原始文本具有自在性，是以精神形态自在的独立本体，是阐释的对象。"本体阐释"包含多个层次，阐释的边界规约"本体阐释"的正当范围。"本体阐释"遵循正确的认识路线，从文本出发而不是从理论出发。"本体阐释"拒绝前置立场和结论，一切判断和结论生成于阐释之后。"本体阐释"拒绝无约束推衍。多文本阐释的积累，可以抽象为理论，上升为规律。

张江又认为"本体阐释"包含"核心阐释""本源阐释"和"效应阐释"三重含义：

核心阐释是"本体阐释"的第一层次。就文本说，是对文本自身确切含义的阐释，包含文本所确有的思想和艺术成果。就作者说，它是作者能够传递给我们，并已实际传递的全部信息。这些信息构成文本的原生话语。对原生话语的阐释，是核心阐释。本源阐释是"本体阐释"的第二层次。它所阐释的是，原生话语的来源，创作者的话语动机，创作者想说、要说而未说的话语，以及产生这些动机和潜在话语的即时背景。这是对核心阐释的重要补充，是确证和理解核心阐释的必要条件，是由作者和文本背景而产出的次生话语。效应阐释是"本体阐释"的第三层次，也是最后一个层次。这是对在文本传播过程中，社会和受众反应的阐释。效应阐释包含社会和受众对文本的多元认识和再创作，是文本在传播和接受过程中产出的衍生话语。效应阐释是验证核心阐释确正性的必要根据。

又说：

从核心阐释向外辐射可以向四个方面展开。一是文本生成的社会历史背景，包括作者及其相关的一切可能线索。二是文本艺术与技巧的解剖和分析，包括它的借鉴与创造。三是历史与传统的研究，包括传承的、沿袭的、模仿的表现与根据。四是反应研究和分析，包括一切契合文本的读者和社会反应。这四个方面的研究可以相互融通、互文互证。[①]

---

① 张江：《当代文论重建路径——由"强制阐释"到"本体阐释"》，《中国社会科学报》，2014年6月16日。

我不否定这样的立场与主张会对救治"强制阐释"起到一定的积极作用，但我认为，这还不是有力的针对性方案。理由如下：

第一，从哲学上看，"本体"意指一切实在的最终本性，本体论是存在之思考与探索。曾有不少学者予以辨识，有的认为可以用到文论中，有的主张不能用到文论中。朱立元探讨了本体概念的误用，分析了五种混淆：第一，将本体论与本质论相混淆，只要透过现象讨论文学本质的，就被称为文学本体论；第二，将本体论与宇宙论或自然哲学相混淆，把本体论从抽象逻辑构造降为宇宙、自然始基、本原的经验寻求；第三，将本体论与本原论相混淆，把关于艺术起源的发生学研究，都看成本体论研究，艺术本体论成了艺术根源论；第四，将本体论与本根论相混淆，以本体为本根，在概括文学艺术思潮时，把突出人的个性的思潮称为"人本思潮"，把偏重于文字、语言、形式的思潮名之为"文本思潮"，把以何为"本"的探讨看成是艺术本体论的主要内容；第五，将本体论与哲学基本问题相混淆，哲学要回答"思维对存在、精神对自然界的关系问题"，有人根据对此基本问题的不同回答，认为建构了不同的本体论。结果，本体与本质、本原（即本源）、本根（即本源）混用，在未能准确把握本体论的情况下，造成对于本体论的误用。[①] 朱立元的梳理极为重要，看到了本体与本质、本源的区别，这对划分清楚文论研究的各自领域是有指导意义的。朱立元关于本体论是"存在之学"的界定，斩断了本体论与经验论之间的关系，由此推论，则所谓的作品本体、作家本体、作品起源这些具体之物的本体界定，都是不存在的。张荣翼更清晰地指出，"本质论"研究文学的抽象属性或者说文学区别于非文学的独特性，"本源论"研究文学的来

---

① 参见朱立元：《当代文学、美学研究中对"本体论"的误释》，《文学评论》，1996 年第 6 期。

源即与什么东西相关联，"本体论"研究文学的存在方式即文学以哪种实体的方式存在。①若接受上述说法的话，那么在文论中使用"本体论"至少要将其与本质论、本源论等相区别，不要混淆相关概念。这样一来，"强制阐释论"在提出"本体阐释"时就会遭遇两个困难，一个是应不应该提出"本体阐释"这样的哲学式命题，从而让自己划清阐释的领域；一个是在提出"本体阐释"时又提出"本源阐释"，极易混淆"本源"与"本体"内涵，若"本体阐释"也可以转化为或延伸为"本源阐释"，是否意味着不使用"本体阐释"这个命题也是可以的，这样一来，"本体阐释"这个核心概念的主导性与支配性就被动摇了。

第二，在文论中使用"本体"这个概念原属于"活用"，本来有其特指，如张隆溪说："在理论上把作品本文视为批评的出发点和归宿，认为文学研究的对象只应当是诗的'本体即诗的存在的现实'。这种把作品看成独立存在的实体的文学本体论，可以说就是新批评最根本的特点。"②"新批评"主张"本文本体"启发了后人，使人们陆续提出了"语言形式本体""生命本体""审美精神本体""实践本体"等概念，可见人们在使用"本体"这个概念时，大都为其选取一种内容作为依据，而这个内容就成为"本体"，而非选取多种内容为其内涵，原因在于，"本体"只能为一，不能为二，更不能为三以至更多数。"强制阐释论"的"本体阐释"则包含了从作家、作品、创作过程到接受欣赏的整个过程，有囊括整个文学活动之势，在理解"本体"时未免过于泛化。直接的理论后果就是将"本体阐释"变成了关于文学创作的一般阐释，尽管在提出时强调了"正确的路线必须将文本作为阐释的出发点和落脚点"，也会在后来提出"本源阐释""效果阐释"等命题中将"本体"的制约

---

① 参见张荣翼：《文学的本源、本质和本体》，《江海学刊》，1994 年第 2 期。
② 张隆溪：《作品本体的崇拜——论新批评》，《读书》，1983 年第 7 期。

性消耗殆尽，变得不是"本体阐释"而是关于文学活动的一般阐释。在主张者可能以为这样的三层阐释设计，足以打通文学的内部研究与外部研究的壁垒，可实际上，一旦打破以后，也就不是什么"本体阐释"了。

第三，从文学本体论的功用看，"本体"概念出现于新时期以来的文论界，主要是为了反对认识论乃至主体论，所谓回到"本体"，即是回到审美论，回到文学自身。徐岱说："一种新的文艺学已经以它充满自信的声音宣告了自己的崛起。……无论是研究文艺的创作规律，还是研究文艺的欣赏规律，都必须受文艺本体论的支配。"①王一川认为："从本体反思出发，艺术不仅仅或不主要是反映，而从根本上说，它是体验，从人的存在这一本根深层生起的体验——这是存在的体验、生命的体验、真正人的体验。它关注的不仅是认识生活，而且更重要的是全面地、深刻地显现生活的本体、奥秘——即体验生活。艺术被当作认识的工具、教育的工具，其生命意味、存在意味却必然地失落了。"王一川认为，本体的缺失会导致"主体迷失""感性迷失""形式迷失""意义迷失"。②王一川受胡经之体验论美学的影响，所以从人的生命存在的角度提出了体验本体论，所反对的是文艺反映论。但我发现，在张江教授论述"本体阐释"的过程中，未见"审美"两字，这与新时期以来文学本体论的传统是相隔阂的。他用"本体阐释"去取代"强制阐释"，却不点明"本体阐释"的审美特性，可能失去了真正的着力点，从而无以映照出"强制阐释"的错误根源在哪里这个至关重要的问题。不错，说"强制阐释"犯了"以理论代文本"的错误有一定的道理，可实际上，"强制阐释"的根本之错是没有把文学当作活泼泼的审美生命对待，反而是从文学的身上东割一块，西割一块，只要

① 徐岱：《哲学观的更新与文艺学的发展》，《文学评论》，1986 年第 1 期。
② 王一川：《本体反思与重建——人类学文艺学论纲》，《当代电影》，1987 年第 1 期。

能够证明某种理论观点是正确的，就达到了阐释目标。可是，经过如此宰制的作品，已经失去了生命光耀。所以，我愿引出下面的话题，"本体阐释"应当所指的就是"审美阐释"。

第四，"强制阐释"的根本弊端是理论先行，而矫正它的当然是审美先行，理论的活动方式是概念的演绎，审美的活动方式是情感的表达。"本体"概念对应于"形而上"设论，"审美"概念对应于"形而下"设论，"强制阐释"与"审美阐释"才是真正的一对儿冤家，你反对着我，我反对着你。就此而言，反对"强制阐释"，关键不是看有没有文本出现，而是如何对待文本。若要文本具有对抗理论的力量，必须承认它的不同于理论的审美独立性。与理论是概念相比，当文本及其批评都围绕着感性存在而发力时，它才足以抗衡理论，属于"本体阐释"的一些硬性概念，就会被"审美阐释"的软性概念所取代，从而更具有阐释性。

比如"本体阐释"认为文本自身具有"确切含义"、有"确有的思想和艺术成果"、是作者传递给我们的"全部信息"，"效果阐释"是对"验证核心阐释确正性的必要根据"等，试图强调文本本身具有一个固定的、确切的、先读者与批评者领略就已经存在的"固有意义"，可这样一来，文学阅读与批评也就变成了对于"固有意义"的接近与证明。对于文本的这种认知，几乎排斥了批评阐释在文学意义生成过程中的重要作用，是把文本等同于一般的客观存在物，把阅读和批评等同于对于这个存在物的反映，结果难免是科学化了阐释活动，忽略了批评阐释本身正是意义生成本身。其他如"原生话语""次生话语"与"衍生话语"的排列，固然具有很强的逻辑性，但如果不充分认识到这三个话语所代表的三种阐释方式其实是交融的，就同样忽略了文学意义生成的复杂性与交融性。比如，陶渊明（365—427）生于晋宋时期，到齐梁时期，近乎百年，可钟嵘（？—518）在评价时也只把他放在

"中品"里面,称为"隐逸诗人之宗"。到了北宋苏轼(1037—1101)才高度评价他,可此时已经过了五百年,苏轼认为陶渊明虽然作诗不多,但"质而实绮,癯而实腴,自曹、刘、鲍、谢、李、杜诸人皆莫及也"。[①]这表明对于一个诗人、一首诗的体验感发,是需要时间淘洗的。要认识什么是"确切含义"与后来的"阐发含义",什么是"原生话语"与后来的"衍生话语",这是十分困难的;要在二者间划界,甚至视前者为主,后者为辅,更是不合适的。文学的阐释,不是有了"全部的信息""固有意义"在那里存在着,再等着读者与批评者来揭示,来整理,来下结论;而是面对着作者的生命与情感、作品中的生命与情感,再用读者与批评者的生命与情感去体验它们,共鸣它们,予以交流,获得共生。或者说,"审美阐释"的内核是围绕审美生命来阐释,这里跳动着作家的生命、作品的生命、读者的生命、批评者的生命,它是生命的创造与交流。回到生命与情感,就可回避概念的"硬性切割"。这时候,"原生话语"只是一个生命,"次生话语""衍生话语"都是围绕生命的展开。强调以生命为核心,不否定构成生命背景的是时代、历史、政治,但它们都只有融入生命之中才是生命的一部分,才激活了生命、丰富了生命。"审美阐释"在确立了生命中心以后,当然可以用到理论,但这些理论是用于阐释生命的诸多方面的,而非用生命去证明理论的正确性。当生命遇到理论时,生命可以吸收理论;而非当理论遇到生命,要用理论的框架去肢解生命。立足于审美经验的阐释,则无论理论是否是场外的,都可为阐释所用。生命中可容纳任何理论,而理论则可能只对应一种生命。所以,能够解除"强制阐释"的应当是"审美阐释",围绕着生命这个核心而展开,而深入,而提升。

---

① 苏轼:《与苏辙书》,孔凡礼点校、王文诰辑注:《苏轼诗集》,北京:中华书局,1982年,第1882页。

第七章
德不孤，『境界』亦不孤

——王国维『文学审美论』的超越性与开放性

鉴于中国现代的文学审美论是从王国维开始的，我亦以王国维为例来讨论文学审美论的开放特征。所以，当我将王国维的"境界"释为"生命之敞亮"时，这里的"生命"当然是指"审美生命"，所建立的也当然是审美本质论。但这个"审美生命"绝非一个封闭的生命体，是作家的"孤芳自赏"。对于"审美生命"来说，固然需要超越性来完成它，但它的超越却又不是抽干生命的现实丰富性从而使它变得空洞无物。"审美生命"并非不包含欲念、功名、世俗之情，但要超越这些欲念、功名、世俗之情才能审美，"审美生命"是一个处于社会网络之中的复杂且丰富的存在体。就其与社会网络的关系而言，"审美生命"就是生活本身，就是网络本身，没有生活，没有关系，当然就没有了"审美生命"；就其作为"审美生命"而非一般的生命、一般的社会网络而言，它又只能是自身，否则"审美生命"就不存在。在"审美生命"中，超越性与开放性是统一的，偏一不可。

一

王国维是中国近代以来第一位明确文学审美本质的学者，原因在于他是第一位自觉提倡审美无功利的学者，引进康德的无功利美学、席勒的游戏说、叔本华的直观说、尼采的生命说，构成中国现代文论的第一思想资源，颠覆了中国传统的文学观。

他强调:"美之性质,一言以蔽之曰:可爱玩而不可利用者是已。"①因而作为把握"真理"的一种方式,审美活动与哲学活动一样,是对"真理"的追求与揭示,并不为当世服务。于是,不以审美与现实政治之间的关联作为认识起点,成为王国维的基本思路。他指出:"天下有最神圣、最尊贵而无与于当世之用者,哲学和美术是已。……真理者,天下万世之真理,而非一时之真理也。其有发明此真理(哲学家),或以记号表之(美术)者,天下万世之功绩,而非一时之功绩也。惟其为天下万世之真理,故不能尽与一世一国之利益合,且有时不能相容,此即其神圣之所在也。"王国维认为中国文学受到政治、教化的直接影响,少有"纯文学",甚至说《三国演义》无纯文学之资格,然其叙关壮缪之释曹操,则非大文学家不办"。②王国维在论及文学时只提及诗词、小说、戏曲,甚至在提及叙事文学时都没有涉及散文,可见其"纯文学"概念包括两层含义:其一,指的是诗词、小说、戏曲,与西方现代文学概念相一致,实开中国现代"纯文学"运动之先河;其二,提出"纯文学"概念时援引康德观点加以佐证,可见这个"纯文学"是超功利的文学观。③王国维认为,中国"纯文学"不发达的原因是中国没有发展"纯文学"的思想氛围,他写道:

> 披我中国之哲学史,凡哲学家无不欲兼为政治家者,斯可异已!孔子大政治家也,墨子大政治家也,孟、荀二子皆抱政治上之大志也。汉之贾、董,宋之张、程、陆,明之罗、王无不然。岂独哲学家而已,诗人亦然。"自谓颇腾达,立登要路津。致君尧舜

① 王国维:《古雅之在美学上之位置》,《王国维文集》第3卷,第31页。
② 以上未注见王国维:《论哲学家与美术之天职》,《王国维文集》第3卷,第6页。
③ 参见王国维:《文学小言》第十七,《王国维文集》第1卷,第29页。

上,再使风俗淳。"非杜子美之抱负乎?"胡不上书自荐达,坐令四海如虞唐。"非韩退之之忠告乎?"寂寞已甘千古笑,驰驱犹望两河平。"非陆务观之悲愤乎?如此者,世谓之大诗人矣!至诗人之无此抱负者,与夫小说、戏曲、图画、音乐诸家,皆以俳儒倡优自处,世亦以俳儒倡优畜之。所谓"诗外尚有事在","一命为文人,便无足观",我国人之金科玉律也。呜呼!美术之无独立之价值也久矣。此无怪历代诗人,多托于忠君爱国劝善惩恶之意,以自解免,而纯粹美术上之著述,往往受世之迫害而无人为之昭雪者也。此亦我国哲学美术不发达之一原因也。①

王国维提出"为文学而生活"的主张,是对西方"为艺术而艺术"的认同。他说:"职业的文学家,以文学为生活;专门之文学家,为文学而生活。"②"以文学为生活",会以文学作为谋取功利的手段;"为文学而生活",只会忘记世俗功利去创造纯粹的文学作品。王国维主张回到文学自身来发展文学,开启了中国现代文学审美论的历史进程。比如论及创作时明确地提出了"诗人之眼"的问题,认为"政治家之眼,域于一人一事。诗人之眼,则通古今而观之。词人观物,须用诗人之眼,不可用政治家之眼。故感事、怀古等作,当与寿词同为词家所禁也"(《人间词话》删稿三十七)。这里的"诗人之眼",其实就是"审美之眼",即能从世俗生活之中发现美的那双眼睛。这当然属于康德、叔本华的超功利审美的思想传统,也与中国古代的艺术创作强调"去欲"的思想相一致。后来的朱光潜引进克罗齐的"直觉说",所

---

① 王国维:《论哲学家与美术之天职》,《王国维文集》第3卷,第7页。
② 王国维:《文学小言》第十七,《王国维文集》第1卷,第29页。

持观点与此一致。1980年代，人们在反对文学工具论时主张文学的审美本质论，也属于这个由王国维、朱光潜等人建立起来的现代文论新传统。

问题是，这个审美本质论一直受到质疑，"孤芳自赏"的贬评就一直是中国语境中高悬其上的达摩克利斯之剑，不时地会狠狠扎下，要叫审美本质论者卷铺盖走人，避地三千里。1920年代的革命文学论争中，曾经这样批判过鲁迅与茅盾是"个人主义者"。1930年代批判朱光潜时，又认定他是"逃避现实"的。1950年代批胡风、反右派，重复的还是"审美本质论脱离了社会政治"这样的指摘。这种质疑直到1978年前后才告一段落，可是到了1990年代，人们在引进"文化研究"之际大反审美本质论，可见对于审美本质论的成见是多么的根深蒂固。我曾有所概括，认为这股新的反审美本质的思潮形成了三种视角，分别从"反本质主义""语境论"与"关系主义"汇成一个中心点，那就是千方百计地通过文学与整体的社会文化政治的关系以证明文学没有所谓的审美独立性，推动文学的再度政治化。尽管人们在理解文学的政治内涵与倾向时已经不同往昔，但在要求文学反映政治的同时强烈反对文学审美论，则与以往的社会批评如出一辙。

我曾表示过怀疑：

倡导反本质主义，强调语境的作用，提倡知识系谱的考察，认为文学只是一种建构而没有相对固定的本质等等，着力于"修复文学与意识形态的关系"，使得1990年代以降的"我国文学理论批评界这种对西方'反本质主义'倾向的接受却蕴含了另外一种'本质主义'，那就是对福柯的权力话语的膜拜，不能不将其作为一种'元理论'"。① 中国文论界集体走向了伊格尔顿、杰姆逊、福柯的话语圈套,形成并强化着文学的社会本质论。这于文学再政治化是有效的,但于文学如何保持自身的审美性却启示过少。②

我不是全盘否定"反本质主义""语境论""关系主义"在研究文学性质时的作用,但借助于这三种视角来否定文学具有审美本质,则是我所不同意的,也认为有愧于王国维、朱光潜等人的辛苦建构。人们在研究文学理论问题时需要创新,但这种脱掉文学之审美本质而穿上社会政治外衣的做法,不是创新,而是后退,不是明白事理,而是搅混了问题的性质。所以,我在后来研究 1949 年后 60 年来的文论教材建设时坚持了这个"审美本质论",并以审美本质论为标准来观察60 年间的教材编写,写下了如下一段话:

> 纵观 60 年来文学性质的再定义,文学的审美性与意识形态的关联一直成为定义的核心意涵,因而在探讨文学的审美性与意识形态性的结合方面确实取得了突出成绩,相反,文学的审美性从来没有真正成为文论教材的核心意涵发挥过统制作用。文学审美性的重要性曾经有所攀升,却又急遽地被消解。攀升体现在:文学是上层建筑→文学是意识形态→文学是特殊的意识形态→文学是审美意识形态,文学审美性从形象性上升到特殊性、再上升到非功利性,但止于此。消解体现在:文学是审美自律→审美自律是一种建构→意识形态建构了审美自律→审美自

---

① 赵牧:《"重返八十年代"与"重建政治维度"》,《文艺争鸣》,2009 年第 1 期。
② 参见刘锋杰等:《文学政治学的创构》,上海:复旦大学出版社,2013 年,第 500 页。

律成为伪命题，文学成为文化政治的同一物。如此一来，文学的上层建筑、意识形态性与审美意识形态性均可成为文艺学的"第一原理"，文学的审美性却不能成为文艺学的"第一原理"。国内文论的主导教材走了一条与韦勒克《文学理论》相反的文学定义之路，韦勒克从文学的内缘角度定义文学，我们则从外缘的角度定义文学。这是文艺学没有脱离社会学的一种典型症候。今天的强调文学与政治、社会、经济、权利、话语、历史的关系，与当年强调文学与革命、时代、战争、阶级、历史的关系，没有什么实质性区别。但要注意，这种社会学、文化学的视野，只是丰富了文学的内容研究，并不是对于文学之所以为文学的本体研究，只是增加了社会学、文化学的知识，而非增加了文学的审美知识。

我认为症结在于三点：其一，以研究代创作。从情感表达的角度看，文学创作是自我化的，由各种技巧构成，主要提供娱乐作用。若从研究来看，则可能是极端意识形态化的，研究者可使创作看起来就像社会现实一般，着重研究创作中的社会内容。其二，以语境代发生。任何审美现象的发生都离不开一定的语境，但这不是说，文学性质与语境就是同一的，语境的条件就是文学的性质。其实，只有语境中的那个唯一的决定文学成为文学的东西，才是制约文学发生的根本因素与力量。其三，以关联代区别。没有人否定事物间的关联性，但事物同样是相区别的，否则就不存在"这一个"或"那一个"。事实上，只有大胆全面地肯定文学的审美性，寻找确证它的方式，并恰当地解释文学与其他文化现象的关联性，才可以重建文学再定义的新途径。①

---

① 以上未注参见刘锋杰、尹传兰：《从"上层建筑"到"审美意识形态"——60 年来文论教材中文学性质的再定义研究》，《文艺争鸣》，2013 年第 9 期。

所以,审美性作为文学的属性,是不过时的。审美论作为界定文学的基本方法,也是不过时的,它会受到挑战,却能安然无恙地继续发挥自己的作用。原因在于:离开了审美,文学就不是文学了。这是一个简单的道理,却也是一个颠覆不了的道理。

二

实际上,倡导审美本质论,绝非作茧自缚,更没有否定审美与社会现实的关系。理由很简单,如果说文学的审美本质是由其起源性质决定的,那么文学的社会性质是由其功能性质决定的,这使得创作必然是介入社会的,此时文学的审美本质是开放的。[①] 比如同样主张文学审美论的朱光潜就曾说:

> 人在生理和心理两方面都是完整的有机体,其中部分与部分,以及部分与全体都息息相关,相依为命。我们固然可以指出某一器官与某另一器官的分别,但是不能把任何器官从全体宰割下来,而仍保存它的原有的功能。我们不能把割碎的四肢五官砌在一块成为一个活人,生命不是机械,部分之和不一定就等于全体,因为此外还有全体所特有的属性。同理,我们固然可以在整个心理活动中指出"科学的""伦理的""美感的"种种分别,但是不能把这三种不同的活动分割开来,让每种孤立绝缘。在实际上"美感的人"同时也还是"科学的人"和"伦理的人"。文艺与道德不能无关,因为"美感的人"和"伦理的人"共有一个生命。

---

① 参见刘锋杰、薛雯:《从"意识形态"到"艺象形态"》,《学习与探索》,2008 年第 5 期。

形式派美学把"美感的人"从整个的有机的生命中分割出来时，便已把道德问题置于文艺范围之外。我们如果承认这种分割合理，便须附带地否认文艺与道德的关系。但是这种分割与"人生为有机体"这个大前提根本相冲突。承认人生为有机体，便不能不否认艺术活动可以孤立绝缘，便不能不承认文艺与道德有密切的关系。①

宗白华亦不例外，他也是审美论者，可不否定审美与社会之间的关联性，他指出：

> 生命的境界广大，包括着经济、政治、社会、宗教、哲学。这一切都能反映在文艺里。然而文艺不只是一面镜子，映现着世界，且是一个独立的自足的形相创造。它凭着韵律、节奏、形式的和谐、色彩的配合，成立一个自己的有情有相的小宇宙；这宇宙是圆满的、自足的，而内部一切都是必然性的，因此是美的。
>
> 文艺站在道德和哲学旁边能并立而无愧。它的根基却深深地植在时代的技术阶段和社会政治的意识上面，它要有土腥气，要有时代的血肉，纵然它的头须伸进精神的光明的高超的天空，指示着生命的真谛，宇宙的奥境。
>
> 文艺境界的广大，和人生同其广大；它的深邃，和人生同其深邃，这是多么丰富、充实！孟子曰："充实之谓美。"这话当作如是观。
>
> 然而它又需超凡入圣，独立于万象之表，凭它独创的形相，

---

① 朱光潜：《文艺心理学》，《朱光潜全集》第 1 卷，合肥：安徽教育出版社，1987 年，第 316 页。

范铸一个世界,冰清玉洁,脱尽尘滓,这又是何等的空灵?①

　　注意,朱光潜、宗白华这样说时,并没有放弃文学审美论,只是强调要认识到文学作为审美活动并非是与社会的其他活动相隔绝的,而是息息相关的。这样一来,在朱光潜、宗白华那里,其实是分三步来认识文学的审美本质,第一步是确认文学具有审美本质,否则文学就与其他事物分不开了。第二步是确认文学具有审美本质后,又强调文学是开放的——向整个社会开放,文学的审美活动中包含了丰富复杂的社会内容,不然文学就无法面对社会现实,也不能描写社会现实。还有个第三步,即在承认了文学审美的开放性以后,又不能否定文学的审美性,否则,就会无法返回到第一步所确定的文学审美性上来,那样的话,文学只有与其他事物的关联性,没有了区别于其他事物的特殊性,同样抹掉了文学作为文学存在的必然性。比如宗白华在强调了文学的"充实"以后就再次强调文学的"空灵",实包含了这样的理论用心,即防止人们以"文学与社会相关联"作为理由来否定文学具有审美的独特性。以此来看"反本质主义"等论述,他们恰恰由第一步走到了第二步,却停止在第二步上不愿跨向第三步,所以割裂了认识文学审美本质的有机过程。

　　回到王国维就会发现,他在肯定文学的审美本质以后,并非孤立地看待创作中的"审美生命",而是关联着伦理、哲学、政治等来加以观察分析。他在评价孔子学说时这样说:

　　　　盖孔子由知,究理,依情,立信念。既立之后,以刚健之意志

---

① 宗白华:《论文艺的空灵与充实》(1943),《宗白华全集》第2卷,第348页。

守之，即"知""情""意"融和，以为安心立命之地，以达"仁"之观念。盖"仁"与"天"即"理"，同为一物。故孔子既合理与情，即知道，知体道，又信之以刚健之意志，保持行动之，是以于人间之运命，死生穷达吉凶祸福等，漠然视之，无忧无惧，悠然安之，唯道是从，利害得丧，不能撄其心，不能夺其志。是即儒教之观念所以高洁远大，东洋之伦理之所以美备也。[①]

　　从这段话可以看出，康德所划分的"知""情""意"即知识、情感与伦理三个方面，是可以统一于个人的生命之中的，你当然可以说这个生命是"科学知识的生命"，也可以说是"道德意志的生命"，还可以说是"审美情感的生命"。可见在王国维这里，他充分认识到了"科学的人""伦理的人"与"审美的人"在人生的最高层面上是统一的、有机的，所以，他所提出的"境界"作为创作主体的"生命之敞亮"时，这个"生命之敞亮"中同样融合了科学精神、道德意志、历史眼光与忧患意识。

　　在1908年《人间词话》发表之前，王国维于1906年发表了《文学小言》，共十七则，这是他的文学观的第一次集中展现。与《〈红楼梦〉评论》有所不同，《文学小言》开始以中国传统诗话方式出现，接近于《人间词话》。不过，在表现自己的文学观上，它比《人间词话》更直接明了。他指出："余谓一切学问皆能以利禄劝，独哲学与文学不然。何则？科学之事业皆直接间接以厚生利用为旨，故未有与政治及社会上之兴味相刺谬者也。至一新世界观与一新人生观出，则往往与政治及社会上之兴味不能相容。若哲学家而以政治及社会之兴味为兴味，而不顾真理之如何，则又决然非真正之哲学。此欧洲中世纪哲

---

① 王国维：《孔子之学说》，《王国维文集》第3卷，第117页。

学之以辩护宗教为务者,所以蒙极大之耻辱,而叔本华所以痛斥德意志大学之哲学者也。文学亦然;铺餟的文学,决非文学也。"①所谓"铺餟"即为"贪食","铺餟的文学"也就是为谋求功名利禄而进行创作。王国维反对这样的创作态度,以为功利化了,不能揭示人生的真相与抒发情感的真实。此外,他还反对"文绣的文学",并称"文绣的文学"与"铺餟的文学"一样,都是"模仿的文学",②这更表示王国维主张审美论,并不是主张形式技巧至上,所以辞藻华丽的"文绣"之作,也是他所反对的。由此可知,主张审美论的王国维,其实既反对文学为功利服务,也反对文学创作只是模仿与卖弄技巧从而失去了作家的真情实感。那么,什么样的文学才是他所推崇的呢? 就是"感自己之感,言自己之言"③的文学。他不愿阅读那些"羔雁之具"的文学,因为这些应酬唱和之作,只是交际的工具而非真实情感的表现。王国维推崇那些出自"离人孽子征夫之口"的"感情真""其观物亦真"的"体物之妙,侔于造化"④的诗作。可见,文学审美论并非形式论、技巧论,而是生命论、情感论、真实论。文学审美论在其起步之际,就没有将自己与社会现实相隔离,反而是通过"审美生命"的必然要求真实、诚恳、自然等状态,与社会现实建立了更为内在的关联性。

三

要照"孤芳自赏"论的观点来看,主张文学审美论的,一定是推崇

---

① 王国维:《文学小言》第一,《王国维文集》第1卷,第24页。
② 王国维:《文学小言》第三,《王国维文集》第1卷,第25页。
③ 王国维:《文学小言》第十,《王国维文集》第1卷,第27页。
④ 王国维:《文学小言》第八,《王国维文集》第1卷,第27页。

脱离社会现实的风花雪月的靡靡之音，沉浸在艺术技巧的梦呓之中。可是，在中国率先主张文学审美论的王国维却与此大相径庭，他最喜欢的诗人是屈原、陶渊明、李白、杜甫、欧阳修、苏东坡、辛弃疾等人，这些诗人都出入政治，通过文学创作来展现自身生命的丰富存在，说明王国维并非主张为技巧而技巧。这在王国维的文学史观上是可以获得多方佐证的。

其一，从人格上评诗人。王国维说："三代以下诗人，无过于屈子、渊明、子美、子瞻者。此四子者无文学之天才，其人格亦自足千古。故无高尚伟大之人格，而有高尚伟大文章者，殆未之有也。"①又说："天才者，或数十年而一出，或数百年而一出，而又须济之以学问，助之以德性，始能产真正之大文学。此屈子、渊明、子美、子瞻所以旷世而一遇也。"②屈原、陶渊明、杜甫与苏东坡是中国文学史上的伟大诗人，或者按王国维的说法，也是"第一义的诗人"，这类诗人的创作当然属于"有境界者"，可见"有境界者"是不排除诗人的人格精神的，与伦理关系密切。王国维从来就没有把审美与伦理截为两段，审美归审美，伦理归伦理，而是审美中兼具伦理的伟大与崇高，才使得审美同样的伟大与崇高。佛雏认为，王国维此处的观点与审美独立性相矛盾，"康德、叔本华眼中的'美'跟社会一般功利，几乎了不相涉。正基于此，王氏贬抑用'政治家之眼'写诗，甚至反对'诗外尚有事在'这样的传统诗学的律条。但王氏实未能一贯持此论点，在不少场合，时时透露出'美''善'相合之意"。③ 其实，佛雏所说，是对于"美善关系"的极大误解。我非康德、叔本华的专门研究者，不太清楚他们是

① 王国维：《文学小言》第六，《王国维文集》第1卷，第26页。
② 王国维：《文学小言》第七，《王国维文集》第1卷，第26页。
③ 佛雏：《王国维诗学研究》，第192页。

否在主张审美独立时就完全斩断了审美与社会现实的关系，要论席勒，可知他在审美与伦理之间是保持了广大的且深层的通道。就王国维来看，他主张审美独立，只是强调了审美应当独立，就此而言，审美不是伦理的、政治的从属者，不能从伦理的、政治的标准来评价审美，它应有自己的天地，自己的规律，自己的追求，但这个天地、规律与追求并非与广大的社会现实相分离。王国维从人格上评价诗人的伟大与否，既是从审美上评价诗人，也是从伦理上评价诗人，甚至也是从政治上评价诗人，因为这些诗人都是涉政者。但因为此处的伦理评价与政治评价紧紧地围绕着审美评价这个核心而进行，因而既是一种社会评价，更是一种审美评价，丝毫没有伤及审美的独立自主性，又保持了审美评价的开放性。比如在评到文天祥时亦说："文文山词，风骨甚高，亦有境界。远在圣与、叔夏、公谨诸公之上。亦如明初诚意伯词，非季迪、孟载诸人所敢望也。"（《人间词话》删稿三十一）文天祥是南宋抗元英雄与诗人，刘基是明初政治家与文学家，没有因为他们两人是政治家，王国维就否定了他们的创作，而是从"风骨"与"境界"的角度肯定了他们的创作。相反，王国维否定了南宋与明初的其他词人，也是因为他们没有达到"风骨"与"境界"的高度。可见，王国维评词坚持了人格标准与艺术标准的统一。这一点不同于况周颐，况周颐说，"词固不可概人也"。举的例是有人"赋性刚直，而词语特婉丽"；有人"词极秾丽，其人则抱节终身"；有人"吐属香艳，多涉闺襜。与夫人伉俪綦笃，生平无姬侍"。[1] 承认文人品性行为与词作之间可能存在不一致。王国维是传统的"文如其人"的继承者，强调文人品性与创作风格的同一。由此可见，他是一个审美而不忘人格的

---

[1] 郭绍虞、罗根泽主编：《蕙风词话 人间词话》，北京：人民文学出版社，1999年，第19—20页。

论者,这一点决不同于那些极端的唯美主义者,他们会公开否定文学与道德、政治甚至哲学的关系,哪怕他们实际上又是与这些关系扯不清的。

其二,从真伪上评诗人。王国维评词还有多个用语与人格标准相近,分别是"胸襟""狂狷""乡愿""游词"等。王国维说:"东坡之词旷,稼轩之词豪。无二人之胸襟而学其词,犹东施之效捧心也。"(《人间词话》四十四)"读东坡、稼轩词,须观其雅量高致,有伯夷、柳下惠之风。白石虽似蝉蜕尘埃,终不免局促辕下。"(《人间词话》四十五)"苏、辛,词中之狂。白石,犹不失为狷。若梦窗、梅溪、玉田、草窗、西麓辈,面目不同,同归于乡愿而已。"(《人间词话》四十六)"周介存谓:'梅溪词中,喜用偷字,足以定其品格。'刘融斋谓:'周旨荡而史意贪。'此二词令人解颐。"(《人间词话》四十八)在《人间词话》中,这四则词话连续出现,可见王国维是在集中讨论一个问题,即强调"境界"是与诗人的胸襟怀抱相关联的,胸襟怀抱宽广者,才能创造出杰出作品。其中的"狂狷""乡愿"皆出自《论语》,孔子说:"狂者进取,狷者有所不为也。"(《论语·子路》)"狂者"指的是积极进取,敢做敢为;"狷者"指的是清高自守,有所不为,不肯同流合污。孔子又说:"乡愿,德之贼也。"(《论语·阳货》)"乡愿"指的是没有立场,态度暧昧,媚俗趋时,实际上是伪君子。另一则关于"游词"的词话讨论的也是真伪问题,"'昔为倡家女,今为荡子妇。荡子行不归,空床难独守。''何不策高足,先据要路津?无为久贫贱,坎坷长苦辛。'可为淫鄙之尤。然无视为淫词、鄙词者,以其真也。五代、北宋之大词人亦然。非无淫词,读之者但觉得其亲切动人;非无鄙词,但觉其精力弥满。可知淫词与鄙词之病,非淫与鄙之病,而游词之病也。'岂不尔思,室是远尔'。而子曰:'未之思也,夫何远之有?'恶其游也"。(《人间词话》六十二)

其中在解释什么是"游词"时引用了孔子的观点："未之思也，夫何远之有？"（《论语·子罕》）说明"游词"就是言不由衷，虚情假意，这也同样涉及如何做人的问题。所以，我们会发现，王国维关于"胸襟""狂狷""乡愿""游词"等分析，集中于一点，就是认为诗人要做一个真人，不能做一个伪人，要抒发自己的真情实感，不要虚情假意的表白。这些评述，已经完全将儒家文论的精髓融入了文学审美论。① 所以，在王国维的文学思想中，其实集中并融汇了佛、道、儒三家文论精神，佛家的"境界说"，道家的"天""自然""赤子说"，儒家的"人格""真诚说"，共同构成了文学审美论的思想资源。同时也表明，就审美的最高意义言，佛、道、儒三家的最高精神是可以统一的，只是各自的升华路径有所区别而已。

其三，反对形式技巧至上。王国维在词史上高评北宋而低评南宋，曾引来不断的争议，这属于仁者见仁、智者见智的事。但若从批评标准来看，他之审美本质论恰恰是反对形式技巧至上的。王国维评述道："南宋词人，白石有格而无情，剑南有气而乏韵。其堪与北宋颉颃者，唯一幼安耳。近人祖南宋而祧北宋，以南宋之词可学，北宋之词不可学也。学南宋者，不祖白石，则祖梦窗，以白石、梦窗可学，幼安不可学也。学幼安者率祖其粗犷、滑稽，以其粗犷、滑稽处可学，佳处不可学也。幼安之佳处，在有性情，有境界。即以气象论，亦有'横素波、干青云'之概，宁后世龌龊小生所可拟耶？"（《人间词话》四十三）诚如吴徵铸所评，"有清一代词风，盖为南宋所笼罩也。卒之学

---

① 王国维诗学与儒家文论的关联，证明了儒家思想可以参与中国现代文学审美论的建构。但在鲁迅、周作人那里，则表现为清除儒家文论的影响；在朱光潜、宗白华那里，则更多地依赖道家文论思想。可见中国现代文学审美论的思想来源与发展是复杂的，包含不同的思想倾向与方法，亦形成不同的思想景观。

姜张者,流于浮滑;学梦窗者,流于晦涩。晚近风气,注重声律,反以意境为次要。往往堆垛故实,装点字面,几于铜墙铁壁,密不透风。静安先生目击其弊,于是倡境界为主之说以廓清之,此乃对症发药之论也"。① 可见,王国维在这里所说的"可学"与"不可学"的区别就在于有无"境界",有无性情,有"境界"、有性情的不好学,重格调、重技巧的好学。此处王国维再次肯定了人格对于创作的作用,故有"龌龊小生"没有气象的说法。集中王国维对南宋词人的批评,可见其反形式主义的彻底性,甚至不无偏激,有时过重内容,或至没有说清形式的重要性。如说:"梅溪、梦窗、玉田、草窗、西麓诸家,词中不同,然同失之肤浅。虽时代使然,亦其才分有限也。近人弃周鼎而宝康瓠,实难索解。"(《人间词话》删稿三十五)又说:"夫自南宋以后,斯道之不振久矣! 元、明及国初诸老,非无警句也。然不免乎局促者,气困于雕琢也。嘉道以后之词,非不谐美也。然无救于浅薄者,意竭于摹拟也。君之于词,于五代喜李后主、冯正中,于北宋喜永叔、子瞻、少游、美成,于南宋除稼轩、白石外,所嗜鲜矣。尤痛诋梦窗、玉田。谓梦窗砌字,玉田垒句。一雕琢,一敷衍。其病不同,而归于浅薄。六百年来词之不振,实自此始。"(《人间词》甲稿序)又说:"及梦窗、玉田出,并不求诸气体,而惟文字之是务,于是词之道熄矣。"(《人间词》乙稿序)又引周济语:"近人喜学玉田,亦为修饰字句易,换意难。"(《人间词话》拾遗七)通过上述引用可知,王国维之所以低评南宋及清代词作,原因就是这些作品及主张过于强调技巧而不肯在自我表现与"境界"上下功夫,可见审美论所最不喜爱的对象之一是形式主义。所以,审美论不是走的"孤芳自赏"的道路,而是走的生命内蕴必须饱

---

① 吴征铸:《评〈人间词话〉》(1938),引自姚柯夫编:《〈人间词话〉及评论汇编》,第99页。

满、深远、宏约的道路。回到康德那里，审美是关乎情感的，所以文学的审美本质论也是情感本质论。质疑审美本质论的，往往对于审美的实质是什么都未求甚解，就把它解作形式主义。其实，王国维喜欢"生气灌注"的北宋词，恰恰反对了形式主义。因为审美不等于技巧，审美论也是内容论而非仅为形式论。即使按照"有意味的形式"这一观点来看，审美离不开形式，但也离不开意味，后者就是作品的情感内容通过形式所生发的。审美本质论会内在地打开与社会现实的多重关联性。

四

事实上，文学的审美有两种基本作用，一种属于它的本位作用，是对情感的养育，这对应于文学的起源性质。王国维在中国现代率先提倡"美育"（即"情育"）就属此类。王国维为什么要提倡"美育"呢？原因在于：

> 世人喜言功用，吾姑以其功用言之。夫人之所以异于禽兽者，岂不以其有纯粹之知识与微妙之感情哉？至于生活之欲，人与禽兽无以或异。后者政治家及实业家之所供给，前者之慰藉满足非求诸哲学及美术不可。就其所贡献于人之事业言之，其性质之贵贱，固以殊矣。至就其功效之所及言之，则哲学家与美术家之事业，虽千载以下，四海以外，苟其所发明之真理，与其所表之之记号之尚存，则人类之知识感情由此而得其满足慰藉者，曾无以异于昔。而政治家及实业家之事业，其及于五世十世者希矣。此又为久暂之别也。然则人而无所贡献于哲学、美术，斯

亦已耳,苟为真正之哲学家、美术家,又何慊乎政治家哉。①

　　就是说,文学的审美功用可以满足人类对于情感的需求,所以才有了"美育"的必要性。王国维在讨论鸦片与国民精神关系时就说过:"故禁雅片之根本之道,除修明政治,大兴教育,以养成国民之知识与道德外,尤不可不于国民之感情加之意焉。其道安在? 则宗教与美术二者是。前者适于下流社会,后者适于上等社会;前者所以鼓国民之希望,后者所以供国民之慰藉。兹二者,尤我国今日所最缺乏,其亦所最需要者也。"②在王国维看来,如果只是一味地禁烟,或者收效甚微,或者将令国民把不良嗜好转移至他处,不能从根本上解决问题。只有国民获得了正当的"美育"即情感的教育与慰藉,国民的情感改善了,才足以抵抗鸦片的侵袭,健全国民精神。所以王国维大声疾呼建立"完全之教育",即实现德育、智育与美育。在论述美育时指出:"德育与智育之必要,人人知之,至于美育有不得不一言者。盖人心之动,无不束缚于一己之利害;独美之为物,使人忘一己之利害而入高尚纯洁之域,此最纯粹之快乐也。孔子言志,独与曾点;又谓'兴于诗''成于乐'。希腊古代之以音乐为普通学之一科,及近世希痕林(即谢林——引者注)、希尔列尔(即席勒——引者注)等之重美育学,实非偶然也。要之,美育一面使人之感情发达,以达完美之域;一面又为德育与智育之手段,此又教育者所不可不留意也。"③正因为美育如此重要,文学也变得如此重要,所以王国维高度评价了文学作用:"生百政治家,不如生一大文学家。何则? 政治家与国民以物质

---

① 王国维:《论哲学家与美术家之天职》,《王国维文集》第 3 卷,第 6 页。
② 王国维:《去毒篇》,《王国维文集》第 3 卷,第 24 页。
③ 王国维:《论教育之宗旨》,《王国维文集》第 3 卷,第 60 页。

上之利益,而文学家与以精神上之利益。夫精神之于物质,二者孰重?且物质之利益,一时的也;精神上之利益,永久的也。前人政治上所经营者,后人得一旦而坏之,至古今之大著述,苟其著述一日存,则其遗泽且及于千百世而未沫。"①王国维比鲁迅等人稍早一些建立了从思想意识上改造国民精神并进而拯救民族国家的思考路线,而文学的审美在其中发挥了基本的作用。文学的审美是来自情感的创造,到头来,它又去作用于读者的情感而发挥着养护情感的作用。

文学的审美还有一种他位的作用,是对社会现实政治的介入,这对应于文学的功能性质。由于王国维主张超越政治,这一方面的论述不多,但并不表示他完全否定文学将会产生这些作用,只是意识到了文学不能迁就政治而发生作用。如在论述屈原时指出:"盖屈子之于楚,亲则肺腑,尊则大夫,又尝管内政外交之大事矣,其于国家既同累世之休戚,其于怀王又有一日之知遇,被疏者一,被放者二,而终不能易其志,于是其性格与境遇相得,而使之成一种欧穆亚。"②此处的"欧穆亚"即"幽默(Hamour)",意指形成了解脱心境。所以,像屈原那样参政不要紧,关键的是要能够在介入政治时超越政治,坚持自己的理想追求并抒写这种理想,同样可以成就伟大的文学事业。

我近年既主张文学审美论,又研究文学政治学,这两个在过去看来是相冲突的命题,何以会同时出现在我的身上呢?我不是用审美论否定了文学的政治功用,也不是用文学的政治功用否定了文学的审美,而是试图将二者结合,以文学的审美为基础来建立文学走向政治的基础及可能的路径。此时,也想表明文学是审美的,但文学的审美一点儿也不封闭与单调。诚如沈从文所说:"一个诗人若仅仅以工

---

① 王国维:《教育偶感四则》,《王国维文集》第3卷,第63—64页。
② 王国维:《屈子文学之精神》,《王国维文集》第1卷,第31页。

作能依附政治,推动政策,用处未免太小。诗人不只是个'工作员',还必须是个'思想家'。我们需要的就正是这么一群思想家。这种诗人不是为'装点政治'而出现,必须是为'重造政治'而写诗!"①又说:"真正现代诗人得博大一些,才有机会从一个思想家出发,用有韵或无韵作品,成为一种压缩于片言只语中的人生关照,工作成就慢慢堆积,创造组织出一种新的情绪哲学系统。它和政治发生关联处,应当由于思想家的弥湛纯粹品质,和追求抽象勇气,不宜于用工作员的社交世故身份,以能适应目前现实为己足。"②沈从文反对政治对文学的蔑视与侵害,反对把作家的所言所行完全等同于政治表态并进而认同功利主义的政策,但沈从文的本意却不是主张隔断文学与政治的关联。沈从文提出的"重造政治",就是主张通过"创造新的情绪哲学"来创造一种具有全新品质的美好生活。唯其如此,文学才能对政治有所裨益。他提出的"诗人博大"同于王国维的"诗人之眼",认为诗人的眼光要远大,要能抓住根本问题来表现。由沈从文的观点可以看出,文学与政治的结合,不是枝节上的结合,而是根本处的结合。文学与政治结合了,是因为它们在创造美好生活的过程中都在实践诺言;文学与政治不能结合,那是它们在坚守理想时,文学坚守了,可政治却游离或违背了。总之,文学具有本位的情感养育作用,也具有他位的政治介入作用,但后者必须以前者为基础才能真正发挥文学的社会影响力。

孔子说:"德不孤,必有邻。"有德性的人,不感到孤单,他的德性会使他声名远扬,在广大的远方找到朋友,不,是远方的朋友找到他。我想说:"芳不孤,必有邻。"桃李不言,下自成蹊。我还想说:"境界亦

---

① 沈从文:《谈现代诗》,《沈从文全集》第17卷,太原:北岳文艺出版社,2002年,第478页。
② 沈从文:《致柯原先生》,《沈从文全集》第17卷,第474页。

不孤,必有邻。"好东西,自然会有深远的影响。当一个作家能够最高程度地满足文学的审美条件,并创造出绝美作品,无论是在当代,还是在后代,一定会拥有众多的欣赏者。这已经被文学史所证明。不然的话,何以几千年前的诗人,今天的读者捧读他们的作品还会会心一笑或潜然泪下呢。所以,要进行文学创作,首先要坚持的就是文学的审美本质,只有做到了这个第一步,能够成为美的作品,才能进一步地作用于更广大的社会。否则,连自身都还不是艺术品,何以谈论作用于广大社会呢? 在创作中最怕出现的情况倒不是没有成为艺术品,你既不"芳",当然没有人欣赏了,也发生不了任何社会影响,怕只是空顶了一个艺术的帽子而名不副实。

五

王国维提出与证明文学的审美本质,其意图不是说文学与其他事物是没有任何关系的,而是说文学作为文学应当具有区别于其他事物的自身特性,不如此,文学与其他事物相混同,它就没有存在的必要性了。正是在这个意义上,王国维才大声疾呼文学家不要同于政治家,"诗人之眼"不会同于"政治家之眼",意在纠正中国传统文论少在二者间作出区别这一重要偏颇。比如王国维曾说过:"哲学家发明真理,文学家用记号来表现",若照这样理解,文学与哲学就似乎混淆起来了。可王国维同时给出了限制,而这个限制的实质就是审美,其一,说明文学不等于哲学,"惟美术之特质,贵具体而不贵抽象。于是举人类全体之性质,置诸个人之名字之下"。[1] 此处表明文学是写

---

[1] 王国维:《〈红楼梦〉评论》,《王国维文集》第 1 卷,第 19 页。

具体的人的,与哲学研究概念具有根本区别。其二,在强调文学与科学、史学的关系后,强调文学"兼有玩物适情之效",①虽然"兼"字语意略有不足,但还是肯定了情感作用,将文学与真理相区隔。其三,在论"诗"与论"文学"时使用的标准不一样,论"诗说":"诗歌者,感情的产物也。虽其中之想象的原质,即知力的原质,须有肫挚之感情,为之素地,而后此原质乃显。"②可见在诗歌创作中离开情感就无法进行,即使此中也有知力作用,但必须以情感为基础,否则,这个知力就不能发挥作用。只是在讨论到"文学"时,他才强调既要感情,又要知识,这是看到了文学在表现人的主观精神之外,还得表现客观的社会人生,面对后一方面,不具备知识的思考与观察,是无法完成创作任务的。故,即使王国维说过一些有矛盾的话,但有一点是清楚的,他没有离开过情感来讨论文学,可谓"情感为本",情感成为文学审美的核心内涵而起着区别于其他事物的根本作用。

这是从文学性质的证明角度来说的。即使从文学理论作为一种理论活动的特性来说,也同样需要审美本质论。乔纳森·卡勒曾就"文学性"的必要性思考过这样的问题,他说:"文学性的定义之所以重要,不在于作为鉴定是否属于文学的标准,而是作为理论导向和方法论导向的工具,利用这些工具,阐明文学最基本的风貌,并最终指导文学研究。"③中国学者李龙予以阐发,认为提出"文学性"问题,有如下理论与方法上的功用:"它决定了文学理论的研究对象、研究范围与研究方法。同时,它的提出为文学理论学科的建立也提供了重

---

① 王国维:《〈国学丛刊〉序》,《王国维文集》第3卷,第365页。
② 王国维:《屈子文学之精神》,《王国维文集》第1卷,第33页。
③ 乔纳森·卡勒《文学性》,载马克·昂热诺主编:《问题与观点——20世纪文学理论综论》,史忠义、田庆生译,石家庄:百花文艺出版社,2000年,第29页。

要的思想资源。换言之,'文学性'构成了文学理论的问题结构,'文学性'概念所揭示的问题域,其本身所蕴含的功能及意义,已经预设了文学理论研究的思考方式和研究途径。"①说得清楚明白一点,要想建立文学理论研究及其学科,离不开提出"文学的本质是什么"这个根本的问题,否则,文学理论研究没有核心点,文学理论学科也无以建立起来。我认为,这个观点可以沿以下几个维度展开:

其一,若不提出"文学性"即文学的审美本质问题,那就没法建立现代的文学理论。因为任何理论的创构,都必须具有特定的研究对象,没有合适的研究对象,根本就不能建立一门学科。如果文学理论不研究"文学性",不研究文学的审美本质,或者说,放弃"文学性"的命题,放弃文学的审美本质这个命题,那么文学理论能够研究政治、女性主义、后殖民主义或者同性恋吗? 当然能够研究,曾经流行一时的文化研究就如此,也在社会生活中抢占了一定的风头。可是,到头来,这些研究到底该如何归属,还成为一个问题。但不管怎么说,这些研究课题是政治学、性别学与帝国主义研究的对象,而非文学理论研究的特定对象,是纳入不了文学理论研究学科中的,则没有疑问。这只要看看中外文论史上的名篇就知道了,它们都是研究文学的属性、文体形态及文学史的运动的。

其二,人们总是对于文学理论到底研究什么心存疑虑,意见纷呈,但不妨设想一下,在文学理论研究中剔除"文学性"即文学的审美本质问题,看看文学理论研究将会变成什么样子。在我看来,马上就会坠入五里云雾,不知所措,也不知所向。若写文论教材,恐怕无法确定哪个问题才是真正的第一章内容。所以,正是提出"文学性"问

---

① 李龙:《"文学性"问题研究——以语言学转向为参照》,北京:人民出版社,2011 年,第18—19 页。

题,并以其为核心伸向"文学性"的各种生存条件,探究"文学性"的历史变迁与发展等,构成了文学理论以研究"文学性"为中心的层层扩展,既有其向内的凝聚,也有其向外的扩展,向内的凝聚是始终在追问"文学性"是什么,向外的扩展也许会涉及文学与社会政治等现实关系,但并不以否定向内的凝聚为目的,所以构成的仍然是"文学性"为纲的一个体系,纲举目张,目可大张,却不可失了其纲,当然纲举之意,也是不失其目的。

其三,若不提出"文学性"也无法明了文学理论研究的基本方法是什么。文学理论的基本研究方法到底是着重文学与非文学的区别研究还是关联研究呢,历来是有争议的。近段时期以来流行的"反本质主义"等观点就主张关联研究。可是,若从"文学性"问题出发,我则认为,区别研究才是文学理论研究的最基本问题,如何区别才是文学理论研究的基本方法。只有将文学与非文学区别开来了,文学的属性清楚了——哪怕只是一种假设的清楚,文学理论的研究才能展开,才能建成一门学科。所以,文学理论研究的第一步往往是文学区别于其他事物的独特性质研究也就毫不奇怪了,只有这样,文学理论才是关于"文学"的理论,而非关于"文化的、政治的、历史的、伦理的"理论。

如果结合王国维的审美观来看,其实,提出"文学性"或文学的审美本质问题,共有四个方面的作用,即确定文学性质,提供文学理论研究对象,划分文学理论研究的范围及建立体系,规定文学理论的研究方法。就此而言,王国维首先确定文学的审美本质,不仅对于理解文学的独特性是必要的,就是对于随后要建立现代中国的文学理论体系也是必要的。所以,在研究文学时,提出属于文学自身的根本问题,才能建立从事文学理论研究的出发点。如果在文学理论研究中提出女性问题、历史问题、政治问题、经济问题等作为自己的研究对象,哪怕十分卖力地研究这些问题并取得杰出成就,那也只能证明你是女性学家或历史学家、政治学家、经济学家,根本无法证明你是一位美学家,一位文学理论的研究者。正是出于这样的原因,我对那些从事文化政治研究的学者抱有文化态度上的敬重,却不抱有文学理论上的奢望。再看王国维的《〈红楼梦〉评论》与《人间词话》,你会感到他在《〈红楼梦〉评论》中是一位夸夸其谈的哲学家,偶尔回望一下文学的星空,扯下几片文学的云彩去做哲学的外衣,甚至这偶尔的回望也有重大的发现,但不能认定《〈红楼梦〉评论》是最为合适的文学批评范本。你会感到他在《人间词话》中是一位饕餮的艺术鉴赏家,埋首检视着各色艺术品,放在手上把玩,放在心中共鸣,《人间词话》不仅成为赓续中国传统批评精神的传世之作,也成为读者鉴赏诗词的入门书,可谓雅俗共赏,开辟了一片属于王国维的诗学空间。哪一位王国维才更是文学理论所需要的王国维,不是不言自明吗?

尤其是中国现代文学理论学科由王国维这位首倡文学审美论的学者来奠基,不是意外,正说明了肯定文学审美的首要性,是建立文学理论学科的根本而无法或缺。

王国维在 1906 年讨论张之洞等人推出的《奏定学校章程》时,主要分析张之洞等人重"经学"不设"哲学"一科的弊端,转而提出设立理由。由于"哲学"与"美学"相关,王国维将其列入现代大学应当开设的课程之一,首倡建立中国现代美学学科,美学研究遂成为中国现代大学文科基础学科之一。

王国维指出:

由余之意则可合经学科大学于文学科大学中,而定文学科大学之各科为五：一、经学科；二、理学科；三、史学科；四、中国文学科；五、外国文学科。（此科可先置英、德、法三国，以后再及各国。）而定各科所当授之科目如左：

一、经学科科目：一、哲学概论；二、中国哲学史；三、西洋哲学史；四、心理学；五、伦理学；六、名学；七、美学；八、社会学；九、教育学；十、外国文。

二、理学科科目：一、哲学概论；二、中国哲学史；三、印度哲学史；四、西洋哲学史；五、心理学；六、伦理学；七、名学；八、美学；九、社会学；十、教育学；十一、外国文。

三、史学科科目：一、中国史；二、东洋史；三、西洋史；四、哲学概论；五、历史哲学；六、年代学；七、比较言语学；八、比较神话学；九、社会学；十、人类学；十一、教育学；十二、外国文。

四、中国文学科科目：一、哲学概论；二、中国哲学史；三、西洋哲学史；四、中国文学史；五、西洋文学史；六、心理学；七、名学；八、美学；九、中国文；十、教育学；十一、外国文。

五、外国文学科科目：一、哲学概论；二、中国哲学史；三、西洋哲学史；四、中国文学史；五、西洋文学史；六、□国文学史；七、心理学；八、名学；九、美学；十、教育学；十一、外国文。[①]

在这五科的科目设置中，"美学"能够像"哲学概论""心理学""伦

---

① 王国维：《奏定经学科大学文学科大学章程书后》，《王国维文集》第 3 卷，第 73—74 页。

理学""教育学""外国文"一样成为"通识课程",可见王国维对其的重视程度。

　　王国维如此重视"美学"的理由是什么呢？可分两个层面来看，第一个层面，"美学"属于"哲学"，"哲学"为当设学科，"美学"也当然成为当设学科。王国维逐一驳斥了"哲学"为"有害之学""无用之学""与中国古来之学术不相容"，强调"哲学之所以有价值者,正以其超出乎利用之范围故也"。它的具体功用将是满足人类的精神上的需要，"且夫人类岂徒为利用而生活者哉,人于生活之欲外,有知识焉,有感情焉。感情之最高之满足,必求之文学、美术,知识之最高之满足,必求诸哲学"。① 所以，"哲学"及"美学"都是"有用"的学科，而且是有大的长远的作用的学科，那就是参与人类的精神建设。除非否定人类有精神需要，否则否定不了设立"哲学"及"美学"学科的理由，表明从事"哲学"及"美学"研究的必要性。第二个层面，在于"美学"有自己的独特性，不然，它如果只是属于"哲学"而成为"哲学"的内容构成一部分，那就无须分立"美学"了。必须设立"美学"的原因在于，"美学"与"哲学"相区别的地方是它承担了自己的任务，这个任务就是它欲满足人类的情感需要，而"哲学"满足人类的知识需要。并且"美学"还在方法上区别于"哲学"，正是这一区别，使之具有了自身的特性，也具有了实现自身功能的途径。虽然"特如文学中之诗歌一门,尤与哲学有同一性质。其所欲解释者,皆宇宙人生上之根本之问题"。但是，它们的"解释方法"不同，"一直观的,一思考的;一顿悟的,一合理的耳"。这说明"美学"是应当独立的。王国维认为，"且定

---

① 王国维:《奏定经学科大学文学科大学章程书后》,《王国维文集》第 3 卷,第 69 页。

美之标准与文学上之原理者,亦唯可于哲学之一分科之美学上求之"。① 这一声明,可谓中国现代美学学科设立之最高理由,不能否定这一点,就不能否定设立现代美学学科。可见,提出文学的审美问题,也是设立文学理论学科的最高理由。

仅以"文学概论"课程来看,周作人率先于1920年在北京大学开设这门课程,他是现代文学观念的传播者与建构者,由他讲授什么是文学,当然会以文学的审美本质作为基础。所以说,"文学概论"课程的开设,就是以肯定文学的审美本质为核心而建构起来的。如1931年北京大学"文学概论"课程计划就强调:"本学科从文学论本身之源流,然后将历来关于诗歌、戏曲、小说等内容形式之发生嬗变的理论,作一系统的讲述。俾修习此科者能够获得纯文学之正确的概念。教授法除指定参考书目及随时演习印发单张外,概用口授笔记行之。"② 设若不确认文学的审美本质,没有试图将文学活动与其他的社会活动区别开来,也就没有建立文学理论专门学科之必要。

所以,我认为,建立美学学科的必要与冲动来自审美问题与一般哲学问题的区别;建立文学理论学科的必要与冲动来自文学问题与一般社会问题、其他学科问题的区别。只有把属于美学的归于美学,属于文学理论的归于文学理论,它们才能形成真正的学科,形成真正的学术生产力。

但请注意,我强调应当肯定文学的审美本质,并非否定文学的其他属性,如文学与知识、学问的关系,都是不可否认的,由此认识文学

---

① 以上未注均见王国维:《奏定经学科大学文学科大学章程书后》,《王国维文集》第3卷,第72页。
② 见《北京大学国文学系·课程指导书》,引自傅莹:《中国现代文学理论发生史》,上海:上海文艺出版社,2008年,第22—23页。

的性质,也是应该的。同理,在确认了文学的审美本质以后,也不意味着文学与意识形态之间就没有关联,甚至也不完全否定文学作为政治工具的功能性质。只是在我看来,即使文学具有了意识形态的特性,具有政治工具的功能,都不能否定文学首先是审美活动这一根本点,因为离开这一点,就表明了文学没有自身特性,就混同于知识、学问或意识形态、政治活动,那人类社会还需要这个没有特殊性的文学做什么,人类还不如干脆只要知识、学问、意识形态与政治就得了。所以,文学以其审美本质区别于其他事物与活动,正是以其独特性建构自己介入人类生活的方式,以此发挥其他人类事物或活动所发挥不了的独特作用。正因为它是区别的这一个,所以才是有用的这一个。

第八章

是『幻象』还是『真象』?

——以罗钢先生论『隔与不隔』为讨论中心的商榷

罗钢近期出版《传统的幻象：跨文化语境中的王国维诗学》一书，可谓王国维诗学研究的一件大事。再添上佛雏《王国维诗学研究》、叶嘉莹《王国维及其文学批评》、夏中义《世纪初的苦魂》、彭玉平《人间词话疏证》，1980年代以来王国维诗学研究的这"五块金砖"，一块一块夯实了王国维诗学研究的基础。

　　但任何研究都会有得即有失，明于此即暗于彼。如果只在罗著设定的"影响研究"下评价它，这一成果似无可挑剔。可换个角度看，当"影响研究"笼罩在后殖民理论的阴影下，则会在对抗情绪中将合理的"为我所用"视为"他者化"的产物，从而抹杀文论创新。所以，我想结合罗著的"以西释王"阐释策略，同时提出"以中释王"与"以原理释王"两种阐释策略，并论这三种不同阐释策略将会呈现何种不同的研究结果，意在指出全盘性接受后殖民理论是不利于准确揭示王国维诗学精神的。同时认为必须明了王国维是以革命姿态来接续传统的，才便于认识王国维诗学的价值。

一

　　为什么要以"隔与不隔"作为讨论对象呢？原因有三：其一，罗钢认为它是"境界说""核心中的核心",①讨论它触及王国维诗学的灵魂。其二,它引发的争论极多,理解其内涵与外延十分必要。其三,罗钢在研究王国维的系列概念时均采取了同样方法,即追溯它们与西方哲学与美学的关系,由此得出王国维诗学与中国传统相断裂的结论。如此一来,解剖罗钢的"隔与不隔"研究,就抓住了罗著的"牛鼻子",可明白罗著的思想内核,并进而深入认识王国维诗学的精神特性。

　　罗钢是从整体上对王国维诗学进行"影响研究"的,"厘清其具体的思想来源"②是其阐释策略。罗钢认为,"境界说"的思想基础是西方的哲学与美学,论及"隔与不隔"时指出:"这则词话(指第四十则)正式发表时,有一处改动,'语语都在目前,便是不隔'在原稿中为'语语可以直观,便是不隔'。这一处改动说明,构成'隔'与'不隔'的界限的,就是叔本华的'直观说',所谓'不隔'就是对'直观'的一种翻译。"③罗钢从删稿的词语修改来发现问题,确实眼光犀利,他并引述叔本华的一段话予以证明,显得更具说服力。叔本华说:"只要我们一直依直观行事,那么一切都是清晰的、固定的、明确的。"又说:"所有真正有才能的心灵的著作都是由一种果断和明确的特征区分开来,这意味着它们是清晰的,没有丝毫的含混。"④于是,罗钢不无揶揄地认为王国维将"直观"翻译成"不隔"是相当传神的。

　　罗钢甚至也将"隔"落实为叔本华的"概念"一词,要使自己的论证更加精准。他指认王国维"所斥责的'隔'与叔本华所谓'概念'也

① 罗钢:《传统的幻象:跨文化语境中的王国维诗学》,第 323 页。
② 罗钢:《传统的幻象:跨文化语境中的王国维诗学》,第 222 页。
③ 罗钢:《传统的幻象:跨文化语境中的王国维诗学》,第 141 页。
④ 罗钢:《传统的幻象:跨文化语境中的王国维诗学》,第 142 页。

有着千丝万缕的联系"。理由是王国维在主张"不隔"时反对用替代字、典故，与叔本华的另一段话直接对应。叔本华批评过一些作者对待前人作品"都以概念，也就是抽象地来理解，然后以狡猾的用心或公开或隐蔽地进行模仿。他们和寄生植物一样，从别人的作品里汲取营养；又和水蛭一样，营养品是什么颜色，他们就是什么颜色。是啊，人们还可以进一步比方说，他们好比是些机器，机器固然能够把放进去的东西碾碎，拌匀，筛分出来"。罗钢作了这样的解读，认为照王国维的意思看，"诗歌里的用典和这里描绘的情形不是颇为相似吗？典故是从前人的文本中挑选出来的，它们被组织在新的文本中，但作为独立的意义单元，它们仍然可以从新的文本中被寻找和筛分出来。和概念一样，它们既是抽象的、间接的，又是因袭的、模仿的，在王国维眼中，就成了文学中'隔'或者说'不能直观'的代表"。[①]

如果仅仅揭示"隔与不隔"的西方思想来源，这是"影响研究"的题中之意。但罗钢的意图不仅如此，他更想借"隔与不隔"等概念与西方思想的影响关系得出王国维诗学只是一种"传统的幻象"这个结论。为此，那些质疑"隔与不隔"的学者如唐圭璋、饶宗颐、夏承焘等人，都被他陆续请进了自己阵营，要在王国维的头上牢牢戴上"全盘西化"的帽子，粉碎人们从王国维身上寻找"古代文论现代转换"或"中西融合"方案的理论企图。

唐圭璋主要从"赋、比、兴"的角度解读"隔与不隔"，他说："王氏既倡境界之说，而对于描写景物，又有隔与不隔之说。推王氏之意，则专赏赋体，而以白描为主；故举'池塘生春草''采菊东篱下'为不隔

---

① 以上未注参见罗钢：《传统的幻象：跨文化语境中的王国维诗学》，第72页。

之例。主赋体白描，固是一法。然不能谓除此一法外，即无他法也。比兴亦是一法，用来言近旨远，有含蓄、有寄托，香草美人，致慨遥深，固不能斥为隔也。"①接过这个词学大家的批评，罗钢当然有理由说王国维"疏远比兴，就意味着疏远中国诗歌最重要的艺术精神"了。②并认为王国维读不懂"比兴"，是因为他将"隔与不隔"与叔本华的"直观"与"概念"等同了。叔本华贬斥"概念"而欣赏"直观"，所以王国维也同样贬斥"隔"而欣赏"不隔"，进入不了中国古典诗学的纵深之地，只能在"比兴"之外兜圈子。

饶宗颐也批评"隔与不隔说"："王氏论词，标隔与不隔，以定词之优劣，屡讥白石之词有'隔雾看花'之根。又云：'梅溪梦窗诸家写景之病，皆在一隔字。'予谓'美人如花隔云端'，不特未损其美，反益彰其美，故'隔'不足为词之病。"又认为："词者意内而言外，以隐胜，不以显胜。……吾故谓王氏之说，殊伤质直，有乖意内言外之旨……词之病，不在于隔而在于晦。"③饶宗颐从"隐秀"出发，以"意内言外"为评词标准，不是在直接讨论"比兴"，却与唐圭璋的强调"比兴"同一意图，所以认为王国维所要求的"不隔"太显露了。罗钢同样肯定了饶宗颐是"站在中国传统诗学的立场"来批评王国维，暴露了王国维标举"不隔""是为叔本华的直观认识论所决定的"，不是货真价实的传统诗学。④

王国维屡以姜白石作为评判对象，认为他"终隔一层"，夏承焘则予以专门研究，强调姜白石的情词多有本事，所以"在他人为余文，在

---

① 唐圭璋：《评〈人间词话〉》(1938)，引自姚柯夫编：《〈人间词话〉及评论汇编》，第94页。
② 罗钢：《传统的幻象：跨文化语境中的王国维诗学》，第330页。
③ 饶宗颐：《〈人间词话〉平议》(1955)，引自《澄心论萃》，第209页。
④ 参见罗钢：《传统的幻象：跨文化语境中的王国维诗学》，第142页。

白石为实感……怀人各篇，益以真情实感故生新刻至，愈淡愈浓"。①罗钢亦抓住"愈淡愈浓"进行分析，认为是姜白石"托物言志"的抒情特点，使得更重直露之美的王国维产生隔膜，无法理解，"最终关闭了他按照中国传统的方式来理解'比兴'的可能"。

毫无疑问，罗钢通过自己的立论，再借力唐圭璋等人，"从外至内"打了一场漂亮的学术攻坚战。"从外"：着力揭示"隔与不隔"不是原创，来自西方，横移过来，如风如雨，也许就流行一阵罢了；"至内"：着力揭示"隔与不隔"与传统无涉，任它怎么抢眼，也无法生根。罗钢由此认定以"境界"为特色的王国维诗学实是"以西方诗学观念为'本'，而以中国古代诗学观念为'末'"。如果从后殖民理论加以评价，已是对"中国固有的诗学传统加以压抑、驱逐和边缘化"，"恰恰是这种不平等的文化结构关系的历史写照"。②或者如其所说，"王国维的'境界说'乃是若干西方美学观念的一次横向移植，它并不是从中国古代词学的土壤里自然生长出来的，并不具备中国词学自身独特的问题意识"。③所以，是"传统的断裂"而非延续。

但我发现，罗钢在论证中遗漏了一些显见的中国材料，如钟嵘与钱锺书的观点。他们的名字虽然出现在罗著中，可罗钢却没有引用他们的观点中与王国维相近的东西，相反，在引用并解释他们的某些说法时，均不利于王国维。如此处理固有材料，不具有充分说服力。《人间词话》拥有那么多的中国读者，若其与中国传统毫无关系，那显然是十分滑稽的，所证明的不仅是王国维的诗学大脑被西方思想占领了，更是那么多的中国读者缺乏对于中国诗学的起码直感，在被西

① 夏承焘：《姜白石词编年笺校》之《合肥词事》一节，《夏承焘集》第3册，第314—327页。
② 以上未注见罗钢：《传统的幻象：跨文化语境中的王国维诗学》，第160—161页。
③ 罗钢：《传统的幻象：跨文化语境中的王国维诗学》，第232页。

方思想支配的诗学著述里"认祖归宗"。这样的思想图景，任是如何巧妙的阐释，怕也无法绘制出来。王国维诗学能够活到今天，一开始是在现代文论界产生影响，继之在中国古代诗学研究领域里产生影响，这正说明转型期的诗学创新不是沿着直线的方式全面接续传统，而是沿着迂回的路线通过反抗传统来扩大传统。

<h1 style="text-align:center">二</h1>

提出"隔与不隔"是有中国诗学事实作为支撑的，只是"影响研究"在揭示它的外来因素时忽略了这一点；也非能借唐圭璋等人的反驳，就可将它定性为"传统的幻象"。

罗钢在论述"重建阐释主体"时引进了伽达默尔的"前理解"，强调"视域融合"中包含了"历史视域""现在视域"与"效果历史"。若这样的理论也同样用在王国维身上，极有可能变成是对王国维与中国传统诗学保持内在沟通的证明，这样也就无法断定王国维诗学只是传统的一个"幻象"了。可罗钢没有这样做，在评价其他的跨文化交流现象时频频强调"前理解"的制约作用，却一次又一次地极其小心地避开王国维，好像这个理论一到王国维的身上就失效一样。比如在论及西方意象派对于中国古代诗歌的"误读"时，罗钢认为正是西方"对诗歌的'图画性'的要求"这一"期待视野"的制约，导致他们读出的不是中国的诗学精神而是西方的自身传统，"费诺罗萨和庞德对中文和中国诗歌的'图画性'的发现，毋宁说是对自身传统的一种确证，是借助中国诗歌这个他者对自我的诗歌理想的重申"。① 若这一

---

① 罗钢：《传统的幻象：跨文化语境中的王国维诗学》，第333页。

论证是成立的,依此而推,作为中国人的王国维难道不同样具有中国式"期待视野"？他接受叔本华难道不是"期待视野"的一种选择？这种选择不正证明了他的思想是对中国诗学传统的重申吗？

又如将"前理解"与"效果历史"相结合,本义为避免"前理解"的天马行空,不落实处。但罗钢也只是强调了唐圭璋等人的论词获得了"效果历史"的支撑,而王国维的论词却没有获得"效果历史"的支撑。罗钢说:"唐圭璋等人的观点,也许只有寥寥数语,但由于它深植于中国古代阐释传统,得到这一传统的支持,因此是强大的。而王国维的观点,尽管借助西方美学的说辞,使人耳目一新,但它和中国古代阐释传统是生疏和断裂的,无法得到这一传统的支持,其实是软弱的。"[①]这显然不够周全。就罗钢所引而言,伽达默尔本来就承认"对象"本身在"不同的时期历史地表现不同的侧面",我们的研究所体现出来的"历史意识总是充满着各种各样能够被听到的过去的声音,只有在这些众多的声音中,过去才被表现出来",才能实现"传统的传递"。[②] 这表明,传统不是以一种面目出现的,阐释传统时也不应只有一种声音;只有众声喧哗,才能带来传统的敞亮。所以,持平之论应当是既肯定唐圭璋等人阐释的可信性,也肯定王国维阐释的可信性,因为他们都能从中国传统中找到支持的证据。但是,为了否定王国维诗学的"中国特色",罗钢策略性地使用了"使理解得以可能的生产性前见"来评唐圭璋等人,以证明他们的合法性;又使用了"阻断理解并导致误解的前见"来评王国维,以证明他的非法性。[③]

结果,在别人那里,"期待视野"证明自己具有民族文化身份,在

---

① 罗钢:《传统的幻象:跨文化语境中的王国维诗学》,第 408 页。
② 伽达默尔:《真理与方法》,洪汉鼎译,北京:商务印书馆,2007 年,第 366—367 页。
③ 参见罗钢:《传统的幻象:跨文化语境中的王国维诗学》,第 406 页。

王国维这里，却失去了这种证明的能力；在别人那里，"前理解"可以导向正确理解，在王国维这里，却导向了错误。同一种理论观点用在别人身上与用在王国维身上，竟然产生了截然相反的推论效果，有些奇异。

其实，就"隔与不隔"来看，哪怕王国维接受了西方影响，如何不同于元明以来的词学主流思想，如何在周济的"浑化"、陈廷焯的"沉郁"、况周颐的"重、大、拙"等主张之外另立"境界说"，如何在"比兴"传统之外另立"赋"的传统，都不能说明他的阐释导致了"传统的断裂"，只要他的主张能够在中国传统中寻找到相同的概念、相近的范畴、相应的词语，甚至只要用的是中国词语来翻译外来思想观念，都可证明王国维不过是在选择传统与创新传统，并非离开传统。"隔与不隔"是属于中国的诗学创造之一种。

其一，"隔与不隔"的翻译。罗钢将"不隔"视为叔本华"直观"的中文翻译，并没有提供直接证据，只是根据删稿"语语可以直观，便是不隔"所做的推测。即使王国维不将这个"直观"删去，"直观"也不能视为"不隔"的翻译，因为在"语语可以直观，便是不隔"中，"直观"本为"不隔"的前提，而非"不隔"的等义词，只是强调在"直观"思维状态下才能出现"不隔"的具体描写。"直观"是关于审美思维的说明，"不隔"是讨论描写所达到的具体状态，二者有关联，却不是等义的。如同说桃树结出的果实是桃子，但不能说桃子等于桃树。一个明证就是，在讨论王国维诗学时就不能将所有出现的"直观"概念转译成"不隔"概念。更进一步看，王国维为什么会删掉"直观"呢？其意图既可以解读成是为了掩饰自己思想中的西学来源，想把"赝品"当作"真品"来推销；也可以解读成是为了清除自己思想中的西学来源，回归传统，使诗学逻辑更圆润。这是仁者见仁、智者见智的。我是认可后者的。作为一个中国诗人与学者，当他来改定自己的诗学著作时，突出中国传统，原是生命的自然冲动。即使我们接受罗钢的结论，认定"不隔"就是"直观"的翻译，也可以继续追问：在这个词语的翻译中，是"不隔"出现在前呢，还是"直观"出现在前呢？显然是中文的"不隔"出现在前。这次翻译活动是以"不隔"为基础的，而非以"直观"为基础，是用"直观"来证明"不隔"，而非用"不隔"来证明"直观"。即是说，当一个中国诗人有了"不隔"的即使不算清晰的审美体验，巧遇西方"直观"概念以后豁然开朗，并认定"不隔"状态就是"直观"状态，这并不表明"不隔"来自西方，恰恰相反，正表明"不隔"是我们自己的，只是需要外来思想的激发而已。所以，我们认为，即使承认"不隔"就是"直观"的直译，一点也不意味着要去降低"不隔"的语义地位。正是"不隔"在中国传统中的独特语义，限制、减弱乃至消解了"直观"论所包含的唯心认识论的色彩，使其成为衡量作品中的景物与感情描写状态是否透明的词语。此例表明，若在讨论某个外来词语的中译时，只讨论与原义的是否对等，不讨论它是如何受制于中学限定的，将会失去对于中译词语意义的深层把握。

其二，"隔与不隔"与"诗中有画"。罗钢十分突出地强调了西方美学中长久地存在着一种"眼睛的符号学取向"，说白了就是"对诗歌的'图画性'的要求，早已植根于欧洲最古老的诗学传统"，体现出对于"意象并置"的高度喜好。罗钢又抓住这个"眼睛审美"的特性来评王国维，认为他推崇马致远《天净沙》（枯藤老树昏鸦，小桥流水人家，古道西风瘦马，夕阳西下，断肠人在天涯。）足以证明王国维对"意象并置"的"特殊敏感"，言下之意是说"隔与不隔"是西方"眼睛美学"的产物，与中国传统了无干系，"未必能够得到中国古代批评家的认同"。[1]

---

① 罗钢：《传统的幻象：跨文化语境中的王国维诗学》，第 333 页。

把重视诗歌的图画性仅仅作为西方美学的一个特点，并无充分理由。赵宪章曾说："语言滑向艺术世界的过程，最根本的就是它被图像化的过程。"①如果承认这一观点，语言艺术的图像化是一个共同规律，而非只是某个民族的特有规律，西方的语言艺术追求图像化，中国的语言艺术也同样追求图像化。要引出证据来证明中国也同样重视"诗歌的图画性"十分容易。如果说西方还存在莱辛的"诗画异质"论并形成了巨大影响，那么在中国，"诗中有画说"的一直绵延，则表明"眼睛审美"不仅是绘画的原则，也同样是诗歌创作的原则。在这个"诗中有画"的传统及审美氛围中形成"隔与不隔说"，并不意外。

"诗中有画"本是苏轼评价王维诗作的一句话，他说："味摩诘之诗，诗中有画；观摩诘之画，画中有诗。诗曰：'蓝溪白石出，玉川红叶稀。山路元无雨，空翠湿人衣。'此摩诘之诗，或曰非也。好事者以补摩诘之遗。"②"诗中有画"后来成为一种评，几乎没有质疑者，其中所引王维诗句，也同样被大家作为"诗中有画"的典型例证所接受。陈子展结合王维的诗所做的解读，处处突出了"诗中有画"的特性，他说：

> 他的画思固然入神，而诗思也像画思，不过诗为有声之画，画乃无声之诗而已。如诗句云："渡头余落日，墟里上孤烟。""明月松间照，清泉石上流。""山中一半雨，树杪百重泉。""江流天地外，山色有无中。"都是诗中有画的名句。又如："苍茫葭菼外，云水与昭丘，樯带城乌去，江连暮雨愁。"（《送贺遂员外外甥》）"日

---

① 赵宪章：《文体与图像》，北京：人民文学出版社，2014年，第203页。
② 苏轼：《书摩诘蓝田烟雨图》，孔凡礼点校：《苏轼文集》第5册，北京：中华书局，1986年，第2209页。

隐桑柘外,河明间井间。牧童望村去,猎犬随人还。"(《淇上田园即事》)前一诗不是很鲜明的荆门秋色的画面吗?后一诗不是很活现的一幅北方田野的景象吗?再如:"征蓬出汉塞,归雁入胡天。大漠孤烟直,长河落日圆。"(《使至塞上》)这几句诗给人以边塞荒凉的深刻印象。把捉物象要点,而以单纯有力的手法描绘之,同时以瞬间涌现的情思移入之,真只有观察独到、精思入神的艺术家才能如此。[1]

王维追求"诗中有画",苏轼提出这个问题,肯定未受西方影响,可见在中国古人那里,"眼睛审美"早已确立。陈子展是个现代人,极有可能接触西方理论,但又没有多少证据可以证明他是在接受西方理论以后才肯定"诗中有画"的。用眼睛去审美,本来就是中国的传统,何须要在西人的启发下才能做到呢。如果把"不隔"归入"眼睛审美",这是对中国诗学传统的再发扬。这本来是件自然而然的事情。之所以造成阐释偏至,是因为阐释者已经先入为主,认定王国维诗学的一切基础都在西方,故无论王国维怎么说,只要能在西方那里找到片言只语,就要将其归入西方传统而不顾及中国传统了。

其三,"隔与不隔"与传统诗学。罗钢曾说,在中国诗学传统中没有"隔与不隔"这个范畴,以此证明它是来自西方的。[2] 这样立论有两重困难:其一,即使中国诗学中没有"隔与不隔"的范畴,由王国维来

---

① 陈子展:《唐代文学史》,柳存仁、陈中凡等:《中国大文学史》上,上海:上海书店出版社,2010年,第231页。

② 罗钢认为:"王国维在《人间词话》中采用的绝大多数概念,都可以分别在西方或中国古代诗学中发现其出处和来源。前者如主观、客观、写实、理想等,后者如神韵、兴趣、格调等,只有'隔'与'不隔'这一对概念,在中西美学中都不是习见的诗学范畴,都找不到直接的依据。"(《传统的幻象:跨文化语境中的王国维诗学》,第67页)

创造这个范畴也是可行的。如"境"这个范畴本来就没有,早期的儒道文论中未论及,要迟至唐代王昌龄提出"物境""情境""意境"时才初现,但随后的发展使得"境"成为传统诗学的基本范畴之一。可见创造性地提出一些命题、范畴是可以的。其二,除非能够证明中国人从来不曾用过"隔"词,否则,"隔"词就有可能从一般语文学的层面提升为专门的诗学概念。一切新创的诗学概念无不从语文学生成出来,虽然我们无法一一确定这一演化过程与节点,但二者的始发相关性是不可否认的。

查《辞源》可知,"隔"作动词用时有多层含义,包括了"阻隔""间隔""不合"等基本义,在组词方面的"隔阂""隔膜"义最接近"隔与不隔"。如在"隔阂"条下引述了《三国志》的几句话:"恩纪之违,甚于路人,隔阂之异,殊于胡越。"说明了隔阂之大。在"隔膜"条下引述了《朱子语类》:"若易传,则卒乍里面无提起处,盖其间义理阔多,伊川所自发,与经文又似隔一重皮膜,所以看者无个贯穿处。"又引章学诚:"余每叹文人见解不可与言著述,今观抱朴所言,则有道之士犹于此事且隔膜也。"①这里所讲的"隔阂"与"隔膜"体现出来的思想症候,完全等同于王国维所列举的"隔"的美学症候。这说明,用"隔"来描述思想、行为与理解上的不相通透,是有传统的,将其运用在审美上,只是合理延伸而已。

若就直接源起看,"语语都在目前"来自梅尧臣的"状难写之景,如在目前;含不尽之意,见于言外"。因为在这段话前,梅尧臣还有几句话,讲的就是用语问题,"诗家虽率意,而造语亦难,若意新语工,得前人所未道者,斯为善也"。可见一个诗人要想很好地表现事物,并

---

① 《辞源》第 4 册,北京:商务印书馆,1998 年,第 3293 页。

非易事,所以梅尧臣向他们提出了"意新语工"的要求,强调诗人的率意之处,正是用心用力之处。王国维虽然取用的只是梅尧臣的前半段话,却不能离开梅尧臣的后半段话来加以理解,因为写景抒情,能够做到"语语都在目前",必然同时是含义隽永。如王国维所举"采菊东篱下,悠然见南山",可用"语语都在目前"评之,也可用"不尽之意见于言外"评之。欧阳修就什么叫"状难写之景,含不尽之意,何诗为然"询问了梅尧臣,梅尧臣的解释道出了理解王国维的应有思路。梅尧臣说:"作者得于心,览者会以意,殆难指陈以言也。虽然,亦可略道其仿佛。若严维'柳塘春水漫,花坞夕阳迟',则天容时态,融和骀荡,岂不如在目前乎?又若温庭筠'鸡声茅店月,人迹板桥霜',贾岛'怪禽啼旷野,落日恐行人',则道路辛苦,羁愁旅思,岂不见于言外乎?"[1]在梅尧臣看来,那些"语语都在目前"的诗句,看起来是简单的,天然无雕饰,实际上却造语工巧,有很深的含义在内,只是难于明言罢了。这表明以"赋"法写景之句,也可以是含义不尽的。所以,如果看到在举例时偏向写景之句就断定王国维否定这样的诗里有情感,有蕴藏,其实是错解了他,也错解了诗学传统。如在目前,也是意在言外的。

但这绝对不是孤证,类同的亦多。如宋人张戒引用过《隐秀》篇的两句话:"情在词外曰隐,状溢目前如秀。"[2]若此句真的是《隐秀》篇的原文,那么,"如在目前"实早在刘勰那里就提出来了,而提出时的一些论据,也与后人所提论据相一致。如《隐秀》称:"如欲辨秀,亦惟

---

① 欧阳修:《诗话》,李逸安点校:《欧阳修全集》第五册,北京:中华书局,2001 年,第1952—1953 页。
② 张戒:《岁寒堂诗话》卷上,丁福保辑:《历代诗话续编》上,北京:中华书局,2017 年,第456 页。

摘句:'常恐秋节至,凉飙夺炎热',意凄而词婉,此匹妇之无聊也。'临河濯长缨,念子怅悠悠',志高而言壮,此丈夫之不遂也。'东西安所之,徘徊以旁皇',心孤而情惧,此闺房之悲极也。'朔风动秋草,边马有归心',气寒而事伤,此羁旅之怨曲也。"①此处所举的"思合而自逢,非研虑之所课"的例证,与后来王国维所举的天然无人工的那类例句高度契合。张戒另外一段话,倒真的与王国维没有任何差别了,他说:"渊明'狗吠深巷中,鸡鸣桑树颠''采菊东篱下,悠然见南山',此景物虽在目前,而非至闲至静之中,则不能到,此味不可及也。"②虽然张戒此处所强调的只有在至闲至静的审美心理状态下才能写出如此极佳的诗句,但其中的"虽在目前",也规定了描写景物、呈现生命特性所能达到的状态。

如元好问有"眼处心生句自神,暗中摸索总非真。图画临出秦川景,亲到长安有几人?"强调观察实景才能写出好诗。但"眼处心生"的状态若从写成的效果看,应是"语语都在目前"。注者所引注释也证明了这一点,一个是"景物兴会,无端凑泊,取之即是,自然入妙",一个是"诸眼于色,已正当见;及彼同分,是名眼处"。③"取之即是"与"已正当见"所产生的结果,当然是"语语都在目前"。元好问高度评价了《敕勒川》,王国维也引为"不隔"的例证。王国维曾引元好问论诗绝句,在《人间词话》手稿上有:"'池塘春草谢家春,万古千秋五字新。传语闭门陈正字,可怜无补费精神。'此遗山论诗绝句也。美成、白石(后删去'美成、白石')梦窗、玉田辈当不乐闻此语。"④此所谓"不

① 祖保泉:《文心雕龙解说》,第778页。
② 张戒:《岁寒堂诗话》卷上,丁福保辑:《历代诗话续编》上,第453页。
③ 元好问:《论诗三十首》,郭绍虞、王文生主编:《中国历代文论选》第2册,第450、454页。
④ 王国维:《〈人间词〉〈人间词话〉手稿》,杭州:浙江古籍出版社,2005年,第79页。

乐闻此语",是指创作上是"隔"的诗人是不喜欢主张"不隔"的元好问的。再如元代王绎论人物画时强调构思要做到"彼方叫啸谈话之间,本真性情发见,我则静而求之,默识于心,闭目如在目前,放笔如在笔底"。① 其中的"闭目如在目前"一经画成,当然也是"画面如在目前"。这种对于形象真切鲜明的肯定,同样是诗境所追求。张节末曾通过禅宗各派所涉及的"眼""见""目前"尤其是"隔"与"不隔"等词语的检读,明白无误地表明"语语都在目前"与"隔与不隔"有可能本于禅宗的"直观"思想。② 虽然他将"目前"与"直观"相关联的说法近于罗钢,但二者取范不同,罗钢取范叔本华,张节末取范禅宗,就后者言,也同样证明了"隔与不隔"绝非无源之水,它与传统有关联,是吸收禅宗思想的一个创造。"如在目前"实乃中国诗学的一个用语。

若作为诗学范畴来说,"不隔"继承了钟嵘的"直寻说"。钱锺书曾论及这个问题,但罗钢忽略而未予引述。钟嵘说:"至乎吟咏情性,亦何贵于用事?'思君如流水',即是即目;'高台多悲风',亦唯所见;'清晨登陇首',羌无故实;'明月照积雪',讵出经史?观古今胜语,多非补假,皆由直寻'。"③钟嵘认为,撰写有关国家大事、歌功颂德的文章,也许需要引经据史,多多用典,但对于"吟咏情性"的诗歌创作来说,就没有必要借代与用典。钟嵘提出的"古今胜语皆由直寻"与王国维的"语语都在目前"相一致,因为"直寻"即是直书所见,要创造"不隔"的艺术效果。钟嵘在另一处评价谢灵运时用了"寓目辄书,内

① 王绎:《写像秘诀》,引自俞剑华:《中国古代画论类编》上,北京:人民美术出版社,1998年,第485页。
② 参见张节末:《法眼、"目前"和"隔"与"不隔"——论王国维诗学的一个禅学渊源》,《文艺研究》,2000年第3期。
③ 吕德申:《钟嵘诗品校释》,北京:北京大学出版社,1986年,第93—94页。

无乏思,外无遗物"①的评语,强调的也是同样意思,即"直书所见"可以达到完整地表现自己的思想情感,又能精准地把握事物的基本特征这两个目的,如此一来,呈现于人前的当然是一组生香活色的鲜明意象。王国维也像钟嵘那样赞扬谢灵运,把他视为"不隔"的代表,当然也认同谢诗"不隔"的原因是"寓目即书"。钟嵘感叹"自然英旨,罕值其人"。② 王国维又何尝不是? 他们反对用典的风气,追求的当然是不用典却能达到极高艺术水准的创作实践。在钟嵘那里,倡导"直寻"是对齐梁之后形式主义诗风的不满与矫正;在王国维这里,主张"不隔"又何尝不是对明清以来诗歌创作重蹈形式主义诗风的担忧与矫正?"直寻说"与"不隔说",都承载了在特定历史关头变革诗风的重要职责。

若由那些专门治古代文论的学者来讨论这个问题,应当能够找到更多的例证、建立更好的理论线索来证明"隔与不隔"是属于中国的。我想说的是,即使承认在形成"隔与不隔"的过程中王国维受到西人思想的极大启发,那也无法斩断它与传统之间的血脉关联,只是这个"'隔'与'不隔'的分别是从前人所未道破的",而王国维道破它罢了。③

三

我们在上文提供的材料,并不难找到,但罗钢为什么避而不

---

① 吕德申:《钟嵘诗品校释》,第 89 页。
② 吕德申:《钟嵘诗品校释》,第 94 页。在诗歌创作上强调追求"自然平淡"风格的,所举例证大都与王国维所举"不隔"的例证相一致,可见"不隔"与"自然"具有"家族相似性"。(参见周振甫《诗词例话》中"自然"条)
③ 朱光潜:《诗的隐与显——关于王静安的〈人间词话〉的几点意见》(1934),《朱光潜全集》第 3 卷,第 355 页。

取呢？这与他的阐释意图有关，在形成了回避中国材料的阐释策略以后，压制"隔与不隔"与中国传统的本然联系，成为不选之选。实际上，在研究王国维时形成了三种阐释策略，服务于三种阐释意图，也产生了三种阐释效果。一种是罗钢的"以西释王"，一种是唐圭璋等人的"以中释王"，一种是钱锺书的"以原理释王"。

所谓的"以西释王"是指从事比较文学的"影响研究"，通过跨文化的视野，揭示不同文本之间的影响关系。实施这种"影响研究"，罗钢是非常合适的人选，他具有比较文学研究的深厚学养与经验，在研究王国维与西方思想之间关系时，细致深刻，有诸多发现，以至童庆炳会在序文中这样说："一般研究者都有一种误解，认为王国维的《人间词话》是用文言写的，其主要研究对象是五代以来的词，又使用了中国古代诗论和美学中很多词语……所举诗词的例子也都是古代的佳作，因此就认定王国维的'意境说'必然是在继承了中国古代诗论和美学的基础上而形成的新的理论建构。罗钢通过他的研究，破除了这些误解，揭开了词语现象的掩饰，看清楚了王国维诗学的思想实质。他用一系列的证据，证明了王国维的'境界说'与中国古代诗论、美学无关，它借用叔本华的认识论美学和海甫定、谷鲁斯等人的心理学美学作为理论支点，看似是中国化的理论创新，实则是德国美学理论的一次横向移植。罗钢从寻找王国维'境界说'立论的思想来源入手，从根本上说明了王国维'境界说'的核心不过是叔本华认识美学的翻版而已。"[1]尽管我不完全同意这样的评价，但在出现了罗著以后，要想说清王国维的某个概念是中国的，确实不再那么理直气壮

---

[1] 童庆炳：《文学理论发展的新趋势（代序）》，罗钢：《传统的幻象：跨文化语境中的王国维诗学》，第2页。

了,恐怕得小心谨慎。不过,我们认为有一个原则要坚持,那就是在阐释王国维所使用的中国概念时,可以挖掘而发现其中的西方思想的重要影响,这个概念既然是中国的,它的核心内涵当然是有中国特色的,不然我们就无法说清王国维为什么使用中国概念还不直接使用西方概念这个根本问题。如"境界说",不论其间受到叔本华等人的多少影响,它也还是一个中国概念,不可能等同于西方的任何范畴。如罗钢将王国维弃用"语语都是直观"启用"语语都在目前"视为一次"理论掩饰",在我看来,这又何尝不是理论反思呢,即王国维意识到在这里不便使用"直观"或"直观"不能准确表达他的思想,他才弃用"直观"。如此一来,只表明他受到"直观"的影响,但最后还是超越了"直观"影响。

我们认为,"以西释王"本来是一种中性的阐释策略,可由于罗钢将其后殖民化,以为吸收了西方的理论,就压抑了本民族的主体性,使得阐释陷入了矛盾:用新的西方理论来反驳旧的西方理论在中国的传播与接受。在剖析王国维接受西方理论时,罗钢非常担心过去的西方理论吞噬了中国传统的主体性,所以质疑西方理论的普适性;可在自己从事研究时,却又处处采用新的西方理论来对付王国维,以后殖民理论、文化霸权理论、现代阐释学理论、学术神话理论证明王国维的理论不是原创。这种论证逻辑一旦确立起来,将会永远地置中西文论的交流于一种被动地位,使得只有中断交流,才能回归传统的主体性,这正是罗钢援引唐圭璋等人的根本原因。"以西释王"因在罗钢的阐释中负载了过多的后殖民理论色彩,难免变成将王国维打扮成一个理论上"真洋鬼子"的工具,减弱了揭示问题的恰当性。

所谓的"以中释王"就是从中国传统诗学的角度阐释王国维,看其与传统之间的传承与变革关系。① 但由于传统是多面的，"以中释王"也会形成不同的路径，有的发掘王国维与传统的传承性，有的发掘王国维对传统的突破。如唐圭璋强调"描写景物，何能尽词之能事"，②以此质疑王国维的忽略抒情写意，可为一说。但同时也要看到，描写景物者并非就与抒情无关，这已如上述，何况王国维并不否定抒情写意。也可如罗钢所引吴乔语"画也，非诗也"，③认为"诗中有画"没有什么重要性。但同时也要看到，王国维对于传统诗学某些观念的背离，是有意的，因为传统可以在继承中延续，也可以在背离中延续，没有前者往往会断线，没有后者往往无创新。其实，在贯彻"以中释王"时，如何发现并肯定王国维的创新倒是特别重要的。如就清代词坛而言，先形成的浙派以朱彝尊为代表，朱彝尊就说过："数十年来，浙西填词者，家白石而户玉田，春容大雅；风气之变，实由先生。"④至常派出，始于张惠言，光大于周济，倡导比兴，主张"意内而言外"，⑤反对无病呻吟。龙榆生评"浙派之构成，实奉姜夔为'圭臬'，而直接南宋典雅派之系统者也"。⑥ 评常派"学者竞崇'比兴'，别开涂术，因得重放光明；此常州词派之所以盛极一时，而竞夺浙派之席也"。⑦ 但很显然，这样的变革要求，不符合王国维的宏大愿望。中国诗文的传承，一直有个传统，即向最兴盛的时期学习，故有"文必秦汉""诗必盛

① 彭玉平：《人间词话疏证》可谓"以中释王"的代表，提供了诸多例证，可证王国维与传统诗学的内在关联性。若将彭著与罗著关于同一概念的不同寻源对照来读，可以窥见王国维诗学在取范中西时是如何创新的。因罗著没有涉及此书，故从略。
② 唐圭璋：《评〈人间词话〉》(1938)，引自姚柯夫编：《〈人间词话〉及评论汇编》，第93页。
③ 吴乔：《围炉诗话》，郭绍虞编选：《清诗话续编》上，上海：上海古籍出版社，1983年，第478页。
④ 朱彝尊：《曹溶〈静惕堂词〉序》，陈乃乾辑：《清名家词》第1卷，上海：上海书店出版社，1982年。
⑤ 《张惠言论词》，唐圭璋：《词话丛编》第2册，第1617页。
⑥ 龙榆生：《中国韵文史》，第143页。
⑦ 龙榆生：《中国韵文史》，第150页。

唐"之说。浙派与常派没有遵循这个规律，尤其是提倡"典雅""比兴"，以南宋词学为师，甚至要滑向"诗教"，[①]在王国维看来，已经无法起到革新作用，所以才一反明清两代词风，要上溯到北宋这个最为兴盛的时期来寻找革命力量。诚如所评："夫自南宋以后，斯道之不振久矣！元、明及国初诸老，非无警句也。然不免乎局促者，气困于雕琢也。嘉道以后之词，非不谐美也。然无救于浅薄者，意竭于摹拟也。君之于词，于五代喜李后主、冯正中，于北宋喜永叔、子瞻、少游、美成，于南宋除稼轩、白石外，所嗜鲜矣。尤痛诋梦窗、玉田。谓梦窗砌字，玉田垒句。一雕琢，一敷衍。其病不同，而归于浅薄。六百年来词之不振，实自此始。"（《人间词》甲稿序）王国维所批评的"浅薄""模拟""雕琢""局促"等，与浙派与常派所看到的问题，大抵相近，但他的革新方案不同。原因在于，以诗的"比兴"来革新词作，也许就不符合词初始所带有的生命密码。以"典雅"来寻求词的突破，也许本身就不足以胜任这项重任。章太炎也有此类想法，说的是诗，但可与王国维说词相表里，其革新方案也是"向上"一路。他说："元、明、清三代诗甚衰，一无足取。""诗至清末，穷极矣。穷则变，变则通；我们在此若不向上努力，便要向下堕落。所谓向上努力就是直取汉、晋，所谓向下堕落就是近代的白话诗。"[②]罗钢说王国维不懂"比兴"，是受了叔本华的影响。[③] 其实，王国维要师承北宋，才造成了这种状况，因为北宋词处于初盛阶段，元气淋漓，不可凑泊，实为天籁之音。王国维所向往者是自然本色，所以不重"比兴"的辞隐旨深，也不重典雅的

---

① 朱彝尊在《静志居诗话》开篇"明太祖"条下歌颂朱元璋开创了"文明之治"，成"三百年诗教之盛，遂超轶前代矣"。（黄君坦校点：《静志居诗话》，北京：人民文学出版社，1990年，第1页）
② 章太炎：《国学概论》，上海：上海古籍出版社，1997年，第65—66页。
③ 参见罗钢：《传统的幻象：跨文化语境中的王国维诗学》，第331页。

精工细刻与悠游不迫。只有从文学革命角度来理解王国维的选择传统,才能明白他的诗学意义。①罗钢看到了"王国维对于浙、常二派的主流词学观念,有意识地采取了一种整体性的对抗姿态",②却未予认同,原因正是没有从文学革命的角度来观察王国维。后来的事实证明,当王国维主张回到北宋,回到自然本色,实引起了"五四"文学革命的强烈呼应,后起的白话文学潮流中包含了王国维的诸多开拓之力。

所谓的"以原理释王"是指从一般文学原理的角度阐释王国维。此种阐释策略是从某一概念的提出是否有利于解读一般文艺作品出发,并着力说明该概念在某一概念体系中的自身定义与相互关系,但不以探索其历史发生为终结点。被罗钢故意不论的钱锺书就是此一方面的代表。

钱锺书是在何种意义上讨论"不隔"的呢?首先是从讨论翻译开始,但也将之视为"一切好文学的标准"来加以定位。他说:"王氏其他的理论如'境界'说等都是艺术内容方面的问题,我们实在也不必顾到;只有'不隔'才纯粹地属于艺术外表或技巧方面的。在翻译学里,'不隔'的正面就是'达'……作者把所感受的经验,所认识的价值,用语言文字,或其他的媒介物来传给读者。"这用于解释翻译是可以的,用于解释文学的表现技巧与效果也是可以的。所以,钱锺书又更加具体地指出:"按照'不隔'说讲,假使作者的艺术能使读者对于这许多情感、境界或事物得到一个清晰的、正确的、不含糊的印象,像

---

① 彭玉平也指出:王国维是"善辟新域以引领风气者","若依词史而论,则未免自限门庭而堂庑未张;若就济世而言,则宛然导引时流而厥功甚伟"(《人间词话疏证》,第1—2页)。但"堂庑未张"一语似不妥,正是堂庑张大,王国维才有文学革命的举措,否则,限于浙派与常派的言论,那就无法开创新的局面。

② 参见罗钢:《传统的幻象:跨文化语境中的王国维诗学》,第190页。

水中印月，不同雾里看花，那么，这个作者的艺术已能满足'不隔'的条件：王氏所谓'语语都在目前，便是不隔'，所以，王氏反对用空泛的词藻，因为空泛的词藻是用来障隔与遮掩的，仿佛亚当与夏娃的树叶，又像照相馆中的衣服，是人人可穿的，没有特殊的个性，没有显明的轮廓（contour）。"钱锺书认同"不隔"的要求，认为"不隔"可真切地而非模糊地、正确地而非歪曲地表现对象，并使读者获得"清楚不含混的印象"。钱锺书借"树叶"与"衣服"之比，还揭示了"不隔"的一个深层特点即尊重事物的个性而非抹杀个性，可见"不隔"虽然是表现好坏的问题，从根子上说，也是能否尊重事物个性即事物生命特点的问题，只有尊重与表现了事物的生命特点，才能达到"不隔"状态。当然，钱锺书不赞同"不隔"就是反对用典，认为若这样，会窄化"不隔"的理论意义，指出："我们该注意的是：词头、套语或故典，无论它们本身是如何陈腐丑恶，在原则上是无可非议的；因为它们的性质跟一切譬喻和象征相同，都是根据着类比推理（analogy）来的，尤其是故典，所谓'古事比'。假使我们从原则上反对用代词，推而广之，我们须把大半的文学作品，不，甚至把有人认为的文学作品一笔勾销了。"这与唐圭璋等人的理解有区别。"以中释王"的唐圭璋等人是从二元对立的角度来看"不隔"的，一旦"不隔"不能概括另一种艺术经验与效果（即比兴），就加以否定。"以原理释王"的钱锺书是从一般与特殊的角度来看"不隔"的，就一般原理而言，"不隔"所欲表现的是艺术的状态与效果，至于是用什么样的表现技巧来实现之，则没有什么特别的规定与限制。所以用典或不用典，都要以能否给人"清晰不含混的印象"这个效果为判断标准。"用典"不能达到，就要反对"用典"；"用典"能够达到，也无完全反对之必要。证之以王国维，他又何尝不是如此。尽管他多处举了"用典"来作反面的例子，可同样擅长"用典"的辛弃疾却受到他的推崇，表明他并非绝对派。他的词作也是用典的，不过用得"不隔"而已，得到了胡适这个反对用典的文学革命家的赞扬。胡适曾引王国维咏史诗中"虎狼在堂屋，徙戎复何补。神州遂陆沉，百年委榛莽。寄语桓元子，莫罪王夷甫"，认为全诗专论晋代历史，涉及司马氏、曹操、荀彧、贾充、石崇、季伦、祖逖、戴渊、桓元子、王夷甫等人，用典不少，可因为用得贴切自然，没有模糊史事的流畅呈现，获得胡适高评："此亦可谓使事之工者矣。"①这或者亦如俞陛云所说："咏物用典能贴切固佳，能用典切题而兼有意则尤佳。昔人诗《过贾谊宅》云：寒林空见日斜时。用庚子鹏鸟事。《隋宫》云：终古垂杨有暮鸦。用隋堤栽柳事。《桃花》云：怪他去后花如许，记得来时路也无。用崔护重来事及《桃花源记》。雅切而又活泼。咏物数典者，可以此类推。"②俞陛云的看法是，如果用典既能切题，又能表现出某种意味，这样的话，所用典就是典雅与生动的，可增加诗歌的意境表现力。所以，他不反对用典，而是主张典要用得好。我们认为，这与王国维的反对用死典的观点也是相通的。可见，用典与否，取决于是加强还是削弱诗作的艺术水平。最得王国维"不隔"精义的应是胡适与钱锺书。

　　钱锺书不满意朱光潜以"隐与显"来说"隔与不隔"。朱光潜的观点是："诗以情趣为主，情趣见于声音，寓于意象。"以此为标准，他认为"隔与不隔"的提出自有道理，道理就是"情趣与意象恰相熨帖，使人见到意象便感到情趣，便是不隔"。但如果"拉来硬凑成典故，'谢家池上，江淹浦上'意象既不明瞭，情趣又不真切，所以'隔'"。可接下来他又说："深情都必缠绵委婉，显易流于露，露则浅而易尽。"开始

① 胡适：《文学改良刍议》，《新青年》，1917 年第 2 卷第 5 号。
② 俞陛云：《诗境浅说》，北京：中华书局，2012 年，第 2 页。

用诗的"隐与显"来检测"隔与不隔",认为"'显'与'隐'的功用不同,我们不能要一切诗都'显'。说赅括一点,写景的诗要'显',言情的诗要'隐'"。所以又认为"王先生的话太偏重'显'了"。① 朱光潜摇摆于"以中释王"与"以原理释王"之间,当其强调真切的情趣要获得明瞭的意象来表达时,他接近于钱锺书,因为这讲的是文艺创作的一个基本原理;② 当其从"隐"与"显"角度来评"隔与不隔"时,他实开唐圭璋等人从"比兴"评"隔与不隔"之先河,转向了艺术风格问题,这不属于创作的表现原理。朱光潜将二者混淆了。

实际的情况是"显"(赋)的艺术风格的创作应当要求"不隔","隐"(比兴)的艺术风格的创作也应当要求"不隔"。钱锺书正如此论述"隔与不隔":"有人说'不隔'说只能解释显的、一望而知的文艺,不能解释隐的,钩深致远的文艺,这便是误会了'不隔'。'不隔'不是一桩事物,不是一个境界,是一种状态(state),一种透明洞澈的状态——'纯洁的空明',譬之于光天化日;在这种状态之中,作者写的事物和境界得以无遮隐地暴露在读者的眼前。作者的艺术的高下,全看他有无本领来拨云雾而见青天,造就这个状态。所以,'不隔'并不是把深沉的事物写到浅显易解;原来浅显的写来依然浅显,原来深

---

① 以上引朱光潜未注均见:《诗的隐与显——关于王静安的〈人间词话〉的几点意见》(1934),《朱光潜全集》第 3 卷,第 355—357 页。
② 朱光潜说:"诗的疆土是开发不尽的,因为宇宙生命时时刻刻在变动进展中,这种变动进展的过程中每一时每一境都是个别的,新鲜的,有趣的。所谓'诗'并无深文奥意,它只是在人生世相中见出某一点特别新鲜有趣而把它描绘出来。这句话中的'见'字最吃紧。特别新鲜有趣的东西本来在那里,我们不容易'见'着,因为我们的习惯蒙蔽住我们的眼睛,我们如果沉溺于风花雪月,也就见不着阶级意识中的诗;我们如果沉溺于油盐柴米,也就见不着风花雪月的诗。……诗人的本领就在见出常人之以不能见,读诗的用处也就在随着诗人所指点的方向,见出我们所不能见;这就是说,觉得我们所素认为平凡的实在新鲜有趣。……诗人和艺术家的眼睛是点铁成金的眼睛。"(《谈读诗与趣味的培养》,《朱光潜全集》第 3 卷,第 353—354 页。)此处的"见"也期待艺术创作能有透明的表现。

沉的写到让读者看出它的深沉,甚至于原来糊涂的也能写得让读者看清楚它的糊涂……所以,隐和显的分别跟'不隔'没有关系。比喻、暗示、象征,甚而至于典故,都不妨用,只要有必须这种转弯方法来写到'不隔'的事物。"①

　　钱锺书基于什么理由做出上述分析呢? 这与他强调中西文学的共通性有关,反映在文学观上就是"打通"中西,寻求原理。他说:"东海西海,心理攸同;南学北学,道术未裂。"②又说:"我们讲西洋,讲近代,也不知不觉中会远及中国,上溯古代。人文科学的各个对象彼此系连,交互映发。"③后来又说:"弟之方法并非'比较文学'……而是求'打通'。以中国文学与外国文学打通,以中国诗文词曲与小说打通……皆'打通'而拈出新意。"④依此,他所寻的不是"不隔"与自身传统的是否吻合,而是寻找"不隔"作为一种原理,它是各种交集的产物,由此再引申出它的基本含义。中国的材料,他引的;西方的材料,他也引的;翻译上的材料,他引的;文学上的材料,他也引的。他没有矮西人一等的感觉。即使黑格尔认为中文不利于思辨,钱锺书也强调不必多怪,担心的倒是形成片面的抵抗心态,"使东西海之名理同者如南北海之马牛风",造成不能"打通"的可惜。⑤ 钱锺书体现了一种理论自信,没有文化恐惧。他在论及中国文学史时十分注意自身的特殊性,可在文论上却不进行非此即彼的对立架构,从而使其能够从原理角度去细心体会某一概念是否揭示了某一创作现象,而不以

---

① 以上引钱锺书未注均见《论不隔》(1934),《写在人生边上　写在人生边上的边上　石语》,第95—98页。
② 钱锺书:《谈艺录·序》,《谈艺录》上卷,北京:三联书店,2001年,第1页。
③ 钱锺书:《诗可以怨》,《七缀集》,第150页。
④ 郑朝宗:《〈管锥编〉作者的自白》,《人民日报》,1987年3月16日。
⑤ 钱锺书:《管锥编》(一)上卷,北京:三联书店,2001年,第4页。

概念的"出身"来论优劣对错。刘若愚后来主张超越具体作家作品的比较而进行文艺思想的比较,期望"揭示出某些批评观念是具有世界性的,某些观念限于某些文化传统,某些观念只属于特定的文化传统"。[①] 与此同理,也表明深入原理层面的比较,远胜过具体文学现象层面的比较。原理层面的比较是在打造"知识的联合国",而语境论的比较易滑向"知识的地方性"。我不否认从事后者研究的必要性,但指向前者才是一种更大的怀抱。实际上,自外于世界,无论你的理论多么宏富,都将只是地方性的知识而无法作用于更广大领域,那是自我设限。

笛卡尔曾说:如不与其他事物相遇,决计无任何事物改变。相遇已成为改变世界的机遇,相遇也成为改变中国文化的机遇。王国维的《人间词话》是相遇的产物,同时包含了中国智慧与西方智慧。

---

① 刘若愚:《中国的文学理论》,田守真、饶曙光译,成都:四川人民出版社,1987年,第3—4页。

第九章 『诗史说』

——钱锺书的「舍」与王国维的「取」

"诗史"是中国传统诗学的一个重要概念,从唐五代提出以后,所论者代不乏人。尤其是与杜诗相关联,"诗圣"之名强化了"诗史说"的有效性,"诗史说"强化了"诗圣"之诗的深刻性,二者可谓相得益彰。不过,它也遭遇质疑,现代诗学大家钱锺书的加入,不能不引起我们的兴趣。钱锺书与"诗史说"之间到底是一种内在的排斥关系还是可以对话的关系,这得在分析过后予以结论。而王国维的情况有所不同,他既强调文学的审美独立,又论述文学与历史的相关性,倒与"诗史说"相近,证明文学审美论可以与"诗史说"并存。若就此引申开去,可判定文学审美论应是一种开放的观念,它能广泛地与历史、社会、政治、宗教、伦理等关联,可又以审美为核心而结构自身,从而既是审美的,又是社会的,或者说,既是社会的,又是审美的。审美可外化于社会,社会应内化于审美。因此,用王国维的诗学经验去对照钱锺书的诗学经验,不仅可映照两人的不同诗学个性,也可在更加宽广的视域里建构诗学体系。鉴于诗学体系是一个更加复杂的问题,此处不论,这里先说他们与"诗史说"的亲与疏,一个"舍",一个"取",以见"诗史说"现代传承可能出现极不相同的诗学景观。

一

　　不妨略述"诗史说",以明钱锺书所反对的是什么。

学界均认为正式的诗学命题"诗史"概念出自晚唐孟棨《本事诗·高逸第三》中："杜逢禄山之难，流离陇蜀，毕陈于诗，推见至隐，殆无遗事，故当时号为'诗史'。"①孟棨的"本事说"出自《汉书·艺文志》："丘明恐弟子各安其意，以失其真，故论本事而作传，明夫子不以空言说经也。《春秋》所贬损大人当世君臣，有威权势力，其事实皆形于传，是以隐其书而不宣，所以免时难也。"依此可知，"本事"指当代历史事实，"本事诗"指描写当代历史事实的诗歌。"推见至隐"一词来自《史记·司马相如列传》："《春秋》推见至隐，《易》本隐之以显。"据此可知，"推见至隐"是《春秋》的叙事方法，即指推测出或揭示出历史的真实所在，而这是需要见识与勇气的。由孟棨所用的两个典故来看，可知《本事诗》说的"诗史"一词与《春秋》有关，所以它是指运用"春秋"笔法来叙写历史活动，因而具有历史特性。又与"明夫子不以空言说经"有关，说明"诗史"精神是一种写实精神。孟棨以杜甫为"诗史"典范，树立了"诗史"的具体批评标准，实为启示后人要从杜诗中发掘"诗史"内涵，创造出具有"诗史"品格的作品。

细味孟棨的这段话，有三点值得重视：其一，称杜诗为"诗史"，是指杜诗所反映的是当下社会的真实即"禄山之难"时的社会生活，诗歌创作若未直接反映当下生活，不可称之为"诗史"。其二，用"毕陈于诗"来评杜诗，意味着杜诗是毫无避讳之嫌的"实录"，即"其文直，其事核，不虚美，不隐恶，故谓之实录"。②明王嗣奭评《八哀诗》亦有："此八公传也，而以韵语纪之，乃老杜创格。盖法《诗》之《颂》，而

---

① 孟棨：《本事诗》，丁福保辑：《历代诗话续编》上，第 15 页。
② 班固：《司马迁传》，《汉书》卷 62，北京：中华书局，2007 年，第 622 页。

称为诗史,不虚耳。"①"创格"指杜甫有"以诗为史"的自觉意识和首创精神,并能以这样的方式来反映现实,参与政治斗争。杜诗之所以能够成为"诗史",关键在于它与现实政治生活密不可分。其三,至于"当时号为'诗史'",表明杜诗甫一面世,就获得了广泛认同,这说明"诗史"之作具有深刻的社会影响力,是创作中理应追求与实现的一种创作方式。

而且,孟棨在《本事诗·序目》中也说:"诗者,情动于中而形于言。故怨思悲愁,常多感慨。抒怀佳作,讽刺雅言,虽著于群书,盈厨溢阁,其间触事兴咏,尤所钟情,不有发挥,孰明厥义?"其中"触事兴咏,尤所钟情"表明诗是"感物而动"的,"杜逢禄山之难,流离陇蜀"就是"感物而动"的契机。如此,"诗史"之作既是言志又是缘情,是情志二者的结合,包含了丰厚的思想情感意义,这是后世评价杜诗时予以"沉郁顿挫"美誉的根源所在。孟棨的"诗史说"建构了一个"春秋义理"和"情志"理论相融汇的诗学论述框架,②在这里,"春秋义理"在历史叙述过程中内含的褒贬,所负载的政治观念与道德观念,跟"情志"之诗相结合,具有了广阔深厚的意义生成空间。总之,孟棨对杜甫"诗史"的概括,实际上已经较为明确地指出了"诗史"文学所特有的现实政治内涵与诗学特性,引导了后世关于"诗史"的理解——寻求诗与史的深刻结合。

更为广泛地来看"诗史"概念,它蕴含在儒家文论观中。"诗史"的最初显露应为孔子的"可观说",与采风一致;"诗史"的雏形应为《毛诗序》中的"变风变雅"之说,"变"正是时代之变的称谓,也是诗歌

① 王嗣奭:《杜臆》,吴文治主编:《明诗话全编》第 6 册,南京:江苏古籍出版社,1997 年,第 6568 页。
② 参见张晖:《中国"诗史"传统》,北京:三联书店,2012 年,第 11—16 页。

随着现实生活的变迁而发展的一种特性。

孔子提出的"可以观"与古代采风制度相关。"可以观"本指"观风俗之盛衰"(郑玄语),就是从诗中来考见政治上的得失成败,以为今后政治治理的参考借鉴。从记载中可知,从春秋开始,就有相应的政府机构从事这一采风活动,通过诗歌了解国家政治生活情况。相关史书上有这方面的记载:

《春秋·公羊传》上有:"从十月尽正月止,……男年六十,女年五十无子者,官衣食之,使民间求诗。""故王者不出户牖,尽知天下所苦。"可见采风制度的确立,就是为了搜集民情,了解民间生活状况。

《汉书·艺文志》也说:"古有采诗之官,王者所以观风俗,知得失,自考正也。"《汉书·食货志》则描述了采风情形:"孟春三月,群居者将散,行人振木铎徇于路以采诗,献之太师,比其音律,以闻于天子。"

司马迁《史记·乐书》则认为:"州异国殊,情习不同,故博采风俗,协比声律,以补短移化,助流政教。"强调采风是为了广泛掌握不同地区的国情,以便进行治理与教化。

隋代王通《中说·问易》中有:"诸侯不贡诗,天子不采风,乐官不达雅,国史不明变,呜呼,斯则久矣,《诗》可以不续乎!"将采风等与国史明变相结合,可见采风是一件非常重要的政治活动。

明代刘若愚《酌中志·大内规制纪略》指出:"世之君子,当不讳之朝,思采风之义,史失而求诸野,闲中一寓目焉,未必不兴发其致君泽民之念也。"其中的"史失而求诸野"是指真实的生活情况存在于民间而不存在于官府的记录之中,可见采风就是寻找真实历史的一种活动。"诗"与"史"的内在结合是采风的核心价值所在。

诗有正变之说,是依据诗歌所表现的历史时代不同而加以区分的。如詹福瑞指出:"以史论诗,通过揭示《诗经》的史事来传达政教的思想,是汉儒说《诗》的共同特点,而代表了汉儒说《诗》文学观念的则是《毛诗序》。"①正是汉儒释《诗》明确提出了"变风变雅"的概念,成为"诗史说"的源头之一。《毛诗序》有:

> 情发于声,声成文谓之音。治世之音安以乐,其政和;乱世之音怨以怒,其政乖;亡国之音哀以思,其民困。故正得失,动天地,感鬼神,莫近于诗。
>
> ……
>
> 至于王道衰,礼义废,政教失,国异政,家殊俗,而变风变雅作矣。国史明乎得失之迹,伤人伦之废,哀刑政之苛,吟咏性情,以风其上,达于事变而怀其旧俗者也。故变风发乎情,止乎礼义。发乎情,民之性也;止乎礼义,先王之泽也。②

《毛诗序》对诗的解释,通过"情志说"转入对诗歌指涉政治的功能认定,进一步明确了"声音之道与政通"的观念意识。在这里,"变"指的是世变,指时世由盛变衰,政教纲纪大坏。"变风变雅"之说,证明了孔子的"诗可以观"。《毛诗序》从"国史"依其所职所学,推衍出诗产生时所应具有的社会历史背景以及由此所映衬出的作者在世心态与体验结构,表现出一种全盘性的社会政治关注。《诗小序》在《六月》序中评论道:"《六月》,宣王北伐也。《鹿鸣》废则和乐缺矣,《四牡》废则君臣缺矣,《皇皇者华》废则忠信缺矣,《常棣》废则兄弟缺矣,《伐木》废则朋友缺矣,《天保》废则福禄缺矣,《采薇》废则征伐缺矣,

---

① 詹福瑞:《中古文学理论范畴》,北京:中华书局,2005年,第40页。
② 《毛诗序》,郭绍虞、王文生主编:《中国历代文论选》第1册,第63页。

《出车》废则功力缺矣,《杕杜》废则师众缺矣,《鱼丽》废则法度缺矣,《南陔》废则孝友缺矣,《白华》废则廉耻缺矣,《华黍》废则蓄积缺矣,《由庚》废则阴阳失其道理矣,《南有嘉鱼》废则贤者不安,下不得其所矣,《崇丘》废则万物不遂矣,《南山有台》废则国之基坠矣,……《小雅》尽废,则四夷交侵,中国微矣。"①序言中"废"与"缺"二字的频繁迭用,表示整个社会的失序,而归结于"四夷交侵,中国微矣"的深沉担忧,实是汉儒释《诗》之反思历史以认识现实的理性自觉与感时伤乱的忧患情怀的显现。

汉儒明确提出"变风变雅"的用心,是注重从诗中所反映的风俗民情的好坏来考察时代社会的兴衰变迁。这种批评方法,因故意坐实诗与时代之关系,难免过度阐释,离开了就诗论诗的审美批评,从事的是社会历史文化批评。但不可否认,社会历史文化批评也是从事文学研究的一种正当方法,它实指诗的创作年代,揭示诗中反映的社会现实,以诗观史,丰富了文学研究。其中"国史明乎得失之迹"一句,可谓"诗史说"的滥觞,说明诗歌的可贵之处在于能够反映社会现实的变化,及时描写政治治理的兴衰演替,明了一国历史的得失之处,为生活提供某种启示与趋向。所以,作者肯定"变风变雅"存在的合理性,就是认定诗歌可以反映黑暗、破败的现实生活,确认诗歌具有反映社会现实的正义性与批判性。

郑玄更进一步地指出是在政治治理崩坏的情况下,发生了"善者谁赏,恶者谁罚"的混乱状态,所以才产生了"变风变雅",而创作这些反映现实黑暗的诗歌,不是为了批判而批判,是为了"足作后王之

---

① 毛亨传、郑玄笺、孔颖达疏、陆德明音释:《毛诗注疏》(中),上海:上海古籍出版社,2015年,第902页。

鉴"。① 可见,提出"诗史"概念,就是"以史为鉴,可以正兴替",试图从"诗史"作品中寻找治理国家的正确途径。

《淮南子·氾论训》的相关说明与此一致,它指出:"王道缺而《诗》作,周室废、礼义坏而《春秋》作。《诗》《春秋》,学之美者也,皆衰世之造也,儒者循之以教导于世,岂若三代之盛哉!"②文中将《诗》与《春秋》并举,承认诗歌是"儒者循之以教导于世"的方式,其中所包含的诗歌救世的理念,与《毛诗序》相一致。

就"正风正雅"与"变风变雅"的提法来看,它们都以反映现实政治为创作目标,但"变风变雅"更接近"诗史"概念,它更加突出诗歌与时代现实之间的直接对应,并且强调诗歌的现实政治批判功能。从根本上来讲,"诗史说"正是儒家诗学思想的反映与深化。而"正风正雅"则有维护现实统治的嫌疑,不能更深刻地揭示现实政治的黑暗与丑恶,在很大的程度上是有悖于"诗史"精神的。

清人对于"诗史说"多有贡献。吴伟业提出了"心史说",他指出:"古者诗与史通,故天子采诗,有其关于世运升降、时政得失者,虽野夫游女之诗,必宣付史馆,不必其为士大夫之诗也;太史陈诗,其有关于世运升降、时政得失者,虽野夫游女之诗,必入贡天子,不必其为朝廷邦国之史也。……映薇之诗,可以史矣!可以谓之史外传心之史矣!"③吴伟业强调,古代采诗制度规定,不论诗作出自何人之口,只要有补于政治治理,就必须予以重视。其中提到了"传心之史",说明"诗史"并非只是写现实中存在的事实,而是要写出现实在人的心灵

① 郑玄:《诗谱序》,毛亨传、郑玄笺、孔颖达疏、陆德明音释:《毛诗注疏》上,第9页。
② 《诸子集成·淮南子》,上海:上海书店,1991年,第214页。
③ 吴伟业:《且朴斋诗稿序》,李学颖集评标校:《吴梅村全集》下,上海:上海古籍出版社,1990年,第1205—1206页。

中的反映,通过"写心"来实现"写史"目的,替"诗史"开辟了一条表现途径,也切合文学创作作为"心学"的特性。章学诚既肯定了前人的"诗史说",又赓续了这一观念,他认为:"唐人诗话,初本论诗,自孟棨《本事诗》出,亦本《诗小序》(指《毛诗》中列于各诗之前解题的文字——引者注)。乃使人知国史叙诗之意;而好事者踵而广之,则诗话而通于史部之传记矣。"①章学诚这一深具历史意识的断语,明确指出《本事诗》的"国史叙诗之意",说明"诗史说"的源头在《毛诗序》所提出的"变风变雅"之中。周济将"诗史"概念引入词论,认为:"感慨所寄,不过盛衰;或绸缪未雨,或太息厝薪,或已溺已饥,或独清独醒,随其人之性情学问境地,莫不有由衷之言。见事多,识理透,可为后人论世之资。诗有史,词亦有史,庶乎自树一帜矣。若乃离别怀思,感士不遇,陈陈相因,吐沈互拾,便思高揖温、韦,不亦耻乎!"②从周济的观点看,他将词作区分为两类:一类是记录历史的盛衰过程,可为后人观史论史的资源;一类是抒写个人的情怀,但若陈陈相因,即使构思高妙,也不是什么光彩之事。可见周济向词坛输入"诗史"概念而形成"词史"概念,意在为词作注入社会政治内涵,从而可与社会政治的变迁相关联。一般而言,词作是以抒写个人情感见长的,所谓"诗之境阔,词之言长"(《人间词话》删稿十二)是也。这种引诗入词的做法,就是有所不满于词作的狭隘与浅薄之弊,要提升词作介入社会现实的功能。至有清一代,"诗史"观念依然成为中国文论中肯定文学与社会现实政治有着紧密关联的观察角度之一,并将其视为文学的价值之一,可谓大大提高了"诗史说"的理论地位与批评意义。

---

① 叶瑛校注:《文史通义校注》(上)卷5《诗话》,北京:中华书局,2014年,第518页。
② 周济:《介存斋论词杂著(选录)》,郭绍虞、王文生主编:《中国历代文论选》第3册,第577页。

二

中国文学传统里的"诗史"观念及其文学实践,是诗人以文学形式表达的一个综合的文化价值观念与意义结构。"诗史"文学是当境而发诗情、直接介入社会现实生活的一种创造性表现,充分体现了中国文化意识与诗性正义精神。"诗史"观念及其文学实践,不仅代表着中国文学传统形成了一种独特的文学政治形态,更昭示着中国文学大传统的基本品性与"文以载道"的感时忧国精神相通。

但是,"诗史"概念亦曾受到不少质疑。王夫之认为:"夫诗之不可以史为,若口与目之不相为代也,久矣。"强调诗与历史是两种不同的书写体裁,如同嘴巴与眼睛不同一样。诗有"诗笔",史有"史笔",二者不能相混。在他看来,用"诗史"名称来评价杜甫,并非高评,而是贬抑。王夫之为何有这样看法?在于他强调"以诗解诗",[①]或如今人所说,"诗歌如果沦为记载历史的工具,就会牺牲诗歌自己的特质"。[②] 这是用文学审美论来观察与评价诗的特性,鉴于"诗史"观念对于文学与政治关系的特别推重,引起了王夫之的警觉与反对。施闰章指出:"古未有以诗为史者,有之自杜工部始。史重褒讥,其言真而核;诗兼比兴,其风婉以长。故诗人连类托物之篇不及记言记事之备。"[③]施闰章也是从诗与历史各具自己的写作特性与优长出发来区分二者,自有合理性,在强调并揭示文学的性质之际,也就试图忽略文学与历史的关联性。不过,由诗能"微词托讽"则断言它与历史的

---

① 以上未注见王夫之:《薑斋诗话》,丁福保辑:《清诗话》(上),第5—6页。
② 张晖:《中国"诗史"传统》,第153页。
③ 施闰章:《江雁草序》,《施愚章集》第1册《文集》,合肥:黄山书社,1992年,第68页。

"言真"之间没有交叉性,还缺乏说服力。王国维后来着力区分文学与政治以建立文学独立论,与王夫之、施闰章的思路相近。但另一方面,他又看到了文学与历史的关联性,为肯定"诗史"留下了理论空间,这将在后文论及。

今人钱锺书也是"诗史说"的否定者,他的意见大体同于前二人,不过引进了现代文论思想,这一份的否定更全面深入。钱锺书指出:

> 我们可以参考许多历史资料来证明这一类诗歌的真实性,不过那些记载尽管跟这种诗歌在内容上相符,到底只是文件,不是文学,只是诗歌的局部说明,不能作为诗歌的唯一衡量。也许史料里把一件事情记述得比较详细,但是诗歌里经过一番提炼和剪裁,就把它表现得更集中、更具体、更鲜明,产生了又强烈而深永的效果。反过来说,要是诗歌缺乏这种艺术特性,只是枯燥粗糙的平铺直叙,那么,虽然它在内容上有史实的根据,或者竟可以补历史记录的缺漏,它也只是押韵的文件……

其结论是:

> "诗史"的看法是个一偏之见。诗是有血有肉的活东西,史诚然是它的骨干,然而假如单凭内容是否在史书上信而有征这一点来判断诗歌的价值,那就仿佛要从爱克司光透视里来鉴定图画家和雕刻家所选择的人体美了。

钱锺书否定"诗史说",不是一时冲动,是由来已久之审美立场所发生的作用。早在 1940 年代,他就说过:"比见吾国一学人撰文,曰

《诗之本质》，以训诂学，参以演化论，断言：古无所谓诗，诗即纪事之史。根据甲骨钟鼎之文，疏证六书，穿穴六籍，用力颇勤。然……为学士拘见而已。""史必征实，诗可凿空。古代史与诗混，良因先民史识犹浅，不知存疑传信，显真别幻。号曰实录，事多虚构；想当然耳，莫须有也。……与其曰：'古诗即史'，毋宁曰：'古史即诗'。"①其中所说的"史必征实，诗可凿空"，与其信奉亚里士多德的观点相一致。到了1978年，他指出"新中国成立前的中国"把"文学研究和考据几乎成为同义名词"，认为彼时追求"繁琐无谓的考据、盲目的材料崇拜"，除了要直接批判胡适外，潜在的也是针对"诗史说"。他在《谈艺录》补订中坚持了这个观点，认为"经生辈自诩实事求是，而谈艺动如梦人呓语"。② 又在论及沈小宛《王荆公诗集补注》时强调他"志在考史，无意词章，繁文缛引，实尟关系"。③ 这些都是倡导把握作品的审美特性，反对只重视作品与历史现实关系的探究。钱锺书反对"诗史说"是理论倾向所决定的，而非学术上的临时起意，时而反对或时而赞同。

钱锺书否定"诗史说"有多种意图，既想限制文学反映论，也是针对胡适的考据学与陈寅恪的"以诗证史"，但其成因却是服膺亚里士多德的"诗与历史相区别"的理论。亚里士多德认为：

诗人的职责不在于描述已发生的事，而在于描述可能发生的事，即按照可然律或必然律可能发生的事。历史学家与诗人的差别不在于一用散文，一用"韵文"；希罗多德的著作可以改写为"韵文"，但仍是一种历史，有没有韵律都是一样；两者的差别

---

① 钱锺书：《谈艺录》上，第118、122页。
② 钱锺书：《谈艺录》上，第99页。
③ 钱锺书：《谈艺录》上，第223页。

在于一叙述已发生的事,一描述可能发生的事。因此,写诗这种活动比写历史更富于哲学意味,更被严肃的对待;因为诗所描述的事带有普遍性,历史则叙述个别的事。[①]

　　亚里士多德这个"诗比历史更富于哲学意味"的观点开始把诗从柏拉图的哲学重压之下解放出来,证明诗可以达到哲学状态,可以描述人类生活的规律与理想,这是对于诗的特性的一种深刻揭示。正是基于这个"诗与历史相区别并高于历史"的论断,钱锺书申说了文学与历史的不同点到底在哪里,强调"不能机械地把考据来测验文学作品的真实,恰像不能天真地靠文学作品来供给历史的事实。历史考据只扣住表面的迹象,这正是它的克己的美德,要不然它就丧失了谨严,算不得考据,或者变成不安本分、遇事生风的考据,所谓穿凿附会;而文学创作以深挖事物的隐藏的本质,曲传人物的未吐露的心理,否则它就没有尽它的艺术的责任,抛弃了它的创造的职权。考订只断定已然,而艺术可以想象当然和测度所以然。在这个意义上,我们不妨说诗歌、小说、戏剧比史书来得更高明"。[②] 具体地看,钱锺书的文学理念与"诗史说"相冲突,他认为文学有自身的艺术特性(即"有血有肉")、艺术责任(即"深挖事物的本质""曲传人物的心理"与"想象当然与测度所以然")与艺术手法(即"提炼与剪裁"等),而历史学也有自身的写作特性(即"克己的美德")、历史责任(即"记事详细")与历史手法(即"平铺直叙")。因而,他将文学与历史视为两个事物,各有疆域,不能相混。钱锺书曾批评王国维将《红楼梦》与叔本华的哲学混为一谈,就连带地写出他对诗与历史关系的划分:"吾辈

────────

① 亚里士多德:《诗学》,罗念生译,北京:人民文学出版社,1982年,第28—29页。
② 以上未注见钱锺书:《宋诗选注》,第3—4页。

穷气尽力，欲使小说、诗歌、戏剧，与哲学、历史、社会学等为一家。参禅贵活，为学知止，要能舍筏登岸，毋如抱梁溺水也。"①他的兴趣则是把玩属于文学自身的"诗眼文心"，寻求不同体裁、不同流派乃至不同国度文学之间相通的艺术特性，对于"作者之身世交游"这类事关作者与作品社会内容的东西，则表示仅是"余力旁及而已"。② 这是表明"余力"所阐释的东西决不能揭示文学的本质。

在我们看来，钱锺书将文学与历史加以区别，是对的。没有事物间的区别，就没有不同事物的存在。如所说："谓诗即以史为本质，不可也。脱诗即是史，则本未有诗，质何所本。若诗并非史，则离合于史，自具本质，无不能有，此即非彼。"③钱锺书的论述是：一事物与他事物相区别，才各具自身特质；当一事物没有与他事物相区别时，还不能自认是一事物；当一事物与他事物相区别后，虽然可能有关联，仍然是这一事物与他一事物，二者的界限没有消失。这是一种非常严格的"区别即本质"论。眼下那些深受文化研究影响而推崇"反本质主义"的学者，恰恰犯了钱锺书所针砭的这类错误。但是，钱锺书否定"诗史说"也有未明之处，在区别事物时，没有相应地建立相互关联的认识方法。缺少后一方面，显然不足以应付事物相交杂所可能产生的间性与新质问题，无法解释现今的学科交叉现象。

三

钱锺书的"区别即本质"执于区别而乏于联系，难免偏向一隅，此

---

① 钱锺书：《谈艺录》上，第 89 页。
② 钱锺书：《谈艺录》上，第 79—80 页。
③ 钱锺书：《谈艺录》上，第 121—122 页。

述五点以供讨论：

其一，"诗史"概念只是文学与历史关系的一种独特概括，并非用来说明文学没有审美规律。用文学的"一般原理"来评价这个文学的"特殊理论"，显然贴错了标识。其实，回到文学与历史关系的特殊规律角度看"诗史说"，它有说服力，这将诗歌的一种可能性显示出来了。韦勒克曾将文学研究划分为内部规律研究与外部规律研究，虽然偏向于内部规律研究，却也没有忘却外部规律研究，强调可以研究文学与社会、历史、政治的关系，这可佐证提出"诗史"概念，不属无当，它正好揭示了诗歌创作与外部社会历史的复杂关系。当然，在研究文学的外部关系时，要避免仅仅简单地指认这种关系的存在，若如此，则证明钱锺书的批评是正确的，因为仅凭作品描写的东西是不能判断作品高下优劣的。真正的文学外部规律研究应当既指认这样的事实，同时分析外部社会关系是如何融入文学内部的，即如何对文学的审美创作产生内在影响，从而促进了文学发展。沟通文学的内部规律与外部规律，是无论从事内部规律研究还是外部规律研究都必须包含的一项任务。

其二，如果没有认识到文学形式在文学之所以是文学的规定中具有决定作用，只把"诗史"之作变成"押韵的历史文件"，当然算不得文学。但是，选定表现什么样的内容是会对文学形式的创造产生影响的，作家会寻找与内容相适应的表现形式。如果这个观点是可信的，那么当"诗史"作家选择了以反映社会政治作为自己的创作任务，他们就会寻找、选择、铸造适合于表现这一内容的艺术手法，并进而可能形成特殊的艺术风格。杜甫的"沉郁顿挫"风格就与其自觉地成为"诗史"作家有关系，他的忧愤深广的情怀与表现社会政治相结合，才形成他的专属风格特征。白居易的"卒章显其志"与其通过诗歌进行政治"讽谏"相协调,作品前半部分的描写与抒发,正是为最后一句"讽谏"而设,这既是政治批判上的"图穷匕首现",也是艺术表现上的水到渠成。可否改变抒情结构而成"首章明其志"呢? 大概是不可的。这是先有批评的定调,再予以一一说明,一开始就引起被批评者的强烈拒绝,那是无法继续以后的治疗了。若行"讽谏"目的,不妨先行温柔之术。在文学进行政治批判时,可有自己的艺术策略,而这往往铸成特定的艺术结构。此外,更为重要的一点是,历史进入诗歌,即"历史的诗化"所表现出来的已经不再是历史本身而是"诗化的历史"。放到内容与形式的关系中来看,内容进入形式以后,在作品里形成的不是原本的那个内容,而是经过形式的涵养所形成的某种意味。此如将蔬菜放入锅中,加上油盐酱醋的烹调再端上桌子,已经不是生菜而是美味。完全可以从文学性的角度理解"诗史说"而没有什么理亏的地方。

其三,"历史"不等于"历史学",一般所说的"历史"指历史活动本身,所以是个别现象而不涉及历史规律的表现,如钱锺书说的只是"表面的迹象"。可是"历史学"像文学一样,也是要揭示"当然"与"所以然"而非仅仅呈现"已然"。亚里士多德的历史观并非清晰准确。克罗齐后来提出的"一切历史都是当代史",就表明研究历史并非没有主体性、立场、选择、对于历史发展规律的认识,它们是"历史学"必然注重"当然"与"所以然"的驱动力。钱锺书并非不知这段话,但除了揭明其"著史应有当代意识"外,没有深究其中所包含的"历史学"主体意识与价值立场这些内涵。所以,简单地沿用亚里士多德的历史定义,不够审慎。亚里士多德的"文学比历史更真实"的说法,只具有特定的含义,即摆脱柏拉图加诸文学的"说谎"指责,不能用来证实"历史学"只是个别现象的罗列而无关历史的走向与规律。历史研究真的只如实录，那就变成了历史材料的死气沉沉的记述，"历史学"不复存在了。

其四，没有认识到"诗史"与"以诗证史"的准确内涵。"诗史"是说诗中有史，但不是指记录历史细节，而是指描写历史大势及其蕴含的历史经验。如"一将功成万枯骨"，不是仅写战争中士兵与将军的不同命运，而是揭示战争的一条非常残酷的"成功规律"，这怎么不是属于描写战争的"当然"与"所以然"呢？恩格斯评价巴尔扎克笔下的"经济学细节"甚至比经济学家与历史学家都更精准，也只是指出巴尔扎克在某些时候提供了这些细节，而非认定巴尔扎克只是因为提供了这些细节才获得成功。事实上，能够提供"经济学细节"的不仅是巴尔扎克这样的大作家，那些小作家的作品同样可以提供这样的细节。所以，能否提供"经济学细节"，并不构成对作品优劣的评价，而只构成对作品是否提供了现实生活描写的评价。

"以诗证史"是在历史研究缺乏材料或者是能够为历史研究增加新的材料的情况下所创辟的一种研究方法，其意图是丰富历史研究本身，而非完全由此决定诗歌的审美价值。所以，尽管"以诗证史"看起来繁琐，但若真的寻到特别材料，完善了历史叙述，对于历史学而言，不啻是打了强心针；对于文学而言，不啻是多了体味的一份把握。把诗与史相结合，可以"以诗腴史"，接着也会"以史腴诗"，因为了解诗中历史可增加对诗的理解。胡晓明举过陈寅恪的一个例子，如释杜甫《哀江头》中"黄昏胡骑尘满城，欲往城南望城北"，其中"望城北"不仅是描写慌乱心理的东张西望，而是因为"北"为皇家宫阙所在，变成心中寄望君主国家。这样的解释，显然深化了诗中之情——把个人情感与家国情怀相勾连。胡晓明给出了中肯评价："陈的说法是回到历史当下，回到杜甫其人，钱的说法则可以引申到不同时代不同身份的普通的人性。陈的说法背后乃有一整幅有机的历史活的生命，从诗人的心理到当时街道的走向到当时城市的样貌，如一滴水与大海。而钱的说法则是碎片的、拆零的、悬浮于历史文化之上。然而恰因为悬浮和抽离了具体的情境，而获得了更大文本的指涉作用（如八十聋妇与一流诗人可以并论）。尤值得注意的是，钱锺书补充说：'破国心伤与避死情急，自可衷怀交错'，这无疑是包容了陈寅恪的说法而更为合理入情。这样当然增加了杜诗的文学魅力，也印证了诗无达诂的阐释真谛。由此可见，陈寅恪与钱锺书的互补，并非完全不可能，而有意味的互补恰可以达致中国诗学自身丰富深邃的诗美。"①陈寅恪的"以诗证史"打开了一条独特的释诗方法，明了诗是如何含纳历史的，即诗如何回到了历史现场。而钱锺书则坚持了诗对于历史的"抽象的抒情"（沈从文语），诗如何从历史生成了艺术。

其五，用批评"诗史"来削弱文学反映论的权威性，未必能够奏效。古代的"诗史说"不是现代的文学反映论。孟棨将"诗史"创作与诗人情志统一起来，吴伟业将"写史"与"写心"相结合，这表明"诗史说"不是简单地强调反映生活而失去了诗人主体性，它是在诗人主体性支配下全身心投入的审美创造活动。因批评文学反映论而批评"诗史"，那是株连而模糊了二者区别。文学反映论的一个重要特征是诗人不再是创造主体，只成为传达意识形态的工具。文学反映论可用"镜子"来象征，"诗史说"则只能用"火把"来象征，前者冷静地照着理论设定的路线写来写去，往往不出理论的框限。历史上的写实主义者也曾主张科学地反映生活，但它采取科学态度而非意识形态态度，起码还能把握生活的真实相貌。"诗史说"则热情地燃烧自己

---

① 胡晓明：《陈寅恪与钱锺书——一个隐含的诗学范式之争》，《华东师范大学学报》（哲社版），1998年第1期。

并燃烧历史,燃烧自己是抱着极大的热情投身现实,燃烧历史是把现实变成自己的抒情对象,从而试图一窥历史真谛。如果硬要说"诗史说"也是文学反映论,那已是比拟意义上的"诗性反映论"。

钱锺书反对"诗史说"也同样体现了"一束矛盾"(杨绛语),即一方面反对,另一方面也不得不有所肯定,使得结论不那么结实。问题出在:当他用两种研究文体来表现自己的思想时,由于受到不同文体的限制必然离间了自己的看法。如果不撰写《宋诗选注》而只有《谈艺录》,无论钱锺书怎么批评"诗史说",似乎都自足。《谈艺录》是"诗话",著者自可随意、片断地鉴赏"诗眼文心",不必顾及诗歌创作与时代风貌之间的事情。可是,若选一个时代之诗做选本,那是不能随意鉴赏的,不讨论诗与现实的关系,恐怕无法完整概括时代风貌,胜任不了选本的工作。这正是钱锺书一开始就推托编选宋诗的原因吧。故而为了落实编选任务,钱锺书也就只能调整研究方式,不仅在选本序里交代时代背景,还要选择那些社会政治性较强、较能反映时代风貌、发生了广大社会影响的文本,如反映战争残酷、描写田家贫穷、揭示贫富不均的具有"人民性"的诗歌作品,并在评述时每每用"是否反映了现实生活"作为标准加以甄别。这时候,回避"诗史说"都成一个难题,何况要反对"诗史说"呢。所以,钱锺书接受编选任务是一个错误,他把自己推向了自己的对立面,即使挣扎也无法自拔。从坚持审美论来讲,他无法认同"诗史说";从必须持有文学反映论来讲,他应当肯定"诗史说"。

钱锺书坚持文学审美论,没有错。一个学者坚持从一个视角研究文学,只要做到谨严、持久,有说服力,就可取得他的成就。没有全知全能的研究者。钱锺书的不够周全在于《宋诗选注》的研究实践已经昭示文学审美论应该开放,可他却没有开放,失去了从审美开放论的角度理解"诗史"的机会。这告诉我们,在认识文学的本质时,坚持文学审美论是可行的,可一旦将审美论转化为文学史观,审美论就得处于开放状态,否则它就无法全面而完整地论述文学史。文学发展的整体运行并非仅仅依靠审美而进行,它还受到各种外力的综合作用才指向了审美性。所以,在文学史上,文学的审美性与其他社会特性是交流、对话与融合的。有意或无意地孤立审美论,就很难把握文学史的全貌。钱锺书在《宋诗选注》中不得不选编"诗史"作品,却否定它们的所属,这是文学审美论因未能及时开放而导致的诗学损失。

四

王国维的诗学思想,或可弥补一二,他在诗与历史关系的论述上相当通达,并近乎提出了"曲史"概念,倒是实在地丰富了"诗史"传统。

惯常所见,人们用各种词语来描述"诗史"的精神意识特征,如"实录精神""批判精神""忧患意识"等。但我们认为,其最为重要的精神意识特征,当为"通观意识",指文学创作不仅表现现实生活,又能超越现实生活,从历史的宏大视野出发来观察与评价现实生活。就其根底而言,是指"诗史说"的创作理念并非特定时代生活方式与思维方式的直接与全部的体现,而是立足于民族的乃至人类的生活方式与精神方式的一种整体体认与深刻流露——不把所表现的现实当作一代的史实去看,而是将其放在几千年的历史发展与变动中去看。

既然都说"诗史"概念与历史分不开,当然也与司马迁分不开。作为中国最伟大的史学家,他的史学思想同样是"诗史"意识的发端之一。司马迁述史目的是：

> 仆窃不逊，近自托于无能之辞，网罗天下放失旧闻，考之行事，稽其成败兴坏之理，上计轩辕，下至于兹，为十表，本纪十二，书八章，世家三十，列传七十，凡百三十篇。亦欲以究天人之际，通古今之变，成一家之言。草创未就，会遭此祸，惜其不成，是以就极刑而无愠色。仆诚以著此书，藏之名山，传之其人，通邑大都，则仆偿前辱之责，虽万被戮，岂有悔哉！然此可为智者道，难为俗人言也！[①]

司马迁强调撰写《史记》的动机是"究天人之际，通古今之变，成一家之言"，表明尽管以历史事件、重大个人活动为记载对象，但却不是简单的事实记录，而是包含了作者的宏大用心，即研究"成败兴坏之理"，探寻历史活动的发展规律。可见历史学并非只是确立事实的重要性，还要探讨事实背后的历史逻辑。当我们说文学受到历史的影响时，决不能简单地认为只是尊重事实，实际上，"诗史"文学包含同样的宏大用心，要如司马迁那样，"究天人之际，通古今之变，成一家之言"。司马迁深刻影响了中国传统文学，"诗史"创作中融有他的"史传意识"。

能够将文学与历史的区别与关联说得精辟的，当数王国维。他是文学审美论者，认为中国文学不发达的原因是没有发展出"纯文学"，他写道：

---

① 司马迁：《报任安书》，班固：《汉书》第62卷，北京：中华书局，2007年，第621—622页。

披我中国之哲学史，凡哲学家无不欲兼为政治家者，斯可异已！孔子大政治家也，墨子大政治家也，孟、荀二子皆抱政治上之大志也。汉之贾、董，宋之张、程、陆，明之罗、王无不然。岂独哲学家而已，诗人亦然。"自谓颇腾达，立登要路津。致君尧舜上，再使风俗淳。"非杜子美之抱负乎？"胡不上书自荐达，坐令四海如虞唐。"非韩退之之忠告乎？"寂寞已甘千古笑，驰驱犹望两河平。"非陆务观之悲愤乎？如此者，世谓之大诗人矣！至诗人之无此抱负者，与夫小说、戏曲、图画、音乐诸家，皆以俳儒倡优自处，世亦以俳儒倡优畜之。所谓"诗外尚有事在"，"一命为文人，便无足观"，我国人之金科玉律也。呜呼！美术之无独立之价值也久矣。此无怪历代诗人，多托于忠君爱国劝善惩恶之意，以自解免，而纯粹美术上之著述，往往受世之迫害而无人为之昭雪者也。此亦我国哲学美术不发达之一原因也。①

王国维反对传统的政教文学思想，强调文学不能受制于政治而失去自主性。但是，在他的论述中，文学与历史的关系仍占有一席之地，此又间接沟通了文学与政治的关联。王国维提出的"诗人之眼"就是"通观意识"的体现。王国维指出："政治家之眼，域于一人一事。诗人之眼，则通古今而观之。词人观物，须用诗人之眼，不可用政治家之眼。故感事、怀古等作，当与寿词同为词家所禁也。"（《人间词话》删稿三十七）这里的"诗人之眼"可解释成"审美之眼"，实则"究天人之际，通古今之变"的"通观之眼"。文学审美通过"通观意识"的历史化，赋予文学以一种恢宏、深沉、博大的精神特性。文学中的情感，

---

① 王国维：《论哲学家与美术之天职》，《王国维文集》第 3 卷，第 7 页。

不再是个人化的而是人类化的，不再是一时的体验而成为永久的沉思。文学具有永久的魅力，其中一点就来自所具有的通观性。

何以王国维具有"通观意识"呢？这与他通透地思考文学与历史关系有关。他区别二者，却又留下从历史角度定义文学的可能通道。他指出：

> 今专以知言，则学有三类：曰科学也，史学也，文学也。凡记述事物而求其原因，定其理法者，谓之科学；求事物变迁之迹，而明其因果者谓之史学；至于出入二者间，而兼有玩物适情之效者，谓之文学。……而科学史学之杰作，亦即文学之杰作。故三者非截然有疆界，而学术之蓄变，书籍之浩瀚，得以此三者括之焉。凡事物必尽其真，而道理必求其是，此科学之所事也；而欲求知识之真与道理之是者，不可不知事物道理之所以存在之由，与其变迁之故，此史学之所有事也；若夫知识道理之不能表以议论，而但可表以情感者，与夫不能求诸实施，而但可求诸想象者，此则文学之所有事也。①

王国维在学康德，要将知识进行分类，分出科学、史学与文学，以此建立评价文学的理论标准。但是，王国维又认识到三者不可绝对区分，"科学史学之杰作，亦即文学之杰作"，这为认识学科的交叉提供了理论依据，王国维的学科分类思想是一种跨学科的视野。由此，王国维不仅为文学独立提供了思考方式，也为文学与其他学科的关联提供了思考方式。比如，王国维认为，科学求"真"求"是"，史学求

---

① 王国维：《〈国学丛刊〉序》，《王国维文集》第3卷，第365—366页。

"变迁"求"因果",文学求"情感"求"想象",可是,他又指出文学"出入"科学与史学之中,表明文学不是与科学、史学相脱离的。王国维在《人间词话》中多用"真景物""真情感"来认识诗歌,这个"真"是科学的特性,也成为文学的特性。在评价杜甫时,虽然也从"纯文学"角度批评诗人的不纯粹性,可对诗人仍然交口称赞:"三代以下诗人,无过于屈子、渊明、子美、子瞻。此四子者无文学之天才,其人格亦自足千古。故无高尚伟大之人格,而有高尚伟大文章者,殆未之有也。"①又认为:"天才者,或数十年而一出,或数百年而一出,而又须济之以学问,助之以德性,始能产真正之大文学。此屈子、渊明、子美、子瞻所以旷世而一遇也。"②此处所用的"人格亦自足千古""济之以学问,助以之德性"等,与文学史上肯定杜诗乃"诗史"之作相一致。"诗史"之作所以能彪炳千秋,其中原因之一就是"诗史"精神实是诗人崇高人格特质的反映与体现。此外,诗人若没有坚实的学问可以用于思考人生与历史,诗人也不会成为"诗史"的实践者。

王国维接近于提出"曲史"概念,把"诗史说"放进了曲论。王国维写道:"元剧自文章上言之,优足以当一代之文学。又其以自然故,故能写当时政治及社会之情状,足以供史家论世之资格者不少。"③在这里,"自然"近于"写实",故足以"供史家论世",这是周济提出"词史"概念时强调的"见事多,识理透,可为后人论世之资"的再使用。所以,我们应明了王国维思想上的一个小的变化,即在早期撰写《〈红楼梦〉评论》《文学小言》时论文学,更多地强调了文学与哲学的关系,意在突出文学对于现实政治的超越;至《人间词话》尤其是《宋元戏曲

① 王国维:《文学小言》第六,《王国维文集》第1卷,第26页。
② 王国维:《文学小言》第七,《王国维文集》第1卷,第26页。
③ 王国维:《宋元戏曲考》,《王国维文集》第1卷,第394—395页。

考》时,增加思考文学的叙事性,所以"述事"概念出现,并强调文学是介于"科学"与"史学"之间的。如此,将"文学介于科学与史学之间"、杜甫、"史家论世之资格"、"通古今而观之"等看法综合在一起加以理解的话,王国维未必不是"诗史说"的深刻阐释者。尤其是他承接司马迁提出"诗人之眼",揭示了"诗史说"的一个根本特征,完成了从司马迁的史学"通观意识"到文学"通观意识"的诗性转变。

基于此,后人可以从"实录"角度理解"诗史说",这不无道理。但若仅仅将"诗史"理解成是对事实的记录,这一界定就会转向反面,成为对"诗史"的限制与误解。只有看到"诗史"的"实录"中体现了"通观意识",才能更加完整地理解"诗史"内涵。

五

不少论者认识到了"诗史"的"实录"实为"通观意识"的产物,故论及"记事""实录"或"兴替"时,每每与"通观意识"合论。邵雍有这样看法:

> 史笔善记事,长于炫其文。文胜则实丧,徒憎口云云。
> 诗史善记事,长于造其真。真则浮华去,非如目纷纷。
> 天下非一事,天下非一人。天下非一物,天下非一身。
> 皇王帝伯时,其人长如存。百千万亿年,其事长如新。
> 可以辨庶政,可以齐黎民。可以述祖考,可以训子孙。
> 可以尊万乘,可以严三军。可以进讽谏,可以扬功勋。
> 可以移风俗,可以厚人伦。可以美教化,可以和疏亲。
> 可以正夫妇,可以明君臣。可以赞天地,可以感鬼神。

规人何切切,诲人何谆谆。送人何恋恋,赠人何勤勤。

无岁无嘉节,无月无嘉辰。无时无嘉景,无日无嘉宾。

樽中有美禄,坐上无妖氛。胸中有美物,心上无埃尘。

忍不用大笔,书字如车轮。三千有余首,布为天下春。①

　　诗中提出的"天下非一事,天下非一人。天下非一物,天下非一身"表明"诗史"所反映者并非一人一事那么简单,"诗史"若要发生重要的政教作用,它所反映者应当是十分深远的东西,这个深远的东西正是"通观意识"的产物。张晖在引述陈国球的阐释之后曾给出自己的评价:"诗歌记载的'真'并不是个别事件、个别人物的真实存在,而是要记载隐藏在这些事件、人物背后的普遍意义。换言之,邵雍要求诗歌记载的是一种超越具体事物的本体论意义上的东西。诗歌如果能记载到类似的东西,就可以成为'诗史'了。"②"诗史"亦如司马迁所说,它是"究天人之际,通古今之变"的一种方式。

　　黄庭坚也是在"通观意识"下评价"诗史"的,其诗云:

老杜文章擅一家,国风纯正不欹斜。

帝阍悠邈开关键,虎穴深沉抓爪牙。

千古是非存史笔,百年忠义寄江花。

潜知有意升堂室,独抱遗编校舛差。③

① 邵雍:《诗史吟》,郭彧整理:《邵雍集》,北京:中华书局,2010年,第483—484页。
② 张晖:《中国"诗史"传统》,第27—28页。本处资料搜集多受益于张著,本章写作也参考了李瑞明的相关文章,特予致谢。
③ 黄庭坚:《次韵伯氏寄僧盖郎中喜学老杜之诗》,《山谷诗外集补》卷四,任渊、史容、史季温注,刘尚荣校点:《黄庭坚诗集注》,北京:中华书局,2003年,第1706页。

其中的"史笔"用来评价杜诗，强调"秉笔直书"，如治史那般客观真实地反映现实生活。但"千古"概念不宜仅仅理解成一个时间之长的概念，它指的就是"通观意识"。"千古是非"不是指的一时是非，而是指的由历史经验所指称的是非。这如同杜甫有"朱门酒肉臭，路有冻死骨"的具体描写，但更有"致君尧舜上，再使风俗淳"的"通观意识"。所以，黄庭坚的"史笔"之赞，亦是对于"通观意识"之赞。

钱谦益是"诗史"主张者。陈寅恪将其放在"复明运动"中给予高度评价："牧斋之注杜，尤注意诗史一点，在此之前，能以杜诗与唐史互相参证，如牧斋所为之详尽者，尚未之见也。""细绎牧斋所作之长笺，皆借李唐之事，暗指明代时事，并极其用心抒写己身在明末政治蜕变所处之环境。实为古典今典同用之妙文。"①钱谦益关于"史"的认识，实是"通观意识"的阐释。他指出："史者，天地之渊府，运数之勾股，君臣之元龟，内外之疆索，道理之窟宅，智谋之伏藏，人才之薮泽，文章之苑圃。以神州函夏为棋局，史其为谱；以兴亡治乱为药病，史为其方"。②又评价《春秋》："马、班一代之史，孔子之《春秋》，万世之史也。孔子具万世之眼，马、班具一代之眼。"③这里所评，虽然只是关于不同史家的批评意见，但所提出的"史为棋谱""史为药方"的说法，都证明人类可从历史之中学到治理社会、从事创造的东西，这是超越特定时代的某种积淀物，非通观不能得到。只将"万世之眼"落实于孔子身上，也是为史家应具有"通观意识"进行再确

<hr/>

① 陈寅恪：《柳如是别传》下，北京：三联书店，2015年，第1014、1021页。
② 钱谦益：《汲古阁毛氏新刻十七史序》，钱曾笺注、钱仲联标校：《牧斋有学集》，上海：上海古籍出版社，1996年，第681页。
③ 钱谦益：《书杜苍略史论》，钱曾笺注、钱仲联标校：《牧斋有学集》，第1596页。

认。钱谦益从"诗史"角度肯定杜甫时,已经再次将"通观意识"带进了诗学中。

六

但必须强调,"诗史"的"通观意识"虽然与史学相关联,却仍然是一种审美精神,或者说,将以审美的方式得以呈现。"诗史"的审美特征是由"观"而"兴"的感发活动,仍然是将兴发作为诗歌创作的第一动力对待的。钱穆论杜甫"诗史"的形成及其表现,最能阐发这种审美特性,他指出:

中国人向来推尊杜诗,称之为"诗史",因杜甫诗不仅是杜甫一人私生活过程之全部写照,而且在其私生活过程中,反映出当时历史过程的全部。杜甫成为当时此一全部历史过程中之一中心。杜甫在此历史过程中,所表现的他私人内心的道德精神与艺术修养,时时处处与此历史过程有不可分割之紧密关系。杜甫一人之心,即可表现出当时人人所同具之心。所以杜甫诗可称为当时之"时代心声"。后人把杜甫诗分年编排,杜甫一生自幼到老的生活行历、家庭、亲族、交游,以至当时种种政治动态,社会情况,无不跃然如在目前。而杜甫个人之心灵深处,其所受文化传统之陶冶而形成其人格之伟大,及其人生理想之崇高真切处,亦莫不随时随地,触境透露。故在杜甫当时所刻意经营者,虽若仅是一首一首诗篇之写作,而其实际所完成者,乃杜甫个人一生之自传,及其当代之历史写照,乃及中国文化传统在其内心深处一种活泼鲜明的反射。若求在文学中能有此表现与成就,则在文学技巧之外,必更大有事在。①

在此处，钱穆全面揭示了杜甫诗歌创作中所表现的中国文化精神。但是，这种表现却是通过自身的强大"内心世界"对外在社会政治世界的热烈感应所达到的。如此，在杜甫只是要表现自己的内心活动以成诗，可是，在文学史上，杜诗却成就了"诗史"文学，将社会政治现实囊括于个人的笔下，勾勒了一幅生动的社会现实画卷。杜甫所昭示的"诗史"文学是个体与时代、内心与外界、审美与政治、自传与历史之间的完美统一。这是一次审美的抒发，也是一次思想的沉思，还是一次政治的拷问。明人王文禄关于杜诗的一段阐发颇值得注意，他说："杜诗意在前，诗在后，故能感动人。今人诗在前，意在后，不能感动人。盖杜遭乱，以诗遣兴，不专在诗，所以叙事、点景、论心，各各皆真，诵之如见当时气象，故称诗史。今人专意作诗，则惟求工于言，非真诗也。"②这清晰表明"诗史"能够取得诗美的原因在于先有个体情感需要抒发，其中蕴含社会离乱，才写出了具有真实情感的好诗，才打动了人心。若没有真情实感，只是为了写离乱而写离乱，那写出来的只是政治报告，不是真正的好诗，又怎么能够动人心脾呢？

承认"诗史说"，是要在充分尊重文学审美特性的基础上来认识文学与历史的关系，从而认识到"诗史说"是"'诗的'历史说"，而非"'历史'的诗说"，即历史融入诗中，而非诗成为历史的一种表达方式。如果从文学政治学的角度来看"诗史说"，它提倡"实录"的客观性与"通观意识"的超越性，不仅将文学与政治的关系拉近了，鼓励文

---

① 钱穆：《中国学术通义》，北京：九州出版社，2012年，第55—56页。
② 王文禄：《诗的》，吴文治主编《明诗话全编》第9册，第8972页。

学介入社会现实政治,发挥干预政治的作用;又将文学与政治的关系提升了,坚持文学应当从理想政治的高度来观察与甄别现实政治,从而发挥引导现实政治的作用,促使它不断按照人类美好生活的设想来前行。"诗史说"是一种介入现实政治的诗学,又是一种创造人类理想生活的诗学。

第十章
一个人的『文学革命』
——兼论王国维与『五四』文学革命的关系

没有学人否定王国维文学思想的重要性，但多数学人把他当作中国近代的一位文论家来定位，原因是：他主要从事古代文学研究，未直接参与"五四"新文化运动，甚至忠于清室，不无遗老的思想倾向等，这都有些道理。毕竟在讨论中国现代文学的时候，要注重"现代"二字的划界作用，未能满足这个条件的，当属近代范畴，这符合学术规范。我写《中国现代六大批评家》，曾考虑将王国维纳入现代范畴加以研究，最后还是决定放弃，原因就是前两个。但这不是说王国维与中国现代文论没有渊源，当追述"五四"文学革命的发生时，就会明显地感觉到它的心跳感应着王国维的脉动。你将王国维与胡适、陈独秀、周作人对着读，你能处处感觉到王国维有先见之明；你将胡适、陈独秀、周作人与王国维对着读，你能处处感觉到胡适、陈独秀、周作人是王国维的知音。只是比较而言，"五四"文学革命是一场集体的"广场狂欢"，而王国维进行的文学革命是一次狂放不羁的"思想风暴"，他本人不免"默默彳亍着，冷漠、凄清，又惆怅"。但不可否认王国维进行的是一场货真价实的文学革命，因为它符合文学革命的基本范式要求。"货真"指它传播的已是西方现代的文学审美观，"价实"指它确可医治中国文学的某些痼疾。在百年文学革命的重大文学史述评中，如果不列王国维的文学革命这一节，无疑是对史实的漠视，甚至也不能很好地评价后起的文学革命，因为这一系列的文学革命之间存在着"革命性"的差异，而王国维的文学革命作为源头之一，当然具有标准意味，即使被超越，也不失源起范式的某些常识与规范价值。本文不妨试说如下。

一

　　说王国维具有文学革命倾向的观点出现得并不迟。早在"五四"文学运动高潮刚过的 1924 年，吴文祺就撰文研究王国维的反传统的文学观，涉及什么是文学、戏曲小说在文学中的地位、《红楼梦》研究、文体解放等，称王国维是"文学革命的先驱者"。他说：

　　　王静庵先生二十年——或十余年——前的文学见解，竟和二十年——或十余年——后的新文学家不谋而合，如胡适之曾斥团圆式的小说为无价值（文学进化与戏剧改良），王氏也很反对始困终亨先离后合的小说戏曲；胡适之以为白话的词类较文言精密（见国语的进化），王氏也以为多节词精密而单节词不精密；胡适之曾说诗宜具体不宜抽象（谈新诗），王氏也有"美术之特质，贵具体而不贵抽象"（静庵文集红楼梦评论）之言；又如近来的新文学家都嚷着"文学是表现人生的""文学是人生的图画"的口号，王氏也知道文学的目的在描写人生；近来的新文学家很激烈地反对文以载道的文学观，王氏也很不赞成劝善惩恶的圣谕广训式的文学；近来的新文学家都知道"自然"为文学的要素，王氏也说"古今来之大文学家，无不以自然胜"；近来的新文学家都知道外国的文学，较中国发达，王氏也说"我国之重文学，不如泰西"；近来的新文学家都知道雅词和俗语的价值，并没有什么高下，王氏不但知道"雅俗古今之分，不过时代之差，其间固无界限也",并且叹赏元曲之运用俗语为"古所未有"……我称他为文学革命的先驱者,似乎不是过分的夸大的尊号吧!①

　　稍后有些研究持相近看法,如任访秋研究《人间词话》与胡适《词选》的关系,认为"王先生为逊清之遗老,而胡先生为新文化运动之前导,但就彼二人对文学之见地上言之,竟有出人意外之如许相同处,不能不说是一件极堪耐人寻味的事"。他们之间的相同就是"重内容而轻格律。这是新文学运动的一个新的趋向。但王先生在十年前即有此见解,竟能与十年后新文学之倡导者胡先生见解相同,即此一端,已不能不令我们钦佩他识见之卓绝了"。② 所以,他也赞成吴文祺的看法,认为王国维是"文学革命的先驱"。浦江清则从活文学死文学、文学的代变、《红楼梦》研究、大团圆结局、尊北宋抑南宋、用典等方面比较了王国维与胡适,认为"故凡先生有所言,胡适莫不应之,实行之,一切之论,发之于先生,而衍之自胡氏,虽谓胡氏尽受先生之影响可也"。③ 可这样的一个命题,却又戛然而止。

　　查近二十多年出版的相关史论著述则发现,在这个问题上,人们集体失声了。如卢善庆在"中西美学思想的会冲和结合"标题下研究王国维,分析全面且细致,但没有论及他与"五四"文学革命的关系。④ 温儒敏将王国维归入"现代"范畴,认为 1904 年写作的《〈红楼梦〉评论》代表了现代文学批评史的"上限","王国维宣布了古典批评时代

---

① 吴文祺:《文学革命的先驱者——王静庵先生》(1924),引自郑振铎编:引自《中国文学研究》,上海:上海书店,1981 年,第 11—12 页。
② 任访秋:《王国维〈人间词话〉胡适〈词选〉》(1924),引自姚柯夫编:《〈人间词话〉及评论汇编》,第 73 页。
③ 张鸣编:《浦江清文选》,北京:北京大学出版社,2010 年,第 226—227 页。
④ 参见卢善庆:《中国近代美学思想史》,上海:华东师范大学出版社,1991 年,第 384 页。

的终结,同时也就把现代批评时代的序幕徐徐拉开了"①。这仿的是恩格斯评但丁,虽明了王国维与后起的文学革命的关系,也没有将其与"五四"文学革命直接勾连,视为百年文学革命的第一人,这是可惜的。温儒敏用"现代性"来定义王国维,有一定道理。但不用"文学革命"来定义王国维,却失去重新观察与反思百年文学革命及其属性的机会。如果只把"五四"视为文学革命的起点,那整个中国现代文学的性质就会在"五四"的框架里去加以界定说明。如果将王国维视为文学革命的第一步,那整个中国现代文学的性质就可能因为多了这一源头而应予以重新叙述。再看罗钢的评述:"王国维融合中西文学理论的努力诚然是可贵的,但他仅仅将个别西方文学观念植入中国传统文艺思想体系,而不对这种体系进行根本性的改造,这种移西就中的综合方式便显然不能适应中国现代文艺思想建设的要求。"所以他视王国维是"过渡时代的人物","充满复杂的思想矛盾"。② 罗钢在王国维与"五四"之间划了一条界线,确定他与"现代"不相干,当然就无法从文学革命的角度评价他。许道明认为,王国维的《〈红楼梦〉评论》《人间词话》与《宋元戏曲考》"从论点到方法,闪耀着有别于传统的灼人光芒",③却在论及"五四"文学革命时只提到鲁迅《摩罗诗力说》,没有将王国维与此相关联。吴中杰则从"五四"新文学运动论起,虽论及近代文化思想,却跳过梁启超、王国维等人,直接从鲁迅进入现代视野。④ 黄曼君等也是在"近代"范畴内讨论王国维,认为他的文艺美学"对近代文学理论批评的发展与深化却有着不容小觑的意

---

① 温儒敏:《中国现代文学批评史》,第2页。
② 罗钢:《历史汇流中的抉择——中国现代文艺思想家与西方文学理论》,北京:中国社会科学出版社,2000年,第14—15页。
③ 许道明:《中国现代文学批评史》,南京:江苏文艺出版社,1995年,第16页。
④ 参见吴中杰:《中国现代文艺思潮史》,上海:复旦大学出版社,1996年。

义",评价《人间词话》也仅为"标志着王国维的文学批评进入一个熔中西于一炉的新阶段"。① 在此,不见王国维与"五四"文学革命的关系论述。丁亚平是直论"五四",根本没有涉及王国维等人。② 杜书瀛、钱竞等指出:"在近代文学史和文论史上,王国维美学孤鸣先发,具有着开创性的意义。他在中国文学史上,首次提出了'以文学为目的'。这对于中国的诗学传统,无疑是根本性的改造,使中国诗学的现代化迈出了最重要的一步。……凡此种种,都成为'五四'新文学的先声。"③这回到了吴文祺,但却没有提到吴文祺。陈剑晖、宋剑华等强调王国维的影响:"从超功利的审美角度,为中国的新文学提供了一种更为深入的本体精神",把他视为"中国审美艺术批评的开拓者",④但也止于提出王国维与"五四"文学革命的关系问题。这里共出现两类情况:一类在讨论"五四"文学革命的历史时关涉王国维,将其视为前辈,接近于吴文祺所说的"先驱者"含义,可没有直接将王国维与"五四"文学革命相关联,因为"五四"已被人们视为"现代"的开端,且是神圣的,一旦将王国维与这个开端相关联,也就意味着他的文学思想实质上是完全属于现代的。人们跨不过这个"思想之坎",想要守住"革命"的"现代贞洁"。一类是根本看不到王国维与"五四"之间的相通性,所以也就没有必要在讨论"五四"文学革命的时候讨论王国维。

这一思想恐怕是中国现代文论史的一种"集体无意识"。即使接

---

① 黄曼君主编:《中国近百年文学理论批评史》,武汉:湖北教育出版社,1997年,第160页。

② 参见丁亚平:《中国现代文学批评史论》,台北:幼狮文化事业股份有限公司,1998年。

③ 杜书瀛、钱竞主编:《中国20世纪文艺学学术史》,上海:上海文艺出版社,2001年,第176页。

④ 陈剑晖、宋剑华主编:《20世纪中国文学批评史》,海口:海南出版社,2003年,第291页。

近新世纪了,还有学者否定吴文祺的看法,认为这是将"表面的相似当成了实质的一致","未能看到王国维与'新文学家'的文学革命的某些大的不同"。强调"新文学家从文学要反映客观现实的角度谈写人生,王国维却从写主观的情欲、痛苦角度谈写人生;新文学家写人生的目的是要唤醒民众,投入抗争,王国维写人生的目的是要解脱痛苦。因而新文学家的写人生属于启蒙理性范畴,而王国维的写人生却在逃离理性的维度"。① 这是语焉不详的,需要辨析。其一,什么叫"大的区别"? 是指写人生的态度与目标的不同还是指对文学本质的认识? 若为前者,不能证实王国维与"五四"文学的区别,如郁达夫等人就强调写人生痛苦,虽然王国维没有明言写人生痛苦就是启蒙,但他强调这是情感的抒发与慰藉,这在"五四"文论中比比皆是。且王国维以《红楼梦》为例进行阐释,已与启蒙有关,后来的《红楼梦》解读一次又一次地证明了《红楼梦》给予人们要反抗甚至要革命的冲动,这不是启蒙又是什么? 启蒙是由抒写引起的自然效果,而非一定要在作品中直接表现出来。其二,什么是"新文学家"? 若"新"标识为"现代意识"或"西方思想",那么王国维都具有。正是他引进西方思想促成了中国现代文学意识的发生,他比"新文学家"要新得早,新得彻底。当一部分"新文学家"再次遭遇政治的诱惑而投身政治时,失去了超越政治的初期冲动,这时候他们也许比王国维要"旧"得多了。

王国维的文学观是否具有革命性,要看它是否符合革命的定义。陈独秀是中国政治革命兼文学革命的"双料主将",他说:"今日庄严灿烂之欧洲,何自而来乎? 曰,革命之赐也。欧语所谓革命者,为革故更新之义,与中土所谓朝代鼎革,绝不相类;故自文艺复兴以来,政

---

① 程文超:《1903:前夜的涌动》,济南:山东教育出版社,1998年,第199页。

治界有革命,宗教界有革命,伦理道德亦有革命,文学艺术,亦莫不革命,莫不因革命而新兴而进化。"①按此释义:其一,革命就是"革故更新",将旧的除去,迎接新的到来;其二,这种更新是进化的、进步的,意味着旧的是停滞的、落后的。前一个是革命的现象描述,后一个是革命的价值确认。依陈独秀的观点来看,王国维是文学革命的倡导者,他革了中国传统文学的命,并且彻底;他引进的西方文学观,正是"五四"文学的思想来源;他虽然没有从事现代范畴的文学批评,可对于《红楼梦》、宋元戏曲的研究,预示了"五四"以后中国叙事文体的兴盛方向。王国维与"五四"文学革命之间的"不隔"是根本的,而"隔"是局部的。比较地看,梁启超与"五四"文学革命之间的"不隔"是局部的,而"隔"是根本的。梁启超没有深入论述中国文学应当如何独立这个根本问题,而王国维恰恰以这样的贡献获得了文学革命的身份。

二

　　王国维具有资格进行文学革命,因为他实际上掀起了中国文学思想史从古代进入现代的"思想革命"。王国维引进了康德的无功利美学、席勒的游戏说、叔本华的欲望说、尼采的生命说,构成了中国现代文论的第一思想资源。"五四"前后,随着"十月革命的一声炮响"才输入的马列主义,构成中国现代文论的第二思想资源。但王国维又是一位看起来最没有资格成为文学革命鼓吹者的学者,他创作的诗词是古典形态的,他写下的文论著述也是讨论古代文学的。《人间

---

① 陈独秀:《谈政治》,《新青年》,1920年第8卷第1号。

词话》中除出现一处尼采外，全部用于阐释古代诗词的，好像与西方不相干，也与文学革命不相干。不过，在我看来，王国维实是文学革命的大人物。

王国维颠覆了中国传统美学。他认为："美之性质，一言以蔽之曰：可爱玩而不可利用者是已。"①因而作为把握"真理"的一种方式，审美活动与哲学一样，是对"真理"的追求与揭示，并不为当世服务。不以审美与现实政治之间的关联作为认识起点，成为王国维的思想内核。他指出："天下有最神圣、最尊贵而无与于当世之用者，哲学和美术是已。……真理者，天下万世之真理，而非一时之真理也。其有发明此真理（哲学家），或以记号表之（美术）者，天下万世之功绩，而非一时之功绩也。唯其为天下万世之真理，故不能尽与一世一国之利益合，且有时不能相容，此即其神圣之所在也。且夫世之所谓有用者，孰有过于政治家及实业家者乎？"②王国维强调中国文学受到政治、教化的直接影响，而少有"纯文学"，认为《三国演义》无纯文学之资格，然其叙关壮缪之释曹操，则非大文学家不办"。此文在论及文学时，只提及诗词、小说、戏曲，甚至在提及叙事文学时都没有涉及散文，可见其"纯文学"概念包括两层含义：其一，指的是诗词、小说、戏曲，与西方现代的文学概念相一致，实开中国现代"纯文学"运动之先河；其二，提出"纯文学"概念时，援引康德观点加以佐证，可见这个"纯文学"是超功利的文学观。③ 他在提出中国"纯文学"为什么不够发达时认为：

---

① 王国维：《古雅之在美学上之位置》，《王国维文集》第3卷，第31页。
② 王国维：《论哲学家与美术之天职》，《王国维文集》第3卷，第6页。
③ 参见王国维：《文学小言》第十六，《王国维文集》第1卷，第29页。

披我中国之哲学史,凡哲学家无不欲兼为政治家者,斯可异已!孔子大政治家也,墨子大政治家也,孟、荀二子皆抱政治上之大志也。汉之贾、董,宋之张、程、陆,明之罗、王无不然。岂独哲学家而已,诗人亦然。"自谓颇腾达,立登要路津。致君尧舜上,再使风俗淳。"非杜子美之抱负乎?"胡不上书自荐达,坐令四海如虞唐。"非韩退之之忠告乎?"寂寞已甘千古笑,驰驱犹望两河平。"非陆务观之悲愤乎? 如此者,世谓之大诗人矣! 至诗人之无此抱负者,与夫小说、戏曲、图画、音乐诸家,皆以俳儒倡优自处,世亦以俳儒倡优畜之。所谓"诗外尚有事在","一命为文人,便无足观",我国人之金科玉律也。呜呼! 美术之无独立之价值也久矣。此无怪历代诗人,多托于忠君爱国劝善惩恶之意,以自解免,而纯粹美术上之著述,往往受世之迫害而无人为之昭雪者也。此亦我国哲学美术不发达之一原因也。[1]

王国维提出了"为文学而文学"的主张,是对西方"为艺术而艺术"的认同。他说:"职业的文学家,以文学为生活;专门之文学家,为文学而生活。"[2]"以文学为生活",会以文学作为谋取功利的手段;"为文学而生活",只会忘记世俗功利去创造纯粹的文学作品。王国维主张回到文学自身来发展文学,开启了中国现代文学审美论的历史进程。

其实,《〈红楼梦〉评论》《人间词话》《宋元戏曲考》等就是"五四"文学革命的"古典预演版"。说是"古典"的,指它分析的对象是古典文学。说是"预演"的,指它与"五四"文学革命有一致的倾向,都是引

① 王国维:《论哲学家与美术之天职》,《王国维文集》第3卷,第7页。
② 王国维:《文学小言》第十七,《王国维文集》第1卷,第29页。

进西方近现代美学思想的结果。王国维的文学思想与"五四"文学革命所倡导的文学与生活相结合、体现作家的真实情感、运用浅近的白话作为媒介创造民众青睐的"活文学"等是极其吻合的，只是一者有点深藏不露，而另一者表现得有所夸张而已。

三

下面结合王国维的具体论述来看他的文学革命思想：

（一）强调情感的创作地位。王国维将席勒的游戏说引入中国美学，他所阐发的一个基本观点就是情感的重要性。他说："文学者，游戏的事业也。"成人正是不满于少儿的游戏却又要抒发自己的剩余精力，"于是对其自己之情感及所观察之事物而摹写之，咏叹之"。①这里的"情感及所观察之事物"的语序排列，强调了文学创作既需要情感与游戏性质，也需要思考与认识能力，缺一不可。这就引出了如下结论："苟无锐敏之知识与深邃之感情者，不足与于文学之事。"②

这一看法同样反映在《人间词话》中，王国维说："境非独谓景物也，喜怒哀乐，亦人心中之一境界。故能写真景物、真感情者，谓之有境界，否则谓之无境界。"（《人间词话》六）表现真景物与真感情才能有境界，说明境界的创造离不开情感的发酵。王国维高度评价李煜，原因在于这位词人的情感真挚，怀赤子之心，写赤子之心，才成就了自己赤子般的艺术。王国维引尼采的观点来证明李煜的"真所谓以血书者也"（《人间词话》十八），强调了文学的生命观，即只有以全副的生命投入创作，才会臻于艺术极境。他评李煜的创作"眼界始大，

---

① 王国维：《文学小言》第二，《王国维文集》第 1 卷，第 25 页。
② 王国维：《文学小言》第四，《王国维文集》第 1 卷，第 26 页。

感慨遂深,遂变伶工之词而为士大夫之词"(《人间词话》十五)。其中的"感慨遂深",实指感情更深厚。王国维认为李煜身上"俨有释迦、基督担荷人类罪恶之意"(《人间词话》十八),更是将李煜词作所蕴之情推向一个巅峰状态,即诗人承担着全部人类的苦难,并抒写这一苦难,感染同类,让经历的与未经历的一起同感人类苦难,共同面对苦难的存在。若缺乏真情,任是如何调动艺术技巧,也不会真正成功。他评姜夔"有格而无情"(《人间词话》四十三),意指姜夔的创作缺乏真情的充沛灌注,虽然格调不低,但却境界难出。

王国维与胡适、陈独秀等人一样,建构的实为重情的创作观,都反对文学在政治面前失去独立性,并把改变创作风气的希望寄托在重情上。如就中国文学发展趋向言,王国维主张的是言志的文学、缘情的文学、性灵的文学、"物不得其平则鸣"的文学、"愁苦之言"的文学(《人间词话》删稿八),与"五四"文学革命反对"文以载道",倡导表现情感,提出"血泪文学"的方向相一致。

有学者认为,王国维关于"写真景物与真感情者才有境界"这一观点是矛盾的,"既将文学看作对理念的认识,也强调艺术中的情感,以至同语反复、难以自圆"。[①] 其实,王国维的"哲学家发明真理,文学家用记号来表现"这一看法,倒是嫌疑更大。可实际情况是,一个好的文学家当然要具备哲学家那般体察事物本质的能力,否则就无法写深事物。就此而言,王国维强调文学的真理性,没有强调文学要以哲学方式来表现生活,是完全合适的。诗人如果真的这样做,可加深对于生活的理解。胡适所谓的"言之有物"的"物"指的就是情感与思想,并认为"文学无此二物,便如无灵魂无脑筋之美人,虽有秾丽富厚

---

① 杜书瀛、钱竞主编:《中国20世纪文艺学学术史》,第177页。

之外观,抑亦末矣"。① 胡适也不是要革掉思想在文学中的地位与作用。文学与情感有着更加深切的关联性,但这决不意味着文学能有一时一刻可以与思想相分离,尤其是伟大的文学创作,更加重视思想的重要性。刘再复近年研究《红楼梦》与中国哲学的关系,认为它的"主要哲学精神是看破红尘的色空观念","是一种以禅为主轴的兼容中国各家哲学的跨哲学",②就是一种证明。

王国维关于文学与感情关系的论述是相当细致的,有三点值得关注:其一,他限制了文学与哲学的关系,说过:"惟美术之特质,贵具体而不贵抽象。于是举人类全体之性质,置诸个人之名字之下。"③此处表明文学是写具体的人的,这与哲学研究概念具有根本区别。其二,在强调文学与科学、史学的关系后,强调文学"兼有玩物适情之效",④虽然"兼"字语意略有不足,但还是肯定了情感作用,将文学与真理相区隔。其三,他在论"诗"与论"文学"时所使用的标准是不一样的。论"诗"时说:"诗歌者,感情的产物也。虽其中之想象的原质,即知力的原质,须有肫挚之感情,为之素地,而后此原质乃显。"⑤可见在诗歌创作中离开情感就无法进行,即使此中也有知力作用,但必须以情感为基础,否则,这个知力就不能发挥作用。只是在讨论到"文学"时,他才强调既要感情,又要知识,这是看到了文学在表现人的主观精神之外,还得表现客观的社会人生,面对后一方面,不具备知识的思考与观察,是无法完成创作任务的。故不是王国维有矛盾,而是

---

① 胡适:《文学改良刍议》,《新青年》,1917 年第 2 卷第 5 号。
② 刘再复:《〈红楼梦〉与中国哲学——论〈红楼梦〉的哲学内涵》,《渤海大学学报》,2010 年第 2 期。
③ 王国维:《〈红楼梦〉评论》,《王国维文集》第 1 卷,第 19 页。
④ 王国维:《〈国学丛刊〉序》,《王国维文集》第 3 卷,第 365 页。
⑤ 王国维:《屈子文学之精神》,《王国维文集》第 1 卷,第 33 页。

论者没有看清王国维是具体问题具体分析的,尽量考虑到了文学体裁之间的区别与复杂性,不求一概而论,但都没有离开情感讨论文学。

(二) 推崇"写真实",近乎肯定写实主义文学方向。王国维有"写境"与"造境"之别,了解西方的理想派与写实派这两种创作思潮。但就其偏好言,是倡导"写真实"的,即写出人的情感与物的风貌的真实状态。这虽然不是写实主义含义上的真实,可二者是相通的。写实主义亦强调毫无矫揉造作地进行创作,以呈现情感与事物本真为目标。如别林斯基曾经指出过:"在我们的时代,主要是发展了这现实诗歌的倾向,艺术与生活的密切的结合,难道还有什么可奇怪的吗? 一般说来,新作品的显著特色在于毫无假借的直率,生活表现得赤裸裸到令人害羞的程度,把全部可怕的丑恶和全部庄严的美一起揭发出来,好像用解剖刀切开一样,难道还有什么可奇怪的吗? 我们要求的不是生活的理想,而是生活本身,像它原来的那样。不管好还是坏,我们不想装饰它,因为我们认为,在诗情的描写中,不管怎样都是同样美丽的,因此也就是真实的,而在有真实的地方,也就有诗。"①在别林斯基看来,哪里有真实,哪里就有诗,可见别林斯基对于写实主义是有很大信心的。王国维所说,也与写实的这个主张很相近,他说:"大家之作,其言情也必沁人心脾,其写景也必豁人耳目。其辞脱口而出,无矫揉妆束之态。以其所见者真,所知者深也。诗词皆然。持此以衡古今之作者,可无大误矣。"(《人间词话》五十六)在王国维看来,言情要感人,写景要鲜明,用语要脱口而出,都在于作者看到了事物的真实本身,写出来才不会走样跑调。评及纳兰容若,用的就是

---

① 别林斯基:《论俄国中篇小说和果戈理君的中篇小说》,满涛译,伍蠡甫主编:《西方文论选》下,上海:上海文艺出版社,1979 年,第 377 页。

这个标准:"纳兰容若以自然之眼观物,以自然之舌言情。此由初入中原,未染汉人风气,故能真切如此。"(《人间词话》五十二)此处的"自然之眼"与"自然之舌"是指没有被文明所污染的"真实之眼"与"真实之舌",这样看出来的与唱出来的,才是事物的真实本身;而非蒙上了意识形态的与习俗的迷雾,从而写得不真实,唱得不真实。王国维在强调"写真实"时没有鄙视下层生活题材,也没有否定人的欲望题材,认为所谓的"淫词"若能达到真实的高度,同样可以"亲切动人"。他赞扬《古诗十九首》中的"昔为倡家女,今为荡子妇。荡子行不归,空床难独守""何不策高足,先据要路津?无为久贫贱,轗轲长苦辛"。原因在于,这是底层人们表现出来的对于爱情与生活的正常要求,本来就合理合情,加以直呈,是有艺术感染力的。王国维反对应景、应酬之作,表明他的取向是写实的。胡适反对"烂调套语",与此高度一致,他说:"唯有人人以其耳目所亲见亲闻阅历之事物,一一自己铸词以形容描写之"才能"不失真",才能求其"达意状物"。[①]

王国维在研究元曲时突出"自然"的价值,既是一种风格要求,也是一种创作方法说明,但同时更是关于文学真实的一种理解。"自然"的文学,必然是真实的文学。达到"自然"的高度,正在于创作者没有违背生活真实而能够直写,所以才能感情真、表现手法真、艺术效果真。王国维说:"元曲之佳处何在?一言以蔽之,曰:自然而已矣。古今之大文学,无不以自然胜,而著于元曲。盖元剧之作者,其人均非有名学问也;其作剧也,非有藏之名山,传之其人之意也。彼以意兴之所至为之,以自娱娱人。关目之拙劣,所不问也;思想之卑

---

① 胡适:《文学改良刍议》,《新青年》,1917 年第 2 卷第 5 号。

陋，所不讳也；人物之矛盾，所不顾也；彼但摹写其胸中之感想，与时代之情状，而真挚之理，与秀杰之气，时流露于其间。故元曲为中国最自然之文学，无不可也。"其中说到的"自娱娱人"与"不讳思想的卑陋"，与反对政教文论的主题先行有关。如果先设定什么能写与不能写，那就严重限制了创作自由，不顾了生活真实。在论到《汉宫秋》等剧作"初无所谓先离后合，始困终亨之事"，①反对了中国传统文学的"大团圆"模式，也是追求文学的真实。"五四"时期，鲁迅、胡适等人曾多次批判这一创作倾向，要把文学引向写实的道路上去。王国维强调元曲以"自然"取胜，这个"自然"与"五四"时期的"写实"极相近，如其指出："元剧自文章上言之，优足以当一代之文学。又其以自然故，故能写当时政治及社会之情状，足以供史家论世之资格者不少。"②在王国维这里，"自然"近于"写实"，也近于"史家论世"。后一评语，颇类似恩格斯评巴尔扎克《人间喜剧》时所说：从这里所学到的东西，比从当时所有职业的历史学家、经济学家和统计学家那里学到的全部东西还要多。可见，深刻的文论家在观察伟大的文学时，可能都会用到"写实"这个含义，因为文学是离不开人的情感的，但也离不开人的社会生活，尤其是在叙事性作品中。至此应明了王国维思想上的一个小的变化，即在早期撰写《〈红楼梦〉评论》《文学小言》时论文学，更多地强调了文学与哲学的关系，意在突出文学对于现实政治的超越；至《人间词话》尤其是《宋元戏曲考》时，增加思考文学的叙

---

① 以上未注均见王国维：《宋元戏曲考》，《王国维文集》第 1 卷，第 389 页。
② 王国维：《宋元戏曲考》，《王国维文集》第 1 卷，第 394—395 页。罗钢在《一个词的战争——王国维诗学中的"自然"》中证明"王国维用'自然——不自然'来概括文学发展的规律时，他凭借的主要还是西方的自然天才理论"。（罗钢：《传统的幻象——跨文化语境中的王国维诗学》，第 173 页）但这只是揭示了"自然"的一种语义，"自然"还具有"自然而然"的语义，反映在叙事文体中就可指"写实"倾向，如王国维用"自然"评元曲，并认为它"能写当时政治及社会之情状，足以供史家论世之资格者不少"就表明了这一点。

事性,所以"述事"概念出现,并强调文学是介于"科学"与"史学"之间的。如说:"凡记述事物而求其原因,定其理法者,谓之科学;求事物变迁之迹,而明其因果者谓之史学;而出入二者间,而兼有玩物适情之效者,谓之文学。"又说:"凡事物必尽其真,而道理必求其是,此科学之所事也;而欲求知识之真与道理之是者,不可不知事物道理之所以存在之由,与其变迁之故,此史学之所有事也;若夫知识道理之不能表以议论,而但可表以情感者,与夫不能求诸实施,而但可求诸想象者,此则文学之所有事也。"①王国维的这一变化说明,在肯定文学与情感的关系时,如果就诗而言,可以偏向于强调抒情性,可就叙事文学而言,不能忘掉与社会人生的关系。这正是我在上文为王国维强调文学中包含思想这一面进行辩护的原因所在,也是在这里把他的叙事文学研究视为"五四"文学革命的一个源头的原因所在。

(三) 反对用典,近乎肯定白话语言观。王国维反对用典与胡适极其相近。胡适反对用典的理由是:"吾所谓'用典'者,谓文人词客不能自己铸词造句以写眼前之景,胸中之意,故借用或不全切,或全不切之故事陈言以代之,以图含混过去。"又说:"用典之弊,在于使人失其所欲譬喻之原意。若反客为主,使读者迷于使事用典之繁,而转忘其所为设譬之事物,则为拙矣。"其义有二:一从创作意图讲,若不会创新地表现事物,却以用典方式试图蒙混过关,原本属于陈词滥调一类,当然要反对。二从修辞角度讲,如果用典带来的只是读者对于典故的关注,而非对事物本身的关注,事物的鲜明性失去了,原本属于效果不佳,当然也要反对。胡适以王国维的咏史诗为例予以说明,

---

① 王国维:《〈国学丛刊〉序》,《王国维文集》第 3 卷,第 365—366 页。

诗云："虎狼在堂屋,徒戎复何补。神州遂陆沉,百年委榛莽。寄语桓元子,莫罪王夷甫。"全诗专论晋代历史,涉及司马氏、曹操、荀彧、贾充、石崇、季伦、祖逖、戴渊、桓元子、王夷甫等人,用典不少,可因为用得贴切自然,没有模糊史事的流畅呈现,所以获得胡适赞扬:"此亦可谓使事之工者矣。"①可见,是否用典,取决于是加强了还是削弱了诗作的艺术水准。王国维也作如是观:"词忌用替代字。美成《解语花》之'桂华流瓦',境界极妙,惜以'桂华'二字代'月'耳。梦窗以下,则用代字更多。其所以然者,非意不足,则语不妙也。盖意足则不暇代,语妙则不必代。"(《人间词话》三十四)又说:"说桃,不可直说桃,须用'红雨''刘郎'等字;说柳,不可直说破柳,须用'章台''霸岸'等字。"如此这般,"果以是为工,则古今类书具在,又安用词为耶?"(《人间词话》三十五)王国维认为,多用代字者,不是立意不足,就是用语不妙,可这无助于提高艺术质量。王国维提出的"隔与不隔"就与用典有关。如果能够做到"语语都在目前",不用典,直陈情感与事物的生香活色,那就是"不隔",反之就是"隔"。这一看法曾被视为"专赏赋体,而以白描为主",轻视比兴。② 但与"五四"时期主张白话写作却是一致的。反对用典,其实是希望创作能够在立意上有所创造,在表达上力求自然,不要成为"文抄公",专意"克隆"。早在王国维之前,黄遵宪提出过"我手写我口"的主张,将这个观点引申,就有可能指向反对用典。王国维的反对用典,虽然还不是"五四"文学革命所主张的"言文合一",却也透露了"言文合一"的"早春气息"。"五四"时期的白话语言观助成了写实文学走向,王国维的"不用典"语言观也助成了他的重情写真的文学倡导。

---

① 以上未注均见胡适:《文学改良刍议》,《新青年》,1917 年第 2 卷第 5 号。
② 唐圭璋:《评〈人间词话〉》(1938),引自姚柯夫编:《〈人间词话〉及评论汇编》,第 94 页。

在研究戏曲语言时,王国维同样有着重要突破,他提出了"写情则沁人脾,写景则在人耳目,述事则如其口出是也"。① 这既可作为强调写真实的例证,也可作为强调文学语言应当浅显通俗的例证。王国维在引述马致远的《任风子》、关汉卿的《窦娥冤》与郑光祖的《倩女离魂》时就有如下评述:"语语明白如画""词如弹丸脱手"等,说明选择了合适的语言表达方式,可增加作品的艺术感染力。尤其是如下总结:"古代文学之形容事物也,率用古语,其用俗语者绝无。又所用之字数亦不甚多。独元曲以许用衬字故,故辄以许多俗语或以自然之声音形容之,此自古文学上所未有也。"揭示了元曲语言的长处是运用了"俗语",正面肯定"俗语"的艺术价值。提到"述事则如其口出",与"五四"提倡白话创作,没有什么两样,不啻是文学上的语言革命。虽然王国维没有说自己是在提倡什么,但在肯定元曲的艺术价值之际,当然也就肯定了这一"于新文体中自由地使用新语言"②的行为是完全合法的。至此,难道不可以说王国维非常接近"五四"时期胡适提出的"活文学"与"死文学"的命题吗? 其实,王国维后来就曾接过胡适的"死活"问题往下说,说出了自己心中曾有的思想。他原来说的是:"余谓北剧南戏限于元代,非过为苛论也。"③后来说的是:"明以后的戏曲没有意思,元曲是活文学,明清之曲是死文学。"④王国维持论何以过激呢? 原因有二:一是他怀揣文学理想,以最好的文学来说文学的特征,一旦过了那个顶峰,他就不愿去评那些走下坡路的创作。一是他认为任何文体都是始盛末衰,过了那个时代,已经被

---

① 王国维:《宋元戏曲考》,《王国维文集》第 1 卷,第 389 页。
② 王国维:《宋元戏曲考》,《王国维文集》第 1 卷,第 391—393 页。
③ 王国维:《宋元戏曲考》,《王国维文集》第 1 卷,第 414 页。
④ 青木正儿:《王静安先生的辫发》,原载日文《艺文》大正 18 年第 8 号,引自袁英光、刘寅生:《王国维年谱长编》,天津:天津人民出版社,1996 年,第 425 页。

别的文体所取代,所以也就没有必要在接下的时代里再研究这个文体。这一文体代变论,为"五四"时期全面地从以诗文为创作潮流的传统转向以叙事为创作潮流的现代时期,提供了历史的脉络与审美的理由。

(四)重构所需要的文学史图景。文学革命的倡导者除了提出新文学设想外,必然回顾文学史,期望从中找到力量以证明还没有整体出现的新文学将是一种健康的生命体。王国维从戏曲史与词史来寻找这种革命的力量。

王国维大幅度地提高了叙事文学地位,认为它的创作难于抒情文学,"若夫叙事,则其所需之时日长,而其所取之材料富,非天才而不有暇日者不能"。[①] 这看似文体比较,其实牵涉到重写文学史,把叙事文学从被压抑状态下解放出来,王国维撰《宋元戏曲考》就有这样的革命意义。王国维说:"凡一代有一代之文学:楚之骚,汉之赋,六代之骈语,唐之诗,宋之词,元之曲,皆所谓一代之文学,而后世莫能继焉者也。"这个"一代有一代之文学"的观点,不是用后代文学否定前代文学,而是强调文学是不断发展的;也不是用统一的标准来要求不同时代的文学以就范,而是承认文学的自然生态。王国维研究宋元戏曲,其出发点是弥补学术缺憾,"独元人之曲,为时既近,托体稍卑,故两朝史志与《四库》集部,均不著于录;后世儒硕,皆鄙弃不复道。而为此学者,大率不学之徒;即有一二学子,以余力及此,亦未有能其会通,窥其奥窔者。遂使一代文献,郁堙沈晦者数百年,愚其甚惑"。[②] 但这又非一项单纯的学术研究,不仅提高了戏曲在中国文学史上的地位,同时突破了轻视叙事文学的态度,直与"五四"文学革命

---

① 王国维:《文学小言》,《王国维文集》第1卷,第28页。
② 王国维:《宋元戏曲考》,《王国维文集》第1卷,第307页。

声气相接。这对形成中国现代文学的格局起到了引领作用。但他没有设定什么特定的政治标准或艺术标准来规范文学史,所以,"一代有一代之文学"所提倡的是自由的文学而非统制的文学。

他重构的词史是尊"北宋以前"而贬"南宋以后"。王国维说:"五代、北宋之词所以独绝者在此",这个"在此"就是在于"有境界"(《人间词话》一)。论及"言有尽而意无穷"时,又以"北宋以前"为例,"余谓:北宋以前之词,亦复如此"(《人间词话》九)。如讨论写景而"隔与不隔"时,竟然又以北宋与南宋加以区分,"白石写景之作,如'二十四桥仍在,波心荡、冷月无声''数峰清苦,商略黄昏雨''高树晚蝉,说西风消息',虽格韵高绝,然如雾里看花,终隔一层。梅溪、梦窗诸家写景之病,皆在一'隔'字。北宋风流,渡江遂绝。抑真有运会存乎其间耶"(《人间词话》三十九)?在王国维这里,姜夔、史达祖、吴文英都是南宋词人,所获评价低于北宋词人。王国维甚至认为"南宋词虽不隔处,比之前人,自有浅深厚薄之别"(《人间词话》四十)。即"隔"是南宋词的病,"不隔"也是南宋词的病,前一个病在"隔",后一个病在"不隔"中还是有着浅薄。王国维提出了继承学习的问题,同样尊北宋而贬南宋:"南宋词人,白石有格而无情,剑南有气而乏韵。其堪与北宋人颉颃者,唯一幼安耳。近人祖南宋而祧北宋,以南宋之词可学,北宋之词不可学。学南宋者,不祖白石,则祖梦窗,以白石、梦窗可学,幼安不可学也。学幼安者,率祖其粗犷、滑稽,以其粗犷、滑稽处可学,佳处不可学也。幼安之佳处,在有性情,有境界。即以气象论,亦有'傍素波、干青云'之慨,宁后世龌龊小生所可拟耶"(《人间词话》四十三)?在南宋词人中,王国维只肯定辛弃疾,再次表示他对南宋词的低评价。王国维提出的"可学"与"不可学"之别,也是用以判断北宋与南宋词作艺术水准的一个标准。不可学者,是指本来天然混成,当然难学或根本不能后天学习。可学者,是指经过人工雕琢,当然可学甚至还好学。由于在中国艺术传统中,视不可学者高于可学者,前者代表的是艺术,后者代表的往往是技艺。如此一来,王国维当然肯定北宋而再次否定南宋。叶嘉莹指出:"静安先生之尊北宋而抑南宋,就个别作家与作品言,虽有时似不免有欠公允。然而如就南宋词风之一般倾向及其对后世之影响而言,则静安先生在晚清之时代提出此种尊北宋抑南宋之说,实在也自有其针对词坛之流弊,想要挽狂澜于既倒的一番深意在。"①所谓"挽狂澜于既倒",就是挽形式主义词风于既倒,要转向富有生命力的创作道路上去。王国维说:"真正文学"往往"托于不重于世之文体以自见。逮此体流行之后,则又为虚玄矣"。② 又曰:"盖文体通行既久,染指遂多,自成习套。……一切文体所以始盛而终衰者,皆由于此。"(《人间词话》五十四)王国维尊北宋词作,就是因为此时的词体还处于早期发展阶段,没有被后来的功利主义与技巧主义所侵蚀。

胡适与陈独秀均以"言文合一"的白话文学为标准重构文学史。胡适推崇"元代文学",陈独秀肯定"元明剧本,明清小说",并提出要建设"国民文学""写实文学"与"社会文学",这些与王国维反对"铺餟的文学""文绣的文学""模仿的文学"是一致的。

由上可知,王国维与"五四"文学革命一样,都在提倡豪健的风格以取代萎靡的风格,主张写实的精神以取代玄虚的高蹈,追求自我的创造以取代死板的模仿。在寻找思想资源时,都不免向自然、原始、民间要力量,同时也都不免怀疑文明、庙堂、规范会束缚文学。其间在具体的研究对象的选择与论述上有差异,可这不影响精神相通。

---

① 叶嘉莹:《王国维及其文学批评》,第 238 页。
② 王国维:《文学小言》第三,《王国维全集》第 1 卷,第 25 页。

期望民族生命力的恢复与创造，从奄奄一息之"死文学"转向生机勃发的"活文学"，建构了一条到"五四"文学革命的通道。"五四"举起的那面"活文学"大旗，早在王国维那里就高高飘扬了。

四

判断文学革命的性质应当还有一个要素，即革命的属性问题，要提出的问题是这场文学革命是自由的，还是专制的。所以，要来谈谈革命与自由宽容、专制绝对的关系。

美国政治学家阿伦特思考了这个问题。她认为有两种革命形态，一种以法国大革命为代表，追求翻身与解放，将"衣食温饱和种族繁衍"作为目标，如罗伯斯比尔所说："我们错过了以自由立国的时刻。"[①]这样的结果，会有翻身与解放出现，但还不是将自由视为革命的目标并为此付出不懈努力。"解放是免于压制，自由则是一种政治生活方式。"[②]照此看来，翻身与解放还有可能造成新的压制，政权虽然易手了，但是"政府形式岿然不动"。获得翻身与解放的人们可以利用获得的政权实施压迫，阻止不同力量进入正常的政治活动空间。因此，法式革命并没有体现出宏大视野与广阔胸怀，相反，则有可能接过压制，创造更多的压制。一种以美国革命为代表，革命是"发生了新开端意义上的变迁，并且暴力被用来构建一种全然不同的政府形式，缔造一个全新的政治体，从压迫中解放以构建自由为起码目标"。[③] 结果，自由超越了解放，不再压迫另一部分人，新的目标是构

---

① 阿伦特：《论革命》，陈周旺译，南京：译林出版社，2011年，第49页。
② 阿伦特：《论革命》，陈周旺译，第21页。
③ 以上未注见阿伦特：《论革命》，陈周旺译，第23页。

建真正的共和制,从而保证所有公民"参与公共事务,获准进入公共领域"。①

观察文学革命时,亦可从这两种革命论的角度介入。如果说王国维的文学革命主要是谋求文学自由的革命,必然伴随着反抗性;那么,"五四"文学革命作为一场反抗的革命,已经带有一定程度的翻身性质。如陈独秀主张"革故"时要彻底,不能"虎头蛇尾",要"以鲜血洗净血污",才能获得胜利。这与法国革命精神相通,可用暴力的方式达到革命目的。陈独秀在论述政治革命与劳动群众的关系时就如此,怀疑自由的价值,根本上没有以自由作为革命目标,他说:"要扫除这种不平这种痛苦,只有被压迫的生产的劳动阶级自己造成新的强力,自己站在国家地位,利用政治、法律等机关,把那压迫的资产阶级完全征服,然后才可望将财产私有、工银劳动等制度废去,将过于不平等的经济状况除去。若是不主张用强力,不主张阶级战争,天天不要国家、政治、法律,天天空想自由组织的社会出现;那班资产阶级仍旧天天站在国家地位,天天利用政治、法律。如此梦想自由,便使再过一万年,那被压迫的劳动阶级也没有翻身的机会。"②陈独秀认为只有通过"阶级战争"手段才能实现革命翻身的目标,这并非没有合理性。但如果将"阶级战争"的手段与"翻身"的近期目标加以绝对化,一者转变成永久手段,一者转变成终极目标,革命本身也就转变成了绝对排他的不自由。因为从事斗争需要对象,革命的"翻身"也就需要被压迫者。所以,当陈独秀领导"五四"文学革命时具有不宽容的思想是自然的。他支持胡适的"文学改良",却高喊要拖着"四十

---

① 阿伦特:《论革命》,陈周旺译,第21页。
② 陈独秀:《谈政治》,《新青年》,1920年第8卷第1号。

二生的大炮,为之前驱"![①] 这不只是一个简单比喻,而是绝对思想的一次表露。陈独秀的文学革命态度与政治革命的态度是如一的。再加上李大钊的加入,《新青年》团体的解体,"文学研究会"与"创造社"的争论,虽然还保持了一定的宽容度,但还是说明"五四"文学革命已经走上一条激进的、全盘性反对旧文学乃至不同文学流派的唯一化道路。多年之后,张爱玲把"五四"文学运动视为一场"大规模的交响乐",浩浩荡荡地冲了过来,"把每一个人的声音都变了它的声音",[②]说的正是"五四"文学革命所表现出来的绝对化与统一性已经妨碍文学多样性的发展。

王国维的文学革命则具有自由的特性。从身份上看,王国维在政治上是保守的,出任溥仪的"南书房行走",后又在颐和园昆明湖投湖自杀,有"殉清"之嫌,好像与辛亥革命以后风起云涌的革命现实不沾边,前没有投身维新运动,后没有投身革命运动。王国维成为革命现实的超然者甚至批判者。看到"十月革命"的巨大影响,他忧心忡忡地表示:"观中国近况,恐以共和始,而以共产终。"[③]他在人生观上是悲观的,引进叔本华的悲观主义哲学,在研究《红楼梦》时大谈人生痛苦的解脱,尤其以自杀证明了悲观,这会被视为消极颓废,因而遭到入世者的批判。但他在美学与文学上却极具世界眼光,引进康德的无功利美学、席勒的游戏说、尼采的"血书说"等,直启"五四"文化思想的大开放与大发展。当然,他更是一位杰出诗人,在表现人生困惑、体认人生奥秘方面,独步近代诗坛。王国维自期甚高:"至其言而

---

① 陈独秀:《文学革命论》,《新青年》,1917年第2卷第6号。
② 张爱玲:《谈音乐》,《张爱玲全集》第3册,台北:皇冠出版有限公司,2006年,第213—214页。
③ 参见周言:《王国维与民国政治》,北京:九州出版社,2013年,第360页。

指远,意决而辞婉,自永叔以后,殆未有工如君者也。君始为词时,亦不自意其至此,而卒至此者,天也,非人之能为也。若夫观物之微,托兴之深,则又君诗词之特色。求之古代作者,罕有伦比。呜呼!不胜古人,不足以与古人并,君其知之矣。"(《人间词》甲稿序)将王国维放在中国文学史上看,堪称优秀作家,则是当之无愧的。

王国维往往被人视为一个思想上的"矛盾体",就创作而言,也如此。陈永正认为王国维的后期诗作是"典型的'文学侍臣之诗'。应题、应景、应命,既无诗情,复无诗味,光是为溥仪题画的诗就有十四首,善颂善祷,真使人不敢相信这出于一位杰出的文艺理论家与诗人之手"。[①] 这当然反映了王国维的思想复杂性。不过,若以为人没有复杂性,那容易造就不宽容的思想局面。我们在后来的革命文学中见得多多,不允许作家思想具有复杂的一面,一旦具有,就视为反动、落后而予以打倒,造成了"一言堂"的了无生气的局面。我倒认为,王国维身份上的复杂性体现了个体的自由性,即有可能在政治上、人生观上与学术上存在不统一的地方。强调个体上的完全统一,其实是以压抑个性为代价的。否定个人的矛盾,是对个人精神的不自由;否定其他流派存在的合理性,是对文学生态的不自由。

王国维直接肯定思想自由,高度赞扬战国时代的"百家争鸣"是"中国思想之能动时代","于是诸子九流创其学说,于道德政治文学上,灿然放万丈之光焰"。[②] 并强调不能以压制、罢黜的方式来解决思想学派问题,认为:"至周、秦诸子之说,虽若时与儒家相反对,然欲知

---

① 陈永正:《王国维诗词全编校注》,广州:中山大学出版社,2000年,第12页。按:王国维题画诗主要为咏物,并非歌颂皇权,是中国题画诗传统的延续,可以存在。但这类诗往往不能鲜明体现诗人个性,也是题材所限,不应苛求。
② 王国维:《论近年之学术界》,《王国维文集》第3卷,第36页。

儒家之价值,亦非尽知其反对诸家之说不可,况乎其各言之有故,持之成理者哉。今日之时代,已入研究自由之时代,而非教权专制之时代。苟儒家之说而有价值也,则因研究诸子之学说而益明其无价值也,此罢斥百家,适足滋世人之疑惑耳。"因此,他强调超越政治限制,积极引进西方学术,期望再创"能动"的辉煌,肯定"异日发明光大我国之学术者,必在兼通世界学术之人,而不在一孔之陋儒固可决也"。① 还指出"以官奖励学问,是剿灭学问也"。② 因为这会培养"学而优则仕"的"惟官之是"的社会习惯,轻学而逐利。

王国维提出的"学无新旧中西有用无用"之说,不啻是思想自由的一个重大宣言,他说:"学之义,不明于天下久矣! 今之言学者,有新旧之争,有中西之争,有有用之学与无用之学之争。余正告天下曰:学无新旧也,无中西也,无有用无用也。凡立此名者,均不学之徒,即学焉而未尝知学者也。"王国维倡导学无新旧、中西与有用无用之说,是担心人们利用自己之学来否定别人之学,抹杀了思想学术的真正功用在于求真(科学)、求变(史学)、求想象(文学)。他的提醒十分重要,一是不迷信圣贤,认为"圣贤所以别真伪也,真伪非由圣贤出也;所以明是非也,是非非由圣贤立也"。人们可以用自己的研究来突破圣贤的言论,这比简单地提出打倒圣贤要高明得多,同样保留了圣贤进行研究得出观点的合法性。一是指出彼时的思想学术的危险在古今问题上极端化,不是以今非古,就是以古非今,不知思想学术的真谛。王国维说:"今之君子,非一切蔑古,即一切尚古。蔑古者出

---

① 以上未注均见王国维:《奏定经学科大学文学科大学章程书后》,《王国维文集》第3卷,第71页。
② 王国维:《教育小言》第十三,《王国维文集》第3卷,第86页。

于科学之见地，而不知有史学；尚古者出于史学之见地，而不知有科学。"①若至"五四"时期，在进化论的支配下，用所谓的现代性来简单地否定古代思想学术，已经成为一个普遍现象，这就极大地伤害了思想自由与创作自由这样的基本理念。可在王国维这里，他还是坚守的。无怪乎陈寅恪在纪念王国维时说："先生之著述，或有时而不章。先生之学说，或有时而可商。惟此独立之精神，自由之思想，历千万祀，与天壤而同久，共三光而永光。"②

最后有三点要予以交代：

其一，王国维无疑是一个丰富的存在，他提出的问题，得出的结论，对于"五四"文学革命来说，有一些是抛引的东西，有一些是奠基的东西，有一些是比"五四"的论述还要高明的东西。他不仅可以称作"五四"文学革命的先驱者，而且是一个人张罗了一场文学革命。

其二，"一个人的文学革命"是一种实质性的命名，不是一种修辞。哥白尼一个人进行了一场天文学革命，康德一个人进行了一场美学革命，马克思与恩格斯两个人进行了一场阶级革命。当革命还处于理论准备时期而没有大规模地实际展开之际，往往属于一个人或几个人。这些个体所进行的思考，足以引起一场大规模的革命，而他们的思考也成了大规模革命的灵魂。

其三，在百年文学革命的研究史上，人们忽略王国维的文学革命，不揭示它与"五四"及以后的诸场文学革命之间的关联性，不为百年文学革命"沿波讨源"，会低评王国维的文学思想价值，也会窄化文

---

① 王国维：《〈国学丛刊〉序》，《王国维文集》第 3 卷，第 365 页。
② 陈寅恪：《清华大学王观堂先生纪念碑铭》，王元化主编：《认识中国》上卷，北京：海豚出版社，2010 年，第 89 页。

学革命研究的理论空间,使得一条本来明确的思想线索变得模糊了,本来以自由精神开启的文学革命失却了这个灵魂。这样的话,文学自由的革命就会蜕变成文学暴力的统制,这是历史留给我们的教训。我们必须反思,才能走出文学的统制,回归文学的自由。

后 记

　　此书的撰写，纯属偶然。但又有点必然。

　　想为王国维写点什么，我曾数度起意，却又数度辍笔。原因是读到论"境界"的文章，我就想写一点自己的感想；待到想写自己的感想时又感到诸说已多，何必再来添乱。今年五月，为了参加一个会议，写了一篇《1908 年的"文学革命"》，讨论王国维、鲁迅与周作人当时的文学思想中所体现出来的"革命"倾向，抽出一部分，改写成《一个人的"文学革命"》，写完以后也就准备放下了。最后决定要写的原因是今年 6 月 7 日开始读罗钢兄的《传统的幻象》，后又读彭玉平兄的《人间词话疏证》，两书各有特点，但取向则完全相反。罗钢兄的书偏向指证王国维的诗学概念均来自西方，所以对于中国传统而言，只是一个"幻象"而已。彭玉平的书则疏证王国维诗学与传统文论的深广联系，虽然不否认王国维受到西学的影响，但认为是从中学的基础上生长起来的，所以他认为这是"中学为体，西学为用"。到底谁说得更有道理，可能是一个见仁见智的问题。于是，我决定撰写《是"幻象"还是"真象"？》一文讨论罗钢兄的著作。对于彭著，则大体同意其基本观点，因为他用精细阅读为王国维诗学铺垫上了一层传统诗学的背景。但与彭玉平兄的观点稍有不同的是两点：一个是如何面对罗钢兄的研究与挑战。只用"体用"的"用"来评价西学在王国维诗学建构中的地位与作用，似乎低了一些。一个是如何评价王国维诗学的革命性，在这方面的认识不够，才有王国维诗学"堂庑不大"的感慨，而这个感慨，恰恰用诗学的包容性否定了诗学的革命性。

但就对于"境界"的分析而言,我又都不满意于两位仁兄。一个强调"境界"等于西人的"理念"与"直观",这有点看扁了王国维,从身份上来看,一个"被中国文化所化之人"(陈寅恪语),完全把自己的诗学理想寄托于西人观念之中,恐怕不太可能。一个强调"境界"的构成是"四要素",细致倒是细致的,可这个观点也是过去诸说之综合,在化解诸说的冲突上是成功的,可未见更多新意,且也难以一一通释王国维笔下"境界"概念的诸多用法。而彭著依据自己的"境界说"所进行的通释,也还不够统一,这里的概念解释用的是此一要素,那里的概念解释用的是彼一要素,未有集中之明晰。所以,他们关于"境界"的解释都很有启发性,可我还是不知足,于是下定决心来写我的直感,看看我心中的"境界"到底是什么样子,同还是不同于诸说,且能否聊备一格。

之所以又说写作此书有点必然,那是我在 2002 年曾编撰过一本《人间词话百年解评》,原想叫《人间词话集评》,被编辑改了。在这之前,我的一个研究生写过《人间词话》的接受史研究,导致后来出现了《解评》一书。

往前推,我读研究生时,导师郝御风先生也研究古代文论,写出的古代文论文章,就像《文心雕龙》那般熠熠生辉。先生曾在我的笔记本上写过一首小诗,可惜未能保存下来。我读过朱光潜先生主编的《文学杂志》,其上有不少署名"御风"的作品,据说即为先生之手笔。

再往前推,我读安徽师大中文系时,本科的先生们治中国文论的多,那里有很浓厚的古代文论研究氛围。可惜我的选择偏向现代文论与美学,未能好好学习古代文论。我与周承昭先生、严云受先生、陈育德先生的联系多些,竟然本科时写过两篇万字论文,一篇是写

《〈诗经〉中的审美思想》，一篇是与复旦大学施昌东先生的商榷，后来在《美育》上发表了一篇美学小论文，有点惊喜，我个人分得了八块钱的稿费，可够半月的校园饭食。那时芜湖的阳春面八分一碗，难得自我满足时，可吃三碗，那面汤特鲜美，上面漂着碧绿的葱花与黄生生的油珠，看看就是一种享乐。八块钱可买一百碗阳春面，省着吃，那可是一百餐的美味，结果，请同学们吃了一顿饭，花光了稿费。祖保泉先生、梅运生先生讲授刘勰的《文心雕龙》、钟嵘的《诗品》、司空图的《诗品》、严羽的《沧浪诗话》、王国维的《人间词话》等，给我留下了很深的印象，自己的一点古代文论知识，实在是得益于此一阶段。现在研究《人间词话》，也算是交给当年老师们的一份作业吧。安徽师大研究古代文论的人才辈出，现如今活跃在学界前沿的胡晓明、朱良志、陶礼天、朱志荣、彭玉平都出自这里，这个彭玉平，就是正文中提到的那个彭玉平。而李平则选择留守安徽师大，继续那里的一份事业，弦歌不辍。我撰写拙作，也算是没有离开或再次加入这个研究群体的表征吧，共享它的传统、荣耀与进取。

这大概就是本书的写作缘起，有近些的成分，也有远些的成分。

此书的一些章节已经在不同刊物发表，感谢《学术月刊》的张曦女士、《上海文化》的夏锦乾先生、《河北学刊》的王维国先生、《江西社会科学》的彭民权先生、《文艺争鸣》的王双龙先生与孟春蕊女士、《合肥师范学院学报》的何旺生先生、《浙江工商大学学报》的杨文欢女士，没有他/她们的支持，往往会缺乏写作的动力与交流的冲动。感谢上海教育出版社的缪宏才社长接受了拙作，感谢责编储德天女士为拙作付出烦琐的心力。感谢苏州大学文学院资助了拙作的出版。

在开始写作《人间词话》系列论文之际，我还享受着妻子郑丽莎的精心照料，完全不为吃饭穿衣发愁。却不意天嫉丽人，她匆匆离去,留我独对苍穹,已六百余个日日夜夜。可以告慰于她的是,我没有沉沦,我继续用写作来表达对她的爱,感谢她一生精心经营家庭,为我创造写作条件,为儿子创造成长空间。

谨以此书纪念她——一个家庭生活至上者,纪念我们的相遇相知相爱。

2018 年 5 月 9 日于苏州金鸡湖畔

图书在版编目（CIP）数据

生命之敞亮：王国维"境界说"诗学属性论/刘锋
杰著.—上海：上海教育出版社，2018.12
ISBN 978-7-5444-8820-4

Ⅰ.①生… Ⅱ.①刘… Ⅲ.①词话（文学）-中国-近
代②《人间词话》-研究 Ⅳ.①I207.23

中国版本图书馆 CIP 数据核字(2018)第 238472 号

责任编辑　储德天
责任校对　任换迎
封面设计　卢　卉

SHENGMING ZHI CHANGLIANG
WANGGUOWEI "JINGJIESHUO" SHIXUE SHUXINGLUN

生命之敞亮——王国维"境界说"诗学属性论
刘锋杰　著

出版发行　上海教育出版社有限公司
官　　网　www.seph.com.cn
地　　址　上海永福路 123 号
邮　　编　200031
印　　刷　上海叶大印务发展有限公司
开　　本　890×1240　1/32　印张 9
字　　数　210 千字
版　　次　2018 年 12 月第 1 版
印　　次　2018 年 12 月第 1 次印刷
书　　号　ISBN 978-7-5444-8820-4/I•0124
定　　价　39.80 元

如发现质量问题，读者可向本社调换　　电话:021-64377165